A estrada verde

A segunda vida

Anne Enright

A estrada verde

TRADUÇÃO
Débora Landsberg

Copyright © 2015 by Anne Enright

Grafia atualizada segundo o Acordo Ortográfico da Língua Portuguesa de 1990, que entrou em vigor no Brasil em 2009.

Título original
The Green Road

Capa
Tereza Bettinardi

Foto de capa
© Martin Parr/ Magnum Photos/ Fotoarena

Preparação
Brena O'Dwyer

Revisão
Renata Lopes Del Nero
Marise Leal

Dados Internacionais de Catalogação na Publicação (CIP)
(Câmara Brasileira do Livro, SP, Brasil)

Enright, Anne
  A estrada verde / Anne Enright ; tradução Débora
Landsberg. – 1ª ed. – Rio de Janeiro : Alfaguara, 2017.

  Título original: The Green Road.
  ISBN 978-85-5652-043-2

  1. Ficção irlandesa I. Título.

17-03483	CDD-ir823.9

Índice para catálogo sistemático:
1. Ficção : Literatura irlandesa   ir823.9

[2017]
Todos os direitos desta edição reservados à
EDITORA SCHWARCZ S.A.
Praça Floriano, 19 — sala 3001
20031-050 — Rio de Janeiro — RJ
Telefone: (21) 3993-7510
www.companhiadasletras.com.br
www.blogdacompanhia.com.br
facebook.com/alfaguara.br
twitter.com/alfaguara_br

para Nicky Grene

PARTE UM

Indo embora

Hanna

Ardeevin, Condado de Clare
1980

Mais tarde, depois de Hanna fazer uma torrada com queijo, sua mãe entrou na cozinha e encheu a bolsa de água quente com a chaleira grande que estava ali.

"Você pode dar uma passada no seu tio pra mim?", pediu ela. "Traz um analgésico."

"Sério?"

"Minha cabeça está rodopiando", disse ela. "E pede amoxicilina para o seu tio, quer que eu soletre? Estou sentindo que meu peito vai doer."

"Está bem", respondeu Hanna.

"Pelo menos tenta", ela disse em tom bajulador, levando a bolsa de água quente ao peito. "Tenta."

A família Madigan morava numa casa com um riachinho no jardim e nome próprio no portão: ARDEEVIN. Mas dava para ir andando até a cidade, atravessando a ponte cheia de protuberâncias rumo à oficina mecânica e ao centro.

Hanna passou pelas duas bombas de gasolina que ficavam de sentinelas no átrio, com as grandes portas abertas, e Pat Doran em algum canto, lendo o Almanaque ou deitado debaixo de um carro. Havia um tambor de gasolina ao lado da placa da Castrol e uma forquilha desfolhada de árvore se projetava para fora; Pat Doran pusera uma calça velha e um par de sapatos nos galhos para dar a impressão de que eram as pernas de um homem se debatendo, num ato de pânico, depois de cair no tambor. Era bem realista. A mãe dissera que ficava perto demais da ponte, que causaria um acidente, mas Hanna adorava. E gostava de Pat Doran, mesmo que dissessem para evitá-lo. Ele os levava para passear em carros velozes, cruzando a ponte, bam, voltando pelo outro lado.

Havia uma fileira de casinhas na encosta depois do Doran, e cada janela tinha a própria decoração e cortinas personalizadas: um veleiro feito de pedaços de chifres, uma terrina creme com flores artificiais, um gato rosa de plástico e feltro. Hanna admirou cada uma delas, ao passar ali, e apreciava que uma sucedesse a outra sempre na mesma ordem. O médico ficava na esquina da Main Street, e no corredorzinho havia um retrato feito com fios metálicos e pregos. A figura se retorcia e voltava para o lugar, e Hanna amava que ela parecia se mexer mesmo estando parada: parecia bastante científica. Depois vinham as lojas: o armarinho, com a vitrine ampla coberta de celofane amarelo, o açougueiro, com tabuleiros de carne cercados por grama de plástico manchada de sangue, e depois do açougueiro a loja do tio — que antes era a loja do avô —, a Farmácia Considine.

Em uma faixa de plástico presa no alto da vitrine lia-se FILME COLORIDO KODACHROME em uma ponta, FILMES KODAK em letras garrafais no meio e FILME COLORIDO KODACHROME repetido na ponta oposta. O mostruário era feito de uma placa perfurada bege, com pequenas prateleiras que sustentavam caixas de papelão desbotadas pelo sol. PERFEITO PARA CRIANÇAS COM PRISÃO DE VENTRE, dizia um cartaz, em letras vermelhas gordinhas, SENOKOT: A ALTERNATIVA NATURAL PARA A PRISÃO DE VENTRE.

Hanna abriu a porta e o sino tocou. Ergueu os olhos: o espiral metálico estava empoeirado ainda que, várias vezes por hora, o sino se limpasse ao balançar.

"Entra", disse o tio Bart. "Ou entra ou sai."

E Hanna entrou. Bart estava sozinho na loja enquanto uma moça de jaleco branco mexia no armário de remédios, onde Hanna nunca teve permissão para entrar. A irmã de Hanna, Constance, trabalhara no balcão, mas, como agora tinha um emprego em Dublin, faltava uma pessoa e havia uma irritação comprobatória no olhar que o tio lançou a ela.

"O que é que ela quer?", perguntou o tio.

"Uhm. Não lembro", respondeu Hanna. "Alguma coisa no peito. E um analgésico."

Bart piscou. Tinha uma daquelas piscadas que acontecem sem alterar o restante do rosto. Era difícil de provar que acontecera.

"Pega uma pastilha."

"Olha que eu pego mesmo", disse Hanna. Ela tirou uma latinha de pastilhas da frente da caixa registradora e se sentou na cadeira de espera.

"Analgésico", ele repetiu.

O tio Bart era bonito como sua mãe, ambos tinham o rosto comprido dos Considine. Durante toda a infância de Hanna, Bart fora solteiro e partira corações, mas agora tinha uma esposa que nunca botava os pés na loja. Ele se orgulhava disso, Constance dissera. Ali estava, pagando vendedoras e assistentes, e a esposa banida do recinto para que não gargalhasse da prisão de ventre do padre. Bart tinha uma esposa perfeitamente inútil. Não tinha filhos, mas belos sapatos de uma gama de cores e uma bolsa combinando para cada um. Pelo jeito como Bart a olhava, Hanna achava que talvez a odiasse, mas sua irmã, Constance, disse que ela tomava pílula, já que eles tinham acesso a isso na farmácia. Disse que faziam aquilo duas vezes por noite.

"Como está todo mundo?" Bart abria uma caixa de remédios e retirava o conteúdo.

"Bem", ela respondeu.

Ele batucou no balcão, procurando alguma coisa, e perguntou: "Você está com a tesoura, Mary?".

Havia um estande novo no meio da loja, com perfumes, xampus e condicionadores. Outros produtos ficavam nas prateleiras de baixo e Hanna se deu conta de que as examinava quando o tio voltou dos fundos com a tesoura. Mas ele fingiu não reparar: nem piscou.

Ele cortou a cartela de comprimidos ao meio.

"Dá isso pra ela", ele disse, entregando uma série de quatro comprimidos. "Fala pra ela deixar o peito para outro dia."

De alguma forma, aquilo era uma piada.

"Vou falar."

Hanna sabia que deveria ir embora naquele instante, mas estava distraída com as novas prateleiras. Tinham frascos de perfume 4711 e produtos de banho da Imperial Leather em caixas de papelão bege e vinho. Havia uns frascos de Tweed e um bando de outros perfumes que não conhecia. TRAMP, lia-se em um dos frascos, com um corte arrojado na transversal do T. Na prateleira do meio havia xampus que não faziam referência à caspa, mas a raios de sol e ao balanço do cabelo de um lado para o outro — Silvikrin, Sunsilk, Clairol Herbal Essences. Na última prateleira havia gordos pacotes de plástico e Hanna não sabia o que eram, imaginou que fossem ramas de algodão. Pegou o frasco de Cachet by Prince Matchabelli, uma embalagem retangular torcida, e inspirou onde a tampa encostava no vidro frio.

Sentia os olhos do tio pousados nela, e neles algo como pena. Ou alegria.

"Bart", ela disse. "Você acha que a mamãe está bem?"

"Ah, pelo amor de Deus", retrucou Bart. "O que é isso?"

A mãe de Hanna tinha ido para a cama. Estava lá fazia quase duas semanas. Não se vestia ou arrumava o cabelo desde o domingo anterior à Páscoa, quando Dan disse a todos que seria padre.

Dan estava no primeiro ano de faculdade em Galway. Deixariam que terminasse o curso, ele disse, mas o faria do seminário. Portanto, em dois anos ele teria o diploma universitário e em sete seria padre, e depois sairia em missões. Estava tudo resolvido. Anunciou isso quando voltou para casa para o feriado de Páscoa e a mãe deles subiu a escada e não desceu mais. Ela disse que o cotovelo doía. Dan disse que tinha pouco o que pôr na mala e então iria embora.

"Vai dar uma volta nas lojas", disse o pai, para Hanna. Mas não lhe deu dinheiro e não havia nada que ela quisesse comprar. Além disso, tinha medo de que algo acontecesse caso saísse dali, que houvesse gritaria. Dan não estaria lá quando ela voltasse. O nome dele nunca mais seria mencionado.

Mas Dan não saiu de casa, nem mesmo para uma caminhada. Continuou por lá, sentando numa cadeira e depois em outra, evitando a cozinha, aceitando ou rejeitando a oferta de chá. Hanna levava a xícara ao quarto dele com algo para comer escondido no pires: um sanduíche de presunto ou um pedaço de bolo. Às vezes ele só dava uma mordida na comida e Hanna terminava de comer enquanto levava a louça de volta para a cozinha, e a crosta rançosa do pão fazia com que sentisse ainda mais carinho pelo irmão, em seu confinamento.

Dan estava muito infeliz. Hanna só tinha doze anos e era terrível ver o irmão tão esgotado — toda aquela fé e a luta para encontrar sentido nela. Quando Dan ainda estava na escola, ele a obrigava a ouvir os poemas que lia na aula de inglês, e depois conversavam sobre eles e também sobre várias outras coisas. A mãe disse a mesma coisa mais tarde. Ela disse, "Contava para ele coisas que eu não contava para mais ninguém". E essa declaração intrigou Hanna, pois havia pouco que a mãe não dissesse. Os filhos nunca eram o que se poderia chamar de "poupados".

Hanna botava a culpa no papa. Ele visitou a Irlanda pouco depois de Dan ir embora para a faculdade e parecia que ele tinha ido especialmente para isso, já que Galway era onde acontecia a grande Missa da Juventude, no hipódromo de Ballybrit. Hanna foi à missa de Limerick, e foi o mesmo que ficar parada num campo com os pais durante seis horas, mas o irmão Emmet também conseguiu permissão para ir a Galway, embora tivesse só catorze anos e a pessoa precisasse ter no mínimo dezesseis anos para falar na Missa da Juventude. Ele partiu da igreja local de micro-ônibus. O padre levou um banjo e quando Emmet voltou havia aprendido a fumar. Não viu Dan na multidão. Viu duas pessoas transando num saco de dormir, relatou ele, mas foi na véspera, quando estavam todos acampados num campo em algum lugar — não sabia dizer aos pais que lugar era.

"E onde era o campo?", perguntou o pai deles.

"Não sei", respondeu Emmet. Não falou nada sobre sexo.

"Era uma escola?", inquiriu a mãe deles.

"Acho que era", disse Emmet.

"Era depois de Oranmore?"

Dormiram em barracas, ou fingiram dormir, pois às quatro da manhã todos tinham de arrumar as coisas e atravessar a escuridão total rumo ao hipódromo. Andaram em silêncio, foi como o fim da guerra, disse Emmet, era difícil de explicar — apenas o som dos pés, a visão de um cigarro iluminando o rosto de alguém antes de ser jogado fora. Andávamos em direção à história, o padre afirmou, e quando o sol nasceu havia homens de braçadeiras amarelas sobre seus paletós mais bonitos, parados debaixo das árvores. Foi isso, pelo que Emmet sabia. Cantaram "By the Rivers of Babylon" e ele voltou sem voz e com as roupas mais sujas que a mãe já tinha visto na vida; teve de colocá-las na máquina duas vezes.

"Era na estrada de Athenry?", perguntou o pai. "O campo?"

A localização do campo próximo a Galway continuou sendo um mistério na família Madigan, outro era o que teria acontecido com Dan depois de ir para a faculdade. Ele voltou para o Natal e brigou com a avó sobre se proteger, e a avó era totalmente a favor de se proteger, essa era a graça da questão, sua irmã Constance explicou, porque "se proteger" na verdade significava camisinha. Mais tarde, após acenderem a vela do pudim de Natal, Dan passou por Hanna no corredor e a puxou para perto, "Me salva, Hanna. Me salva dessa gente medonha". Ele a enlaçou com os braços.

No Dia do Ano-Novo um padre foi lá e Hanna o viu sentado na sala de estar com os pais. O cabelo do padre ostentava as marcas do pente, como se ainda estivesse molhado, e o casaco, pendurado sob a escada, era bem preto e macio.

Em seguida, Dan voltou a Galway e nada aconteceu até o feriado da Páscoa, quando falou que queria ser padre. Fez o grande anúncio no jantar de domingo, que os Madigan sempre faziam com toalha de mesa e guardanapos finos, não importando o que acontecesse. Naquele dia, o Domingo de Ramos, serviram bacon e couve com molho branco e cenoura — verde, branco e laranja, como a bandeira da Irlanda. Havia um vidrinho de salsa em cima da toalha de mesa, e a sombra da água tremia ao sol. O pai juntou as mãos grandes e fez uma prece, após a qual fizeram silêncio. Isto é, sem contar o ruído geral de mastigação e do pai pigarreando mais ou menos uma vez por minuto.

"Hm-hm."

Os pais sentavam nas cabeceiras, os filhos, nas laterais. Meninas de frente para a janela, meninos de frente para a sala: Constance-e--Hanna, Emmet-e-Dan.

Como havia fogo na lareira e de vez em quando o sol também brilhava, viviam o calor do inverno e o calor do verão a cada cinco minutos. Estavam duplamente aquecidos.

Dan disse, "Ando conversando com o padre Fawl de novo".

Era quase abril. Um dia parado. A luz clara pegava as gotas no vidro da janela em toda a sua multiplicidade enquanto, lá fora, milhares de brotos de folhas se abriam junto aos galhos pretos de chuva.

Dentro da casa, a mãe tinha um lenço preso na palma da mão. Levou-o à testa.

"Ai, não", ela disse, virando o rosto, a boca aberta de tal modo que dava para ver as cenouras.

"Ele falou que eu preciso pedir a vocês que repensem. Que é muito difícil para quem não tem o apoio da família. Estou tomando uma decisão importante, e ele falou que eu preciso pedir a vocês — preciso implorar a vocês — que não estraguem tudo com seus sentimentos e preocupações."

Dan falou como se estivessem a sós. Ou como se estivessem num grande salão. Mas era uma refeição em família, o que era diferente de qualquer uma dessas situações. Dava para ver que a mãe teve o ímpeto de se levantar da mesa, mas não se permitiu fugir.

"Ele falou que eu preciso pedir perdão a vocês, pela vida que esperavam que eu tivesse e os netos que não vão ter."

Emmet bufou em cima do próprio prato. Dan apertou as mãos contra o tampo da mesa antes de bater no irmão mais novo, com rapidez e força. A mãe ficou pasma com o golpe, como um cavalo pulando um fosso, mas Emmet se abaixou e, após um longo segundo, ela pousou do outro lado. Então abaixou a cabeça, como se para tomar impulso. Soltou um gemido, fraco e amorfo. Como o som pareceu agradá-la e também surpreendê-la, tentou outra vez. O gemido começou suave e se alongou, e houve uma espécie de fala em sua derradeira ascensão e queda.

"Ai, Deus", ela exclamou.

Ela jogou a cabeça para trás e piscou para o teto, uma vez, duas.

"Ai, santo Deus."

As lágrimas começaram a cair, uma depois da outra, descendo até o cabelo: uma, duas-três, quatro. Passou um tempo assim, enquanto os filhos assistiam e fingiam não assistir e o marido pigarreava para o silêncio, "Hm-hm".

A mãe ergueu as mãos e arregaçou as mangas. Enxugou as têmporas molhadas com a almofada das mãos e usou os dedos delicados, tortos, para arrumar o cabelo, sempre preso num coque. Voltou a se sentar e olhou, com muito cuidado, para o nada. Pegou o garfo e o enfiou numa fatia de bacon, levou-a à boca, mas a sensação da carne na língua a desarranjou; o garfo balançou em direção ao prato e o bacon caiu. Os lábios tomaram aquela forma lamurienta — encostados no meio e abertos nos cantos — que Dan chamava de expressão de "sapo de boca larga", ela tomou fôlego e soltou: "Aggh-aahh. Aggh--aahh".

Hanna teve a impressão de que a mãe deveria parar de comer ou, se estava com tanta fome assim, deveria pegar o prato e levá-lo para outro cômodo para chorar, mas era óbvio que a ideia não passava pela cabeça da mãe, e ela ficou lá sentada, comendo e chorando ao mesmo tempo.

Muito choro, pouca comida. Mexeu mais ainda no lenço, que a essa altura estava aos pedaços. Foi horrível. A dor foi horrível. A mãe se sacudindo e cuspindo, com as cenouras caindo da boca em nacos e bolotas.

Constance, a mais velha, deu ordens silenciosas a todos e eles levaram os pratos e copos passando pela mãe, que pingava, de uma forma ou de outra, na própria comida.

"Ô, mamãe", disse Constance, se aproximando, com o braço em torno dela para lhe tirar o prato com destreza.

Como Dan era o menino mais velho, sua função era cortar a torta de maçã, e ele se levantou para fazer isso, escurecido na contraluz da janela, com o triângulo prateado da faca de bolo na mão.

"Eu não vou querer", disse o pai, que estava brincando, de modo quase imperceptível, com a asa da xícara. Ele se levantou e saiu da sala e Dan disse, "Então são cinco. Como é que eu vou cortar cinco?".

Havia seis Madigan. Cinco era um número inédito, pensou enquanto ensaiava fazer uma cruz com a faca de bolo para depois acrescentar mais dezoito graus ao tamanho da fatia. Era uma abertura forçada das relações entre eles. Era uma história completamente diferente. Como se pudesse haver qualquer número de membros na família Madigan e, mundo afora, qualquer número de tortas de maçã.

O choro da mãe se transformou em inalações engraçadas e vacilantes de "fuhh fuuhh fuhh" à medida que cavoucava a sobremesa com a colherzinha e os filhos, também, eram reconfortados pela massa e pela doçura lenhosa das maçãs velhas. Ainda assim, não havia sorvete à vontade naquele domingo, e nenhum deles pediu, embora todos soubessem que tinha um pouco; estava espremido no congelador, no alto, no canto direito da geladeira.

Depois disso, a mãe foi para a cama e Constance teve de ficar em casa em vez de pegar o ônibus de volta a Dublin, e estava furiosa com Dan: fez duras críticas por ter de lavar a louça enquanto ele subia para o quarto e lia seus livros e a mãe ficava deitada com a porta fechada, e na segunda-feira o pai foi a Boolavaun e voltou para casa no fim da tarde, e estava tão bêbado que não emitia nenhuma opinião que desse para entender.

Não era a primeira vez que a mãe adotava a solução horizontal, conforme Dan a chamava, mas era a mais longa de que Hanna se lembrava. A cama rangia de vez em quando. A descarga do vaso era ativada e a porta do quarto tornava a se fechar. Saíram cedo da escola na Quarta-Feira Santa e ela continuava com a porta do quarto fechada. Hanna e Emmet perambularam furtivamente pela casa, tão ampla e silenciosa sem ela. Tudo parecia estranho e desconexo: a curva do corrimão no patamar da escada, o escritório pequeno sem lâmpada, o vinco de umidade no papel de parede da sala de jantar inchando ao longo do bambuzal.

Então Constance apareceu e lhes deu pancadas, e ficou claro — tarde demais — que foram barulhentos e sem consideração quando pretendiam ser alegres e divertidos. Uma xícara caiu no chão, uma poça de chá frio se espalhou em direção ao livro da biblioteca que estava sobre a mesa da cozinha, um cinto branco, de couro envernizado, revelou ser de plástico quando Emmet pôs uma rédea em Hanna e a cavalgou rumo à porta da frente. Depois de cada desastre as crianças se dispersavam e agiam como se nada tivesse acontecido. E nada acontecia. Ela dormia lá em cima, ela estava morta. O silêncio se tornou mais insistente e cadavérico, se tornou totalmente trágico, até que a maçaneta da porta bateu na parede e a mãe irrompeu do quarto. Desceu a escada voando neles, o cabelo desarrumado, as sombras dos seios se mexendo sob o algodão da camisola, a boca aberta, a mão levantada.

Poderia quebrar outra xícara, ou derrubar a chaleira inteira, ou arremessar o cinto partido no canteiro de flores pela porta aberta.

"Pronto", ela disse.

"Gostaram?"

"Vou dar o troco em vocês", ela declarou.

"Está bom pra vocês?"

Ela passava um tempo olhando fixo, como se ponderasse quem eram aquelas crianças desconhecidas. Depois dessas breves confusões, dava meia-volta e subia para a cama pisando forte. Dez minutos depois, ou vinte minutos, ou meia hora, a porta se abria com um rangido e ouvia-se sua voz fraca chamando, "Constance?".

Havia um toque de humor nessas cenas. Dan fazia cara de repulsa ao retomar o livro, Constance às vezes fazia chá e Emmet tomava alguma atitude muito nobre e pura — uma única flor colhida do jardim, um beijo a sério. Hanna não sabia o que fazer além de talvez entrar no quarto e ser amada.

"Meu bebê. Como está a minha filhota?"

Muito depois, quando toda a situação foi esquecida, a TV já estava ligada e a torrada com queijo preparada para a hora do chá, o pai voltou do sítio em Boolavaun. Ele subiu a escada, um degrau de cada vez, bateu na porta duas vezes e entrou no quarto.

"Então?", ele disse antes de a porta se fechar sobre a conversa dos dois.

Transcorrido bastante tempo, ele voltou à cozinha para pedir chá. Tirou um cochilo silencioso por mais ou menos uma hora e acordou quando começava o noticiário das nove horas. Depois desligou a televisão e disse, "Quem foi que rasgou o cinto da mamãe? Pode ir abrindo a boca", e Emmet disse, "A culpa foi minha, papai".

Ele se levantou de cabeça baixa e os braços junto ao corpo. Emmet tirava as pessoas do sério por ser bom.

O pai puxou a régua de baixo do aparelho de TV e Emmet levantou a mão, e o pai segurou a ponta dos dedos até o último milissegundo enquanto desferia o golpe. Depois se virou e suspirou ao guardar a régua no lugar de sempre.

"Vá pra cama", ordenou.

Emmet saiu de bochechas em chamas e Hanna ganhou seu afago de barba de boa-noite — uma roçada no restolho da bochecha do pai quando ele se esquivava, de brincadeira, do beijo da filha. O pai cheirava a um dia de trabalho: ar fresco, diesel, feno, com vestígio de gado em algum canto, e além disso, de novo, a lembrança do leite. Ele jantava em Boolavaun, onde a mãe ainda morava.

"Sua avó mandou boa-noite", ele dizia, o que também era uma espécie de piada para ele. E inclinava a cabeça.

"Você vai sair comigo amanhã? Você vai, sim."

No dia seguinte, Quinta-Feira Santa, o pai levou Hanna para passear no Cortina laranja, cuja porta soltava um baita estalo ao ser aberta. Percorridos alguns quilômetros, ele começou a cantarolar e dava para sentir o céu embranquecendo à medida que se aproximavam do mar.

Hanna adorava a casinha de Boolavaun: quatro quartos, a varanda cheia de gerânios, a montanha ao fundo e, na frente, o céu carregado de nuvens. Ao cruzar o extenso prado, chegava-se a uma ruela que dava numa ladeirinha com vista para as ilhas de Aran, próximas à baía de Galway, e as falésias de Moher, também famosas, bem distantes, ao sul. Essa ruela virava uma estrada verde que atravessava Burren, bem acima da praia de Fanore, e era a estrada mais linda do mundo, ímpar, a avó dizia — *celebrada em canções e histórias* —, as rochas se aglomerando brevemente em muros antes de voltar a cair no campo, os pequenos pastos pedregosos cujas flores eram encantadoras e raras.

E caso se desviasse o olhar das dificuldades do caminho, ele sempre ficava diferente, as ilhas dormindo na baía, as nuvens movendo suas sombras pela água, o Atlântico irrompendo dos despenhadeiros longínquos numa coluna silenciosa de borrifos, em transe.

Bem lá embaixo havia as planícies calcárias a que davam o nome de costa Flaggy: rochas cinza sob o céu cinza, e havia certos dias em que o mar emitia um brilho da mesma cor e os olhos não sabiam se era crepúsculo ou aurora, os olhos estavam sempre se adaptando. Era como se as rochas captassem a luz e a escondessem. E Boolavaun era isso: um lugar que se fazia difícil de ver.

E Hanna adorava a vovó Madigan, uma mulher que parecia ter muito a dizer, e não dizia nada.

Mas era um longo dia de passeio quando a chuva caiu: a avó sempre indo de canto em canto, limpando coisas, esfregando-as, e boa parte era comoção inútil; alimentava gatos que não vinham quando os chamava, ou perdia algum objeto que tinha acabado de soltar. Não havia muito do que falar.

"Como vai a escola?"

"Bem."

E não havia muito em que Hanna tivesse permissão para tocar. Um aparador na sala boa guardava uma seleção de louças. Outras superfícies eram ocupadas por gerânios em várias fases de floração e morte: havia uma prateleira inteira de flores mutiladas na soleira dos fundos, os caules truncados bulbosos até as pontas. As paredes eram lisas, à exceção de um retrato dos lagos de Killarney na sala boa e um crucifixo simples e preto acima da cama da avó. Não havia Sagrado Coração, ou água benta, ou uma imagem da Virgem. A avó Madigan ia à missa com uma vizinha, se sequer fosse à missa, e pedalava oito quilômetros independente do clima para chegar à loja mais próxima. Se ficasse doente — e nunca ficava doente —, estaria em apuros, pois nunca tinha pisado na Farmácia Considine.

Nunca tinha pisado e jamais pisaria.

As razões para isso eram de certo interesse para Hanna, visto que, assim que o pai saía com o gado, a avó a puxava de lado — como se multidões as observassem — e botava uma nota de libra esterlina em sua mão.

"Vai lá no seu tio pra mim", ela dizia. "E pede mais um pouco daquele último creme."

O creme era para alguma coisa de senhora e horrível.

"O que eu digo?", perguntou Hanna.

"Ah, não precisa, não precisa", respondeu a avó. "Ele sabe."

Antes Constance era a encarregada disso, sem dúvida, e agora era a vez de Hanna.

"Tá bem", disse Hanna.

A nota de libra esterlina que a avó enfiara em sua mão foi de novo dobrada ao meio e enrolada. Como Hanna não sabia onde guardá-la, enfiou-a na meia para não perdê-la, deslizando-a até o osso do tornozelo. De uma janela viu a luz forte do mar e da outra, a estrada rumo à cidade.

Não se davam bem, os Considine e os Madigan.

Quando o pai de Hanna apareceu pedindo uma xícara de chá, ocupou todo o umbral da porta, precisando se abaixar, e Hanna desejou que a avó pudesse pedir ao próprio filho que buscasse o creme, qualquer que fosse, embora imaginasse que tinha algo a ver com o sangue claro que viu na cadeira sanitária da avó, uma cadeira com um buraco cortado e um penico encaixado embaixo.

A casa de Boolavaun tinha quatro quartos. Hanna entrou em cada um deles e prestou atenção aos diferentes sons da chuva. Parou no quarto dos fundos que o pai dividira com os dois irmãos mais novos, que agora estavam na América. Olhou as três camas onde costumavam dormir.

Na cozinha, o pai estava sentado diante do chá e a avó lia o jornal que todos os dias ele lhe trazia da cidade. Bertie, o gato da casa, se espremia contra os pés velhos da avó, e o rádio não pegava nenhuma estação. No fogão, um bule grande de água chegava, numa vagarosidade épica, à ebulição.

Depois da chuva, saíram para procurar ovos. A avó carregava uma tigela branca esmaltada cuja borda fina azul estava lascada, aqui e ali, adquirindo um tom preto. Avançava com agachamentos rápidos do galinheiro para a sebe que separava o cercado da horta. Arrastou-se junto aos arbustos, olhando entre os galhos.

"A-há", ela exclamou. "Te peguei."

Hanna rastejou junto aos pés com joanetes da avó para recolher o ovo botado sob a sebe. O ovo era marrom e estava riscado pelos detritos da galinha. A avó o pegou para admirar antes de colocá-lo no prato vazio, onde ele rolou com um som oco, perigoso.

"Abaixa aí pra mim", ela pediu a Hanna, "e confere os buracos da muralha."

Hanna se abaixou sem demora. As muralhas, que se espalhavam por todos os cantos do terreno, eram proibidas para ela e Emmet por medo de que derrubassem as pedras sobre si mesmos. As muralhas eram mais antigas que a casa, a avó afirmava: tinham milhares de anos, eram as mais antigas da Irlanda. De perto, as pedras eram salpicadas de branco e rajadas de líquen amarelo, que reluziam como dinheiro à luz do sol. E havia um ovo branco, não estava nem sujo, enfiado numa fenda onde crescia a erva-de-santiago.

"A-há", disse a avó.

Hanna pôs o ovo na tigela e a avó enfiou os dedos dentro dela para impedir que eles ficassem se batendo. Hanna meteu a mão no galinheiro de madeira para catar o restante, em meio ao odor rançoso de palha velha e penas, enquanto a avó ficava na porta e abaixava a tigela para cada ovo que ela achava. Ao voltarem para a casa, a velha esticou o braço e pegou uma das aves com garras — tanta facilidade, não precisou sequer deixar os ovos de lado. Se Hanna tentasse pegar galinhas, elas se esquivariam tão rápido que temia lhes causar um enfarte, mas a avó simplesmente pegou a ave e ali estava ela, enfiada debaixo do braço, as penas marrons-avermelhadas brilhando ao sol. Dava para ver que seria um galo, pela pelugem preta da cauda, quando crescesse, uma matiz soberba, cintilando em tons de verde.

Quando cruzavam o quintal, o pai de Hanna saiu da garagem, um telheiro de laterais abertas entre o estábulo e o pequeno caramanchão de turfa. A avó ficou na ponta dos pés para lhe dar a ave, que girou nas mãos dele quando lhe deram as costas. Segurava o galo pelos pés e na outra mão tinha um machadinho, que pegava perto do gume. Ele avaliou o peso do objeto ao se dirigir a um banco quebrado que Hanna nunca havia notado, abrigado sob o telhado da garagem. Arremessou a cabeça da ave na madeira, fazendo com que o bico se esticasse para a frente, e cortou-a com um golpe.

Fez isso com a mesma facilidade com que a avó havia pegado a ave no chão, tudo de uma tacada só. Ele ergueu a coisa abatida, mantendo-a longe de si enquanto o sangue bombeava e gotejava nas pedras arredondadas.

"Oh." A avó soltou um berrinho, como se certa bondade tivesse se perdido, e os gatos apareceram de repente, se levantando sobre as patas traseiras, sob o pescoço aberto da ave.

"Saiam daqui", disse o pai, afugentando um deles com a bota, e depois entregou o galo, ainda se debatendo, para Hanna.

Hanna ficou surpresa com o calor dos pés do frango, que eram escamosos e ossudos e não deveriam estar nada quentes. Percebeu que o pai ria dela ao deixá-la sozinha e entrar em casa. Hanna segurava o frango longe de si com as duas mãos e tentava não soltá-lo enquanto ele se sacudia e se dobrava sobre o espaço onde antes ficava a cabeça. Um dos gatos já estava com a crista polpuda entre seus dentes, fugindo com a cabeça balançando sob seu pequeno queixo branco. Hanna poderia ter gritado diante de tudo isso — do pescoço esfarrapado, dependurado e o olhar indignado do galo — mas estava muito ocupada impedindo o cadáver de escapulir das mãos. As asas estavam abertas, todas as penas avermelhadas enrugadas, mostrando a pelugem amarela, e o corpo cagava por baixo das plumas pretas da cauda, em jatos que emulavam os jatos de sangue.

O pai saiu da cozinha com uma panela grande de água, que deixou no chão.

"Ainda se debatendo", ele constatou.

"Papai!", exclamou Hanna.

"É só reflexo", ele explicou. Mas Hanna sabia que ria dela, porque assim que tudo acabou, aquela coisa deu outro solavanco e a avó emitiu um som que Hanna nunca tinha ouvido, um alarde de deleite que sentiu na pele de sua nuca. A velha voltou à cozinha para guardar os ovos no armário, e saiu tentando tirar um pedaço de barbante do bolso do avental enquanto o pai de Hanna pegava o frango de suas mãos, finalmente, e enfiava o troço na tina de água fervente.

Mesmo assim o corpo estremeceu e as asas bateram com força, duas vezes, nas laterais da tina.

A carcaça se mexia e parava. E então estancou por completo.

"Agora é com você", ele disse à mãe, segurando um dos pés para que ela o amarrasse com o barbante.

Depois Hanna observou a avó atar o frango pelo pé a um gancho da garagem e arrancar as penas da ave com um som alto de rasgos. As penas molhadas se prendiam aos montes em seus dedos: tinha de bater as mãos e enxugá-las no avental.

"Vem cá que eu te mostro como é que se faz", ela disse.

"Não", disse Hanna, parada na porta da cozinha.

"Veja só", retrucou a avó.

"Não vou", declarou Hanna, chorando.

"Ah, minha querida."

E Hanna virou a cara, envergonhada.

Hanna vivia chorando — essa era a característica de Hanna. Estava sempre "catarrando", como Emmet dizia. *Ah, sua bexiga fica bem perto dos olhos*, a mãe costumava dizer, ou *Seu sistema hidráulico*, Constance o chamava, e havia outra expressão que todos eles usavam, *Lá vem a tempestade*, embora fossem os irmãos e a irmã que provocassem o choro. Sobretudo Emmet, que ganhava suas lágrimas, as arrancava de seu rosto, vermelho e inflamado, e fugia com elas, exultante.

"A Hanna está chorando!"

Mas Emmet nem estava ali. E Hanna chorava por causa de um frango. Pois era isso que existia sob as penas sujas: pele de galinha, branca, clamando por batata assada.

Um frango de domingo.

E a avó agora a abraçava de lado. Apertava o braço de Hanna.

"Veja só", ela disse.

Enquanto isso o pai de Hanna vinha do estábulo com uma lata de leite para levar para casa.

"Você acha que vai sobreviver?", ele perguntou.

Quando ela entrou no carro, o pai pôs a lata de leite entre os pés de Hanna para firmá-la. O frango estava no banco de trás, embrulhado em jornal e amarrado com barbante, as entranhas vazias e os miúdos ao lado, num saco plástico. O pai fechou a porta e Hanna ficou em silêncio enquanto ele dava a volta até o banco do motorista.

Ela estava exasperada com as mãos do pai, eram enormes, e a imagem delas no volante faziam o carro parecer um brinquedo e se sentia como um bebê, que ele abandonaria quando crescesse. O leite balançando na lata continuava morno. Também sentia a nota de libra esterlina, acomodada junto ao osso do tornozelo.

"A vovó me pediu pra passar na farmácia", ela disse.

Mas o pai não respondeu. Hanna se perguntou, brevemente, se ele teria escutado aquelas palavras ou se ela não as havia pronunciado em voz alta.

* * *

O avô, John Considine, uma vez gritou com uma mulher porque ela entrou na farmácia e pediu algo que não se pode mencionar. Hanna nunca soube o que foi — era possível morrer de vergonha —, diziam que tinha botado a mulher na rua à força com as próprias mãos. Apesar de outras pessoas falarem que era um santo — um santo, diziam as pessoas da cidade que batiam à sua porta a qualquer hora com uma criança com tosse rouca ou uma senhora enlouquecida com a dor de pedras nos rins. Havia homens de Gort a Lahinch que só falavam com ele se suas galinhas estivessem entorpecidas ou as ovelhas com diarreia. Levavam os cachorros presos a um sisal — homens selvagens do fim do mundo — e ele ia ao armário de remédios para misturar e cantarolar; com cânfora e óleo de menta, com láudano e extrato de feto-macho. Pelo que Hanna percebia, todo mundo achava o velho John Considine um santo, menos as pessoas que não gostavam dele, que era metade da população da cidade — a outra metade —, as pessoas que iam no Moore, o farmacêutico do outro lado do rio.

E não sabia por que era assim.

Pat Doran, o mecânico, dizia que o Moore era muito mais compreensivo com problemas "debaixo do capô", mas Considine tinha ofertas muito superiores no que dizia respeito ao porta-malas. Então talvez fosse esse o motivo.

Ou talvez fosse algo completamente diferente.

Sua mãe dizendo: *Eles nunca gostaram da gente.*

Sua mãe puxando-a ao passar por uma dupla de irmãs velhas na rua, com aquele sorriso de "continue andando".

Emmet disse que o avô Madigan levou um tiro durante a Guerra Civil e o avô Considine se negou a ajudá-lo. Os homens correram para a farmácia em busca de unguento e ataduras e ele simplesmente fechou a persiana, ele contou. Mas ninguém acreditava em Emmet. O avô Madigan morreu de diabetes anos atrás, tiveram de lhe amputar o pé.

Qualquer que fosse a história, Hanna andou até a farmácia naquela noite se sentindo marcada, escolhida pelo destino para ser a fornecedora de creme para o bumbum de velhas senhoras, enquanto Emmet não deveria nem saber que a avó tinha bumbum, já que ele era menino. Emmet tinha interesse nas coisas e tinha interesse em fatos e nenhum desses fatos era trivial ou bobo, eram todos sobre a Irlanda e pessoas levando tiros.

Hanna caminhou pela Curtin Street, passou pela janela com o veleiro de chifres envernizados, pela terrina bege e o gato de feltro rosa. Anoitecia e as luzes da farmácia brilhavam amareladas no azul da rua. Ela apoiou um dos joelhos no chão para tirar a cédula da meia.

"É para a vovó Madigan", ela disse a Bart. "Ela falou que você sabe o que é."

Bart abaixou e levantou as pálpebras rapidamente, depois enrolou uma caixinha em papel pardo. Ouviu o chiado da fita adesiva retirada do porta-fita ao grudar o papel.

"Mas como é que ela está?", ele perguntou.

"Bem", disse Hanna.

"Como sempre?"

Uma parte de Hanna esperava poder ficar com o dinheiro, mas Bart estendeu a mão e ela foi obrigada a entregar, por mais patético que parecesse, amaciado devido a tanto manuseio.

"Acho que sim", ela disse.

Bart alisou a nota, declarando, "Está um dia lindo lá fora. As gencianas talvez já estejam floridas. Uma coisinha azul clara, sabe? Uma estrelinha, brotando entre as pedras?".

Ele pôs a nota velha no alto da pilha de notas de uma libra amontoadas na gaveta da caixa registradora e deixou a presilha da gaveta se encaixar.

"É", disse Hanna. Que estava de saco cheio das pessoas falando de uma florzinha minúscula como se fosse algo incrível. E de saco cheio das pessoas falando da vista das ilhas de Aran e da porra da costa Flaggy. Olhou a cedulazinha suja no alto da pilha de notas novinhas em folha e pensou na bolsa da avó, sem nada dentro.

"Tudo certo?", perguntou Bart, pois Hanna ficou ali parada um instante, a pele vivaz por causa da vergonha. Seu pai tinha nascido numa família pobre. Podia ser bonito e alto, mas o pouco terreno que tinha era só pedra e ele fazia suas necessidades atrás da sebe, como o resto dos Madigan antes dele.

Pobres, burros, imundos e pobres.

Esse era o grande problema entre os Considine e os Madigan. Era essa a razão para eles nãos se darem bem.

"Toma cuidado com o troco dela", disse Bart, deslizando uma moeda de dez e uma de cinco centavos sobre a curva de plástico da gaveta da caixa.

"Pode ficar", disse Hanna, despreocupada, e pegou o pacote e foi embora da loja.

Mais tarde, na igreja, sentou ao lado do pai, ajoelhado e curvado com o rosário caído sobre o balaústre à sua frente. As contas eram brancas. Quando acabou de rezar, levantou-as alto e as balançou sobre a bolsinha de couro, e elas escorregaram lá para dentro como água. Os Madigan sempre iam à missa, embora fosse desnecessário ir à missa na Quinta-Feira Santa. Dan tinha sido coroinha, mas neste ano estava de alva branca amarrada com cordão de seda, com suas próprias calças por baixo. E por cima usava uma espécie de vestido, em pano áspero bege. Estava ajoelhado ao lado do padre Banjo, ajudando-o a lavar os pés das pessoas.

Havia cinco pessoas nas cadeiras em frente ao altar e o padre percorria a fileira com uma bacia prateada e salpicava os pés de cada uma delas; jovens e velhos, com seus joanetes, verrugas e as unhas grossas amareladas. Depois se virava para Dan para pegar o pano branco e passá-lo sobre cada um dos pés.

Era apenas simbólico. Todos tinham lavado bem os pés antes de sair de casa, é óbvio que tinham. E além disso o padre não os enxugou direito, portanto foi um transtorno para botarem as meias outra vez. Dan seguia logo atrás, tentando não enrolar os joelhos nos vincos do vestido, com aparência divina.

Durante toda a Sexta-Feira Santa não havia nada na TV além de música clássica. Hanna olhou o calendário pendurado na cozinha, com fotografias de crianças negras reluzentes com a barriga se projetando por baixo dos vestidos estampados e ao lado de padres em mantos brancos. Acima das vestimentas havia rostos comuns, irlandeses, e pareciam muito contentes com eles mesmos e com as crianças negras cujos ombros tocavam com as mãos grandes e cuidadosas.

Por fim, às oito horas, o programa sobre tecnologia *Tomorrow's World* começou no RTÉ 2 e o assistiam quando ouviram Dan entrar com a mãe. Ele passou horas no quarto, a voz de ambos era um murmúrio exaltado. O pai ficou sentado, fingindo cochilar ali perto, e Constance arrastou as crianças, que escutavam a conversa, para longe da base da escada. Passado bastante tempo, Dan desceu — resolvido. Satisfeito consigo.

O irmão deles, padre: era "uma piada de mau gosto", declarou Emmet. Mas Hanna se sentiu grandiosa e triste. Não se tirava folga das missões para visitar a família. Dan iria embora da Irlanda para sempre. E, além disso, poderia morrer.

Mais tarde, naquela noite, Emmet escarneceu dele.

"Você não acredita de verdade", ele disse. "Você só acha que sim."

E Dan deu seu novo sorriso, sacerdotal.

"E qual é a diferença mesmo?", ele perguntou.

E assim virou realidade. Dan os deixaria para salvar os bebês negros. A mãe não tinha mais o poder de impedi-lo.

Nesse ínterim, havia o probleminha da namorada de Dan, que ainda não havia sido informada. Hanna se deu conta disso após o jantar de Páscoa, com o frango servido, morto e nada ressuscitado, no centro da mesa; meio limão em seu peito ou bunda, Hanna nunca sabia o que era o quê. A mãe não desceu para comer com eles, continuava de cama. Jamais se levantaria, declarou. Hanna sentou no patamar da escada, à porta do quarto, e jogou cartas no chão, e quando a mãe abriu a porta todas as cartas se misturaram e Hanna chorou, então a mãe lhe deu um tapa por chorar, e Hanna chorou mais alto e a mãe vacilou e se lamentou. Na terça-feira, Dan levou Hanna para passar uns dias com ele em Galway. Ele explicou que era para tirá-la de todo aquele estardalhaço, mas um outro tipo de estardalhaço os esperava no Eyre Square.

"Esta aqui é a Hanna", o irmão disse, empurrando-a para a frente.

"Olá", disse a mulher, esticando a mão coberta por uma luva de couro verde-escuro. Ela era muito elegante. A luva ia até o punho, com uma fileira de botões forrados na lateral.

"Vai em frente", disse Dan, e Hanna, que ainda não tinha modos, esticou o braço para apertar a mão da mulher.

"Que tal um lanche?", ela perguntou.

Hanna andou ao lado deles, tentando entender o tráfego e as pessoas que passavam, mas a cidade era tão movimentada que não dava tempo de absorver tudo. Alguns estudantes pararam para falar com eles. A jaqueta xadrez da menina estava aberta sobre o macacão de lá e o homem usava óculos grandes e tinha barba dura. Estavam de mãos dadas, mesmo parados ali, e a menina se mexia e dava olhadelas para Dan por debaixo do cabelo desgrenhado, como se esperasse ele falar alguma coisa hilária. E então ele disse algo, ele disse:

"Que diabos é isso?", e a menina caiu na gargalhada.

Despediram-se com certo desconforto do par e a namorada de Dan os conduziu pela porta de um pub. Ela disse, "Você deve estar morta de fome. Quer um sanduíche de presunto?", e Hanna não soube o que dizer.

O interior do pub era muito escuro.

"Ela quer", respondeu Dan.

"E que mais? Quer uma cerveja?"

"Ela pode beber um refrigerante de laranja."

E assim surgiu, um copo que se alargava na boca e cuja superfície era um silêncio de borbulhas que emergiam e se perdiam no ar.

"Quer dizer que você está no primário?", perguntou a namorada de Dan, enquanto jogava três pacotes de batatinhas na mesa e se acomodava. "Elas já te mataram, as freiras?"

"Estão tentando", respondeu Hanna.

"Não se preocupa com isso."

Ela se ocupou das luvas e da bolsa. Usava uma presilha de madeira envernizada no cabelo, a tirou e tornou a colocá-la. Em seguida, ergueu o copo.

"Gaudete!", brindou. Era latim, e era uma piada.

Hanna estava brava por causa da namorada de Dan. Era tão fina. Não havia outra palavra para descrever. A voz tinha camadas, tinha emoção e ironia, não fazia ideia — Hanna percebeu, com uma sensação esquisita, amarrotada — do que o futuro guardava.

Dan ia virar padre! Você não imaginaria ao vê-lo colocar a cerveja à sua frente e engatar o lábio inferior na beira do copo para tirar a espuma. Você não imaginaria quando olhava para a moça a seu lado, com sua cascata de cabelo castanho-claro.

"Então, qual é a história?"

"Ela está bem a fim", ela declarou.

"Você acha?", ele perguntou.

A namorada de Dan era uma tragédia em formação. E, no entanto, aquelas luvas verdes evocavam uma vida que seria adorável. Estudaria em Paris. Teria três filhos, lhes ensinaria um belo irlandês e um francês perfeito. Sempre se lamentaria por Dan.

"Desculpa, qual é o seu nome?", perguntou Hanna.

"Meu nome?", ela disse, e riu sem motivo. "Ah, me desculpe. Meu nome é Isabelle."

É claro. Tinha um nome saído de livro.

Depois do pub atravessaram uma alameda e de repente estavam num lugar onde todo mundo cheirava a chuva. Dan tirou o casaco de Hanna embora ela fosse plenamente capaz de tirar o próprio casaco e quando Isabelle voltou estava com os ingressos na mão. Veriam uma peça de teatro.

O ambiente no qual entraram não parecia um teatro, não havia cortina ou veludo vermelho, havia bancos compridos de espaldar acolchoado e, quando acharam a fileira certa, dois padres estavam no caminho deles. Padres de verdade. Um era velho, o outro era jovem e lidavam, em câmera lentíssima, com programas e cachecóis. Isabelle teve de se empenhar para enfim ultrapassá-los, os padres os deixaram passar e em seguida se sentaram de um jeito um tanto ofendido. Projetavam um pouco as costas sagradas e as enfiavam no couro sintético. Era o tipo de coisa da qual Dan outrora riria, mas naquele momento disse, "Boa noite, padres", e Isabelle ficou sentada num silêncio pensativo até as luzes de metal estalarem e começarem a se apagar.

A escuridão do teatro era para Hanna um novo tipo de escuridão. Não era o escuro da cidade lá fora, ou do quarto que dividia com

Constance na casa de Ardeevin. Não era o breu negro do interior de Boolavaun. Era a escuridão entre as pessoas: entre Isabelle e Dan, entre Dan e os padres. Era a escuridão do sono logo antes do sonho.

A peça transcorreu tão rápido que Hanna não saberia dizer, depois, o que aconteceu. A música ribombava e os atores corriam de um lado para o outro, e Hanna não se encantou com nenhum deles a não ser o mais jovem. Tinha sobrancelhas que se erguiam no meio e quando passava correndo ela via todos os detalhes de seus pés descalços, o feitio dos pelos e o comprimento relativo de cada um dos dedos. Era bem real, era tão real quanto o cuspe que voava de sua boca, embora as palavras que saíssem dela não fossem reais — talvez por este motivo não conseguisse acompanhá-las.

A história era sobre Granuaile, a rainha pirata que se transformou, no meio de tudo, em outra rainha, Elizabeth i. A atriz levantou a máscara, a voz se transformou, o corpo mudou, e parecia as borbulhas emergindo no refrigerante de laranja de Hanna, só que as borbulhas estavam dentro de sua cabeça. A poeira se mexia nos holofotes, as lâmpadas chiavam nas vigas. A mulher se transformou e a máscara se transfigurou devagar, e de repente tudo acontecia dentro de Hanna e ela sentia aquilo se espalhar pela plateia como um rubor, fosse o que fosse — a peça —, todas as palavras faziam sentido. Depois os atores saíram correndo e as luzes normais se acenderam e os dois padres ficaram imóveis por um instante como se tentassem lembrar onde estavam.

"Pois bem", disse o mais velho. E quando chegou a hora da segunda metade eles não retornaram.

Na salinha apinhada do lado de fora, Isabelle perguntou, "Quer um sorvete?".

"Quero", ela disse, e Isabelle entrou no bando de pessoas e voltou com um Twist Cup.

Durante a segunda metade, o ator simpático falou com Hanna. Estancou no palco e nivelou sua cabeça para dizer algo bem baixinho, e olhava direto nos olhos dela. Apesar de não enxergá-la. Ou provavelmente não conseguir enxergá-la. E Hanna teve o ímpeto feroz de passar para o outro lado e ficar ali com ele — o olhar dele era um convite a ela, assim como fantasmas são convidados a sair das trevas.

Depois de a peça terminar, Hanna foi procurar o banheiro, onde as mulheres conversavam despreocupadamente enquanto salpicavam as mãos sob a torneira ou puxavam toalhas novas do rolo. Ela ainda não queria que a vida real recomeçasse. Tentou se agarrar à peça enquanto caminhavam nas ruas chuvosas e dobravam à margem do rio grande; apesar de o rio ser empolgante à noite, tentou manter a peça segura dentro da cabeça.

No meio da ponte, sentada contra a mureta, uma mendiga perguntou a Hanna se ela tinha algum trocado, mas Hanna não tinha dinheiro nenhum. Ela se virou para dizer isso, daí parou porque a mulher tinha um bebê — a mulher velha, suja, tinha um bebê de verdade, vivo — sob o lençol xadrez que usava como xale. Dan segurou o braço de Hanna para conduzi-la adiante e Isabelle sorriu.

"Espera um segundo", ela pediu, e voltou para jogar uma moeda.

O apartamento de Dan ficava em cima de uma loja de ferragens. Pararam diante de uma portinha e subiram a escada estreita até o primeiro andar, onde havia um ambiente amplo com cozinha americana e um sofá para Hanna dormir. O sofá tinha pés quadrados de aço e almofadas marrons cheias de caroços. Hanna desenrolou o saco de dormir e tirou os sapatos, depois entrou nele e tirou a calça lá dentro, arrancando-a pela boca do saco. Esticou o braço de novo para tirar as meias, mas estava meio apertado e acabou tirando-as com os dedos dos pés. Era o mesmo saco de dormir de náilon azul-escuro que Emmet levara para a Missa Papal e Hanna teve a impressão de sentir o cheiro dos cigarros que ele havia fumado naquela noite. Imaginou a inveja que ele sentiria de tudo o que ela tinha para contar agora.

Hanna saltou do ônibus e andou pela Curtin Street, atravessando a ponte cheia de protuberâncias a caminho de casa. A casa parecia bem vazia e ela deu a volta até os fundos, onde Emmet tinha um espaço só seu na garagem, mas ele não estava lá. Estava na estufa quebrada com uma nova leva de gatinhos, a mãe gata rija de fúria do outro lado da porta.

Hanna lhe contou sobre a namorada.

"Chega desse assunto", ele disse, se levantando.

"Não é que nem antigamente", ela disse. "Eles incentivam a namorar meninas até fazer os últimos votos."

"Namorar", repetiu Emmet.

"O quê?"

"Namorar?"

Ele pegou a orelha dela e torceu.

"Ai", ela exclamou. "Emmet."

Emmet gostava de observar a cara dela quando a machucava, para ver o que aconteceria. Era mais curioso do que cruel, na verdade.

"Ela ficou?"

"Quem?"

"A namorada."

"Não, ela não ficou. Como assim, 'ficou'?"

"Ela dormiu com ele?"

"Deus do céu, Emmet. Claro que não. Eu estava *logo ali do lado*."

Não lhe contou que Isabelle era linda: que Dan sentou depois que ela foi embora, tirou os óculos e apertou o alto do nariz.

Hanna entrou em casa pela porta de trás, pelo corredor, com a máquina de lavar, o estoque de carvão e o estoque de maçãs, chegando à cozinha espaçosa, onde o calor agonizava no fogão. Ela cruzou a sala, deu uma olhadela no escritoriozinho, onde papéis caíam das pilhas criando leques amarelados no chão. Havia um feixe de ar frio girando em frente ao piso rachado da lareira na sala da frente que, na verdade, era o fantasma de alguém, ela pensou. A casa era um ente bizarramente vazio, com a mãe "isolada", como Dan dizia. Na horizontal. Com a mãe morta.

Assim, Hanna subiu a escada para avisar à mãe morta que estava em casa, perguntar se ela queria chá e sentar ao seu lado na cama, e depois se deitar, enquanto a mãe — cálida e na verdade lindamente viva — levantava o edredom para que Hanna pudesse aninhar-se a ela, com os sapatos para fora do colchão. Porque Hanna era sua bebezinha, e jamais faria a mãe chorar, e bastava ficar ali deitada, e deixar o braço largado sobre a beirada da cama para remexer os livros empilhados no assoalho.

Rain on the Wind

"Esse não", decretou a mãe. "É meio sério pra você."

A capa era uma menina de batom claro flertando com um homem. "Drama, arrebatamento e romance em meio à beleza extrema da costa Atlântica de Galway."

"Ele tem namorada", anunciou Hanna.

"Tem mesmo?", ela disse.

"Tem", confirmou Hanna.

"O que é que você está querendo dizer?", perguntou a mãe.

"Ela é muito legal", disse Hanna.

E, antes que Hanna se desse conta, a mãe tinha se desvencilhado das cobertas e saído pelo lado oposto da cama. Tirou o casaquinho turquesa de poliéster acolchoado e jogou-o do outro lado do quarto, no colo de Hanna.

"Vamos. Sai!", ela mandou, mas Hanna apenas escorregou entre as cobertas enquanto a mãe andava pelo quarto fazendo coisas que Hanna só podia imaginar o que seriam. Era tão bom, ficar deitada ali no escuro enquanto a escova de cabelo fazia barulho no tampo da penteadeira e os grampos faziam seus tinidos leves, pequenos. Hanna ouviu o farfalhar de uma saia sendo levantada e, quando a mãe saiu do quarto, o ruído abafado de algo causando um tropeço. Um sapato do pai, talvez. Quando ela se foi, Hanna se enfiou sob a luz do quarto e olhou junto à cabeceira da cama. Ali estava, chutado para longe: preto e engraxado, pronto para a missa.

"Desce, Hanna!"

Lá embaixo, a mãe tornava a ocupar os ambientes. Novamente afazeres domésticos. Novamente conversa: "Me conta tudo sobre Galway, você foi ver uma peça?".

Hanna contou da rainha pirata e da mendiga na ponte, e a mãe usava o pano de prato como bandana, e mancava pela casa, declarando: "Ah, ter uma casinha! Ser dono da lareira, do banquinho e de tudo!". Hanna a acompanhou no poema, o que não faziam desde que era pequena. A mãe contou a história do dia em que a guerra foi declarada e ela foi ver Anew McMaster interpretar Otelo. Tinha só dez anos e talvez tivesse sido em Ennis, e ele usava tinta preta no rosto, argolas grandes como brincos e braceletes, nu até a cintura. Dava para sentir a voz dele como algo te empurrando para a escuridão. Depois, ela olhou o pano de prato na mão e de repente o atirou num canto, perto da pia, dizendo, "Meu Deus, eu estava com isso no cabelo", e lutou para pegar a panela grande para ferver no fogão todos os panos de cozinha. Em pouco tempo, a cozinha cheirava a algodão cozido, carbólico, quente e sujo. Hanna voltou para a cozinha repleta de vapor, procurando algo para comer, mas Constance tinha retomado o trabalho, em Dublin, e a única coisa cozida eram os panos de prato imundos. Hanna levantou a tampa e olhou a água cinzenta com espuma de sabão. A mãe estava sentada à mesa, olhando bem à frente.

"Pensei em fazer uma torrada com queijo", disse Hanna, e a mãe respondeu, "Eu que fiz ele. Eu que fiz ele ser do jeito que é. E não gosto do jeito que ele é. Ele é meu filho e não gosto dele, e ele também não gosta de mim. E não tem saída, porque é um círculo vicioso e a culpa é toda minha."

Tudo isso parecia, a Hanna, ou verdade ou irrelevante. Mas em vez de dizer isso à mãe, disse o que deveria dizer:

"Mas você gosta de mim, mamãe."

"Eu gosto de você *agora*", disse a mãe.

Mais tarde, depois de Hanna fazer uma torrada com queijo, sua mãe entrou na cozinha e encheu a bolsa de água quente com a chaleira grande que estava ali.

"Você pode dar uma passada no seu tio pra mim?", pediu ela. "Traz um analgésico."

"Sério?"

"Minha cabeça está rodopiando", disse ela. E quando Hanna foi à loja do tio Bart havia perfumes novos na farmácia.

Dan

Nova York
1991

Todos imaginávamos que Billy estivesse com Greg, mas a verdade era que os dois já tinham partido para outra meses antes — se é que estiveram juntos. Era complicado dar nome às coisas no East Village daquela época, quando todo mundo estava morrendo ou com medo de morrer, e tantos já haviam ido embora — as folhas dos caderninhos de endereços eram riscadas de alto a baixo, os sonhos surpreendidos pelos rostos meigos e insuportáveis dos falecidos.

Mas caso a pergunta fosse se Billy continuava dormindo com Gregory Savalas, a resposta era que, para começo de conversa, mal tinham dormido juntos. Billy era um garoto louro, mais para robusto, com um quê de bandido e de anjo, então havia uma fila de lamentáveis degenerados na porta dele; metade deles era casada, a maioria engravatada. E Billy odiava o armário. O que Billy queria era sexo destemido, magnânimo, barulhento, com alguém que não chorasse ou ficasse confuso ou continuasse por perto depois do suco de laranja e do croissant. Billy atravessara a soleira da porta e se assumira com alegria, e queria homens que fossem essencialmente como ele: caras doces, que puxavam peso, fodiam à vontade e davam um tapinha no ombro quando estava na hora de trocar. Não queria alguém feito Greg — travado pelo medo da morte, neurótico, empacado. Havia um monte de caras neuróticos no East Village naqueles meses e anos, havia um monte de caras magníficos, e agora suas diferentes personalidades também tinham sumido.

Greg era o tipo de sujeito que tinha um espelhinho no armário do banheiro para examinar se havia marcas e lesões na pele das costas, e usava esse espelho uma, duas, seis vezes por dia. Em duas ocasiões teve de sair do restaurante pouco antes do horário marcado para o almoço, correr para o trabalho, se trancar no banheiro para se despir e se revistar e então se vestir de novo e correr cinco quarteirões para chegar à mesa a tempo, deslizando na banqueta com um sorriso enquanto, nas costas, o pinicar do suor se transformava no comichão do câncer empurrando a pele.

De todos os sinais, o hematoma roxo de Kaposi era o que mais odiava porque não havia como duvidar dele e, depois que a primeira mãe arranca o filho do assento a seu lado no metrô, é difícil sair de casa. Sexo também fica difícil de achar. Até um abraço, quando se está salpicado de morte, fica complicado. E as pessoas que dormiriam com você agora — que tipo de pessoas são essas?

Não queríamos ser amados quando ficávamos doentes porque seria insuportável, e amor era a única coisa que buscávamos, nos nossos últimos dias.

Portanto, Gregory Savalas, vigarista, negociante, testamenteiro das artes, sorri e transpira ao longo de dois pratos e café, e quando volta para sua minúscula galeria no centro da ilha e não vê nada de novo chegando — a não ser as lesões imaginárias nas costas —, pega o telefone e disca.

As pessoas que estão em casa também estão, em sua maioria, doentes, e as pessoas que não estão doentes não gostam de receber telefonemas no horário de trabalho, já que são ligações extensas e despropositadas cheias de indiretas e silêncios e é dureza aguentar a tensão sólida que Greg empurra pela linha. Ele costumava ligar para Max, que passava o dia inteiro trabalhando no ateliê, mas Max era muito arrogante e depois morreu. Costumava ligar para um monte de gente. Sua amiga Jessie tinha neura de abandono — ou sabe-se lá o quê — e andava furiosa como uma cobra naqueles dias, portanto liga para Billy, embora Billy seja meio normal, às vezes é de normalidade que a pessoa precisa.

"Gráficos."

"Oi, homem da repartição."

"Que surpresa."

E Greg dispara. Primeiro conta a Billy que Massimo passou a tarde no Oscar, discutindo a iluminação de sua exposição de outono, e que uma mulher entrou com quatrocentas sacolas e um menino para carregá-las que no final das contas era a Maharani de Jaipur, o que equivalia à Jackie O da Índia inteira, e ela tinha uma esmeralda no peito maior do que o olho esquerdo dele. O carregador de sacolas, ao que se constatou, era um príncipe de verdade — tipo, turbante com pluma na frente — e Massimo o levaria para jantar na quinta à noite. Greg comenta que ele havia se oferecido para fazer um risoto, mas não conseguia achar o que todo mundo tinha gostado da última vez, aquele com vinho tinto. Diz que a mãe ligou de Tampa, com um dilema relativo a usar brincos com roupa de moletom, e não fez alusão ao pai, nem uma vez sequer. E quando ele chamou a atenção para o fato, ela disse, "Ah, tenha santa paciência, Gregory!".

A conversa toda era perigosa. Palavras como "risoto" mexiam com Billy como se estivesse de volta ao quarto da infância no Condado de Elk, Pensilvânia: uma palavra como "risoto" abarcava anos de solidão. Billy está trabalhando em cima das notícias de hoje, escrevendo "Chefe dos bombeiros avisa a respeito do perigo dos colchões", no Quantel Paintbox. Solta á-rás e hms e dá batidinhas com o pincel até o impacto do risoto passar enquanto Greg fala sem parar e nunca chega ao cerne da questão. Por fim, após um longo silêncio, Billy suspira.

"Então, tudo bem?" E Greg diz, "Estou com uma dorzinha no pulmão".

"É?"

"Só quando eu inspiro, sabe?"

"Entendi."

"Como se fosse uma pontada."

"Bom, vai ver que é uma pontada mesmo", diz Billy, ciente de que era a coisa errada a dizer bem como a única resposta possível, esperando Greg desenredar o silêncio o bastante para responder.

"Pode ser."

Não se podia desligar o telefone ao falar com um homem agonizante, mas naquela época deixávamos os outros esperando na linha em todos os cantos de Nova York, delicadamente, nos desvencilhávamos.

"Quem sabe você não precisa de um raio X?"

Estávamos nos desapegando, voltando para os vários quartos e camas onde morreríamos — mas não naquele instante. Só depois que desligássemos o telefone. Porque ninguém morria ao telefone.

"Pode ser. É só uma espécie de trava. Tipo... aqui."

"Aqui?"

"Não deve dar pra você ouvir — aqui! —, ouviu? Não deve dar para ouvir pelo telefone."

"Você quer dar uma passada aqui?", pergunta Billy. E por Greg andar tão difícil ultimamente, ele recua, "Não esta noite. Estou muito atrasado".

"Ou sair, quem sabe?"

"Não posso sair."

Claro que ele não pode sair, Greg perdeu a beleza. Como é que Billy o chamava para sair?

"Tudo bem. Estou indo aí."

Aos dezenove anos, recém-saído de Nova Jersey, Gregory Savalas se apaixonou por um galerista chamado Christian cujos olhos eram da cor do gelo quando azul. Christian era um típico dinamarquês, que fez o teste assim que havia um teste a fazer, depois do qual ficou tentando se matar de um jeito ponderado, bem dinamarquês. Greg nunca sabia o que ia encontrar ao abrir a porta do apartamento. Sangue para todos os lados — Christian sangrando na banheira cheia, ou sangrando nas cobertas de linho brasileiro; Christian tremendo na cama, o assoalho repleto de frascos de paracetamol vazios, o queixo reluzente de bile. Ironicamente, demorou séculos para morrer da própria doença. Ele definhava e definhava. Estremecia sob a esponja quando Greg lhe dava banho e os olhos eram lascas azuis loucas de pedra.

Estavam no St. Vincent's, no sétimo andar, com a equipe em roupas de astronautas e seis tubos diferentes saindo de Christian quando a mãe dele enfim deu as caras. Linda, é claro, o cabelo louro ficando grisalho, ela correu até o filho irreconhecível e se debruçou sobre o leito do hospital.

"Ei."

Eles se olharam, gelo com gelo, sussurraram em dinamarquês e algo aconteceu com Christian. Ele voltou a ser humano. Ele se tornou puro. Olharam-se por três dias inteiros e então ele faleceu.

Greg era capaz de reconhecer, assim como qualquer outra pessoa, um momento de graça, mas ainda achava que a morte era uma grande surpresa por ser a merda mais horrível que existia. Superava tudo o que conhecia. Christian estava morto e a visão dos vivos enchia Greg de desdém. Era 1986 e o horror estava em todos os lugares: os vizinhos usavam um lenço para apertar o botão do elevador e estranhos gritavam "Tomara que você morra, bicha!" quando passavam por ele na rua. Greg tinha dificuldade de lembrar do amante como uma pessoa. Passava muito tempo pensando nas transas que tiveram e em todo o sangue que tinha limpado e tocado, mas a verdade era que levara séculos para deixar Christian penetrá-lo, esse não era nem um pouco seu estilo.

Isso foi na época em que Gregory, o grego, era rechonchudo e harmonioso como um garoto de Caravaggio. Quando Billy chegou à cidade, uns anos depois, com a missão de comer muito risoto e muito pau, Greg estava musculoso e magro, estava quase "maduro". Se pegaram entre as estantes da livraria da Christopher Street e treparam no banheiro dos funcionários. Em seguida foram tomar um café, trocando a ordem das coisas, na verdade. Poucas semanas depois, se viram ao observar uns caras dando uns amassos nos fundos do Meat, na 14th Street, e Billy assentiu para dizer, "Vamos sair daqui". O que Greg fez no mesmo instante. É claro.

"Onde é que a gente estava com a cabeça?", Billy perguntou quando já estavam ao ar livre, e em seguida segurou Greg pela gola da jaqueta e lhe deu um beijo forte, musculoso. Ele era tão sexy, o Billy. Tão sexy quanto Greg era logo depois de se mudar para a cidade. Greg sentia a magia abandoná-lo, como se escoasse para Billy, tão dourada e natural contra os lençóis cinza-escuros. Porque Greg costumava ser aquele que todo mundo desejava; agora era ele quem desejava. Seria, para o resto da vida, um cara mais caçador do que caçado. Tinha vinte e nove anos.

Aos vinte e nove, Greg fora ao Meat porque estava tão desesperado por um boquete a ponto de achar que, se não conseguisse, deitaria como um cachorro velho e se lamentaria. O joelho ruim dera fim à corrida matinal e a dor estava chegando ao quadril — e também descia. Na época em que ele e Billy prolongaram o último beijo, mais ou menos seis semanas depois do primeiro, Greg andava como se houvesse alguma coisa presa sob o pé, parecia manco.

Em janeiro de 1991, Greg escorregou na neve fresca da Terceira Avenida, se virou de costas e ficou deitado ali um instante. Eram quatro horas da manhã e a clavícula estava quebrada: tinha de fato ouvido o estalo. Greg olhou para a neve cadente, tentando descobrir quais flocos cairiam no rosto e quais não. Um número surpreendente não o acertou, mas um pousou na testa, numa explosão de frio minúscula, demorada. A ele se seguiram outros dois — um no lábio superior, outro na lateral do nariz. A dor no ombro era intensa e Greg sentia gosto de pelo de bicho na língua, mas permaneceu ali, adivinhando a neve, consciente de que assim que entrasse no hospital começaria a morrer.

Max e Arthur foram com ele ao St. Vincent's pegar os resultados do teste de HIV. Conversaram sobre David Wojnarowicz, que realmente definhava, e Max berrava sobre Rothko enquanto aguardavam nas cadeiras de plástico empilháveis. Porque Max era inabalável, pode-se até dizer que era implacável diante da doença; a equipe angustiada lhe provocava satisfação. Compaixão só o deixava impaciente.

"Foda-se Rothko", ele disse. "Foda-se Rothko."

"Você não pode falar essas coisas", retrucou Greg.

"Acabei de falar."

"Você não pode simplesmente falar que foda-se Mark Rothko."

Arthur disse, "Eu acho que o Max fica incomodado com os aspectos espirituais da obra".

"Vai se foder. Eu fico incomodado é com a maneira como ele se apropria das cores."

"Não dá para alguém se apropriar de uma cor, só dá para fazer uma cor."

Max tinha uma cabeça estreita e raspada, como uma doninha, e mãos pequenas, que surpreendiam por parecerem infantis. Sentado com os cotovelos nos joelhos, usava um sobretudo militar verde e botas de cano alto.

"Não existe nada além de apropriação. É só isso o que ele faz. Ele diz, *Esta cor é minha*. Ele diz, *Sou tão importante quanto esta cor. Para vocês verem como eu sou importante*."

"Você é insensível", disse Greg.

"Como é que eu posso ser insensível?", respondeu Max. "Eu estou morrendo."

"Você está morrendo de um jeito insensível", retrucou Greg, mas na verdade pensava em Christian, lembrava-se dos olhos de Christian mirando-o da cadeira enquanto ele perambulava pelo quarto — não mais atraído, nem mesmo com inveja. Apenas riscando-o da lista. Seu corpo jovem. Os quadris. As mãos.

Tchau. Tchau. Tchau.

Agora Gregory Savalas também estava à beira da morte. E não tinha certeza se seria bom nisso.

E lá estava o dr. Torres, chamando-o ao consultório. Um herói, o Gabriel Torres, tão encantador e amável. Falávamos dele sem parar, de como sorria e o que vestia, se estaria satisfeito com os nossos sangues, nossas retinas, nossos pulmões.

Quando Greg saiu, Arthur perguntou, "Como vai o Gabriel? O que foi que ele falou?".

Não era culpa de Billy não saber do resultado do teste de Greg, porque ele não contou. Mas Greg conseguiu ficar ressentido com ele mesmo assim. Foram a um evento na Fawbush e muitos dos homens estavam definhando, havia uma coragem terrível, sombria no ambiente, e Greg perdeu todo o respeito por Billy por conta da sua merda de normalidade, e foi entre os dentes trincados que disse, "Bom, tenho meus motivos para não andar animado ultimamente, sabe? Tenho meus motivos para não estar atendendo o telefone".

Isso aconteceu quando caminhavam de volta pra casa.

"Alguma coisa errada?", Billy perguntou.

"Como assim, alguma coisa errada? Não consigo mais andar rápido desse jeito."

"Desculpa."

"Não estou falando para você me pedir desculpa, estou pedindo para você ir mais devagar."

Billy desacelerou o passo e depois estancou.

"Greg?"

Greg se virou.

"O que foi?", ele disse.

"Ai, meu Deus."

Billy, para a grande surpresa de Greg, ficou desolado. Se virava, e se virava outra vez, como se procurasse uma cadeira desaparecida. Parou na rua e olhou para Greg, depois levantou as mãos para tampar os olhos. Caiu no choro.

"Ai, meu Deus, Greg. Ai, meu Deus."

"Bom, você esperava o quê?", perguntou Greg.

"Eu sei lá", disse Billy. "Eu não esperava. Não esperava nada."

Foram a um bar, depois a outro e ficaram muito bêbados. A certa altura, Billy chorou e Greg o reconfortou, olhando o teto enquanto o embalava brevemente nos braços, pensando, "Mas sou eu. Sou eu que vou morrer".

No decorrer de todos esses anos, sempre que Greg olhava no espelho para seu rosto em transformação, pensava em Christian e se perguntava se o amante sentiria orgulho dele agora. Depois que ele e Billy terminaram a transa de misericórdia (embriagada — sim — mas cuidadosa, muito cuidadosa) ele entrou no banheiro e examinou a pele em busca de marcas escuras, mirou os próprios olhos e lembrou de quão morto estava Christian, após falecer. Ninguém o olhava no espelho a não ser ele mesmo.

Era difícil chorar quando não tinha ninguém vendo, ele ponderou, depois escovou os dentes e voltou para a cama.

Nos meses seguintes, volta e meia conversavam pelo telefone. Quando Greg perdia peso, Billy o levava para comprar jeans menores. Comprava vinho e aperitivos na delicatéssen do bairro, que rapidamente se transformaram em sacolas normais de comida.

"Só trouxe o básico", ele disse, sorrindo na porta de Greg, a três lances de escada — nem sequer ofegante após a subida.

"Não precisava."

"Eu faço porque quero."

E queria mesmo. Billy sabia que, ainda que não amasse Greg, ainda que tivesse outros caras e outros planos a longo prazo, continuaria a agir assim. Ajudaria Greg nos últimos meses, ou anos. E poderia se ressentir, mas não se arrependeria: essa era a atitude que lhe cabia tomar.

O que não queria dizer que Greg era fácil. Para começar, as compras estavam sempre erradas. Billy nunca sabia o que era uma boa porcaria — como Oreo, por exemplo — e o que era só porcaria.

"Você chama esse troço de *queijo*?"

Na verdade, não havia príncipe indiano na casa de Massimo na noite de quinta-feira. Havia um risoto ótimo, que Billy, particularmente, achou um pouquinho decepcionante.

"Está meio parecido com… arroz?", ele disse.

O namorado de Massimo, Alex, tinha vindo da costa oeste e levado uma tal de Ellen Derrick, bastante grisalha, que se apegou ao gin e fumou a noite toda. Jessie estava lá, é claro, assim como Greg. Havia um dominicano maravilhoso que falava pouco e, como Jessie observou depois, comeu somente três grãos de arroz a noite inteira. Arthur, que tinha envelhecido muito desde a morte de Max, também compareceu. E havia um cara irlandês, chamado Dan, de cabelo cor de areia que poderia ser considerado ruivo e pele bonita, pálida.

O apartamento de Massimo na Broome Street já fora uma velha confecção e o piso era feito de tábuas de madeira de lei de sessenta centímetros de largura. Tinha janelas de fábrica que não isolavam nada — nem o aquecimento, o frio, nem o barulho das estamparias dois andares abaixo — mas eram lindas mesmo assim, todas dividindo o crepúsculo em trinta retângulos de luz evanescente. Lá dentro, muitas velas e uma mesa tão comprida e monástica que oito pessoas pareciam pouco. O ambiente tinha colunas de ferro fundido, Marsalis tocava no som e um largo quadro rabiscado de Helen Frankenthaler ocupava toda a parede oposta. Depois do risoto vieram as noisettes de cordeiro com alho torrado e o purê de ervilha e hortelã, servidos por Massimo acompanhados de um saumur-champigny que era como um elevador na taça, disse Greg, pois fazia a pessoa alcançar um patamar totalmente inédito. Massimo, com seus gestos vagarosos e voz cuidadosa, cantada, ficava atento às mínimas necessidades de todos; sem insistir, preparado.

Greg olhou para Billy como para dizer, "Olha bem para aprender".

Tentavam não falar da doença. Debateram *Twin Peaks*, conversaram sobre o ambiente artístico, qual seria a próxima exposição de Larry, o estrago que o dinheiro vinha fazendo no East Village e o que teria acontecido ao cara que andou na corda bamba e mijou, lindamente, se curvando com um equilíbrio perfeito, no East River? Não, ele mijou no chão daquela discoteca da 48th Street. Devia ter sido o rio. O que teria acontecido com ele? Todos os nomes que mencionavam arrastavam um minúsculo silêncio.

Partiu. Partiu silenciosamente. Vivo.

Arthur foi soropositivo por seis anos e não havia nada de errado com ele, as pessoas queriam tocá-lo, estava tão envelhecido. Arthur se lembrava de coisas que ninguém mais lembrava. Quem seria capaz de guardar tudo aquilo? Quem se agarraria àquilo? Sua cabeça era um museu. E quando morresse o museu ficaria vazio. O museu desmoronaria.

Agora Greg não lia nada além dos clássicos, mal das vistas e do tempo, falava do sonho de Aquiles com o finado Pátroclo, como o morto não encostava nele, só lhe dava ordens, e só o que Aquiles desejava era sentir o cara em seus braços. Por que era assim? Que os mortos tivessem voz nos nossos sonhos, mas não densidade. É apenas uma enorme sensação de alteridade, é tudo significado e não palavras. Porque as palavras também são físicas, vocês não acham? A forma como nos tocam.

"Às vezes eles fazem isso, sim. Estou falando de usar palavras", declarou Arthur. "'Minha árvore é puro hibisco.' Alguém me disse isso uma vez."

Ninguém perguntou quem.

"É uma guerra", Massimo disse.

Greg disse foda-se porque nunca tinha se alistado para guerra nenhuma. Queria uma morte civil, declarou. Uma morte pessoal. Queria uma morte que pudesse chamar de sua.

Massimo contou que Gabriel Torres estava malhando no Y da West 23rd Street e que era uma *comoção* quando enxugava um aparelho e ia para o seguinte. Gabriel Torres era o homem mais lindo que já existira.

"Onde é que ele arruma tempo?", perguntou Arthur.

"Sabe", intercedeu Greg, "às vezes eu acho que todos nós estaríamos melhor se estivéssemos nas mãos de uma mulher com sapatos ortopédicos."

O rosto de Dan, em meio a tudo isso, era um exemplo de atenção silenciosa. A tez pálida absorvia a luz da vela e ele era tão bom ouvinte que a mesa inteira parecia falar só para ele. Greg ergueu a taça e disse, "Olhem para essas bochechas", e Dan abriu um sorriso.

"O poeta. Aquele poeta irlandês."

"Yeats?", sugeriu Arthur.

No que, para o espanto e deleite de todos, Dan abriu a boca e soltou uma resma de poesia. Verso após verso — como um pergaminho sendo esticado sobre a mesa, um tapete desenrolado. E cada um de nós, à medida que ouvíamos, percebia onde estávamos e quem estava conosco. Vimos nossas sombras se mexendo na parede de trás, o faxineiro do escritório do outro lado da rua num fluorescente trêmulo matizado de verde, a cidade sombria amarronzada pelo céu.

Dan terminou, pôs a mão no peito e inclinou a cabeça. Houve aplausos. Alex lhe disse que sua voz era como mel silvestre. E que seu rosto, declarou Massimo, era como um retrato com chapéu vermelho, qual era mesmo? No Palácio Pitti. Um cardeal, ou sabe-se lá o quê, de chapéu vermelho.

Dan retrucou, "Não venha me dizer que pareço uma porra de um cardeal. Tudo menos isso". E todos rimos. E então o encaramos. Aquela mistura de timidez e arrogância impulsiva: ele era um cara e tanto, pensamos. E também pensamos em sua pele branca sardenta, com as veias azuis sob ela, e em seu pau irlandês não circuncidado.

"Você está redondamente enganado", disse Arthur, "eu acho que é holandês. Uma coisa objetiva e totalmente austera. Que nem aquele garoto maravilhoso de cabelo ruivo no Met."

E, de fato, Arthur foi ao museu alguns dias depois, percorrendo as salas até ficar diante dele outra vez, um garoto do século XVI de veludo preto contra o fundo verde: óleo sobre madeira. O cerne da questão era a franqueza da madeira, pois o rapaz de lábios carnudos, por si só, não parecia particularmente genuíno ou sincero. O retrato era pleno de integridade, o garoto poderia ser qualquer coisa.

Após o cordeiro comeram figo escaldado em marsala com mousse de mascarpone. Alex tirou a jaqueta para ajudar a levar os pratos, e ele e Massimo se moviam numa tranquilidade tão sincronizada que dava para ver que ainda se amavam.

Greg acendeu um cigarro e contemplou Dan com os olhos semicerrados.

"Então. Irlanda", ele disse. "Você veio, tipo, de uma *fazenda*?"

Dan rejeitou a pergunta com um sorriso.

"Me *desculpe*", continuou Greg. Agora estava flertando.

"Na verdade, vim", disse Dan, cedendo. "É. A gente tem uma fazenda."

"O Billy foi criado no Condado de Elk, na Pensilvânia, mas não recita Whitman. Recita, Billy?"

"Por que não?", perguntou Dan, olhando para Billy. "Por que não?"

"Sei lá", disse Billy.

"Ele é incrível."

"É?"

"Eu canto o corpo elétrico", declamou Dan, erguendo as mãos de padre, e as olhamos: os ossos quadrados dos nós, o tremor quase imperceptível da ponta dos dedos, abertos um instante além do necessário.

E olhamos Billy, que enrubescia à luz das velas.

"Qual é o próximo verso, Billy?", questionou Greg. "Estão vendo que idiotice é o sistema educacional americano? Qual é o próximo verso?"

Mas Billy estava ocupado demais se apaixonando para pensar no verso seguinte, então Alex completou baixinho. "As legiões daqueles a quem amo me envolvem e são por mim envolvidas", enquanto Massimo servia umas taças de vinho do Porto e esticava o braço para pegar a tábua de queijos da bancada.

Mais tarde, Greg pensou que, caso não tivesse alfinetado Billy, Billy talvez não tivesse recorrido a Dan e a tudo o que Dan lhe oferecia, ali na mesa: a culpa e a glória; a pompa e a crueldade de seu amor. E também se perguntou se poderia ter acontecido de alguma outra forma. Formavam um casal tão lindo. Era para ser, todos sabíamos. Dan e Billy, Billy e Dan. Tinha de ser.

Depois dos queijos, e mais cigarros, e a oferta de uísque, tequila, mais vinho, Massimo foi à janela para jogar a chave e um bando de gente subiu, vindo de uma discoteca: Jerry da Fawbush Gallery, o paisagista que fazia plantações brancas Hamptons afora, Estella, uma bicha escandalosa, um sujeito num negócio de couro ao estilo Weimar — chamemos de espartilho — com sotaque alemão no qual ninguém acreditou nem por um segundo e uma quantidade considerável de cocaína. A arquirrival de Jessie, Mandy, também estava no grupo, com seu cabelo brilhoso de herdeira hippie e fala arrastada da Nova Inglaterra e, muitos anos depois, quando Jessie estava gorda de verdade e Mandy continuava maravilhosamente magra, elas se encontraram e relembraram aquela noite que foi até o amanhecer e todo o trabalho duro que fizeram, anos a fio, ajudando, amando, pranteando aqueles homens.

Algumas semanas após o jantar, Greg foi internado no St. Vincent's pela primeira vez. Era só uma coisinha, disse a Billy, ele seria bombardeado com antifúngicos e teria alta. Jessie o levou de táxi, com seis pares de pijamas passados e um quimono de algodão com um lindo quadriculado cor de anil. Greg estava com problema na boca e na língua. Também tinha uma hemorroida que o obcecava mais do que devia, apesar de Jessie ter lhe dito, antes de sair para pegar gelo, que o pai tinha passado um tempo com um cacho de uvas para fora. Também arrumou uma sacola de rosquinhas para engordá--lo e acabou comendo a maioria delas, mas ficou mais uma hora ali sentada e ria de qualquer coisinha.

Arthur chegou com champanhe e fingiram bebê-la. Contou que a primeira vez que Max esteve ali, no sétimo andar, a dois quartos daquele, a equipe botava a bandeja de comida no chão para empurrá--la e ele tinha de trocar as próprias roupas de cama. Afirmou que agora era bem melhor, graças ao dr. Torres — como ele andava, aliás? E Greg respondeu, "Acho que ele está exausto, anda trabalhando duro".

O soro começou. Billy não apareceu e, passado um tempo, as visitas foram para casa.

Três horas depois, Greg começou a tremer. Sentia frio em lugares em que nunca sentira antes e o suor se acumulava na base do pescoço. Uma enfermeira entrou para ligar o ventilador na cabeceira da cama e dobrar as cobertas. Uma mulher branca comum, na faixa dos cinquenta anos, ela viu seu terror e o validou, com o olhar. Depois saiu.

Greg não respirava direito. Puxava o ar em correntes mínimas, rasas, sem parar, o corpo em pânico até a mente se libertar com um estalo e começar a percorrer o quarto — percorrer também os pensamentos que estavam no quarto e as lembranças escondidas nos cantos e debaixo da cama. De vez em quando sofria alucinações: uma mulher — que parecia sua mãe mas não era — estava sentada na cadeira, cozendo uma bata cinza comprida para ele usar quando morresse. O dr. Torres, que talvez realmente estivesse ali, se inclinou sobre ele e sorriu. Um gato ofegante se dependurava sobre seu crânio e ele se apavorou com as garras. Foi assim a noite toda, até uma bandeja assustá-lo e ele perceber que era apenas a hora do jantar. A noite ainda viria.

Dois homens morreram ao amanhecer: pelo menos Greg tinha certeza de que havia homens mortos. Ouviu preces em espanhol, pessoas chorando e se amparando ao sair dali. De manhã, um sujeito coberto de sarcomas de Kaposi parou na porta dele e disse, "Só preciso do bastante para levar adiante. Concorda?".

A febre arrefeceu no segundo dia. Greg conseguiu engolir um pouco dos tranquilizantes do frasco grande que uma enfermeira travesti chamada Celeste tinha socado em seu armário.

"Quer um cigarro, querido? Que tal um chá?"

O dia inteiro, Greg caía no sono e despertava, observando o sol cruzar o quarto e a sombra que o seguia. Sorriu e pensou em Billy e Dan, tentando imaginar os dois juntos: simplesmente não conseguia visualizar.

E era estranho porque ninguém mais tinha dificuldade de imaginar. Os dois eram belos rapazes numa cidade grande. Um era pálido e interessante, o outro, descontraído e bronzeado, e Billy passou o braço amistoso sobre o ombro de Dan quando tomaram a balsa rumo a Fire Island enquanto, no St. Vincent's, o tranquilizante fazia efeito.

Foi um fim de semana longo, calorento.

Na manhã de segunda-feira, Greg acordou e viu Billy de pé no quarto do hospital.

"Oi."

Há horas e dias que transformam as pessoas, e ambos haviam se transformado. Agora eram outras pessoas. Passado um instante, Billy se aproximou para dar um beijo rápido na boca de Greg. E foi um gesto tão bondoso naquele ambiente de morte que era como se a febre de Greg nunca tivesse acontecido e Fire Island não passasse de sonho — mas não era um sonho. Billy e Dan tomaram substâncias diversas e variadas, eles dançaram até o amanhecer: todos os vimos, e gostamos de ver que Dan continuou de blusa quando todo mundo as tirava; os dois primeiros botões abertos e o esterno brilhando, branco como a face interna de uma concha.

"Onde você estava?", perguntou Greg.

"Consegui uma casa para dividir em Fire Island Pines", disse Billy. "Não te contei?"

"Tirou a sorte grande."

"Pois é."

Quando Billy voltou ao hospital, no dia seguinte, Greg estava sentado na beirada da cama, muito fraco, mas decidido a ir para casa. Billy precisou achar as calças e empurrar cada perna até os joelhos de Greg. Depois se inclinou para um abraço sem jeito a fim de levantá-lo do leito e puxar a calça até a cintura.

"Meu Deus", exclamou Greg.

"Lá vamos nós", disse Billy.

"Meu Deus, Meu Deus. Meu Deus."

"Boa sorte com essa porra", retrucou Billy. "Essa blusa é sua? Levanta o braço. Cala a boca."

Greg começara a gemer. Gemia irrefreavelmente. Babava barulho.

"Anda, cala a boca."

Billy conseguiu pôr a blusa em Greg e brigou com os botões e mangas. Ajustou bem o cinto, tentou fechar e abandonou o zíper, depois se virou para sentar ao lado de Greg e por um instante ambos ficaram curvados na beirada da cama.

"Dá pra sossegar o facho? Por favor."

As pernas que acabava de manusear eram as mesmas que Billy outrora puxava em torno de si enquanto os olhos escuros e sonhadores de Greg miravam por cima do travesseiro. Eram as mesmas pernas, mas com metade da circunferência. Eram os mesmos ossos.

Depois de levar Greg escada abaixo, entrar num táxi e subir os três lances de escada até o apartamento no East Village, Billy não tinha energia para acomodá-lo. Ligou para Jessie e deixou recado na secretária eletrônica. Depois se virou para Greg, esparramado numa poltrona ainda de casaco.

"Acho que está funcionando", disse Greg. "Estou sentindo passar."

Respirou fundo, estremecendo.

"Tem certeza de que você está bem?", perguntou Billy, pondo a mão nas costas dele. Então foi embora.

Greg ficou sentado em silêncio depois que a porta se fechou e se deu conta de que era verdade. Seu sangue cantava; um peso tinha se dissipado. Não ligava que Billy tivesse ido encontrar Dan, o irlandês, que fossem passar a noite juntos e também a manhã. Não ligava que Dan fosse distorcer o amor de Billy, de alguma forma, e entristecê-lo, pois Greg tinha sobrevivido a uma série de anfotericina B, aquela canalha. Continuava vivo.

Dan não recuou ante o braço de Billy, jogado sobre seus ombros na balsa, mas parecia não querer sexo quando chegaram a Fire Island Pines, ou não querer que o sexo fosse bom, ou interessante, ou lento. E era surpreendente porque ninguém ia a Fire Island só para caminhar na praia. A única iniciativa que Dan tomou, quando enfim chegaram à casa que Billy providenciara, cheia de cadeiras tubulares e assoalho de nogueira, com cortinas de linho branco, e Billy acomodado na cama de jeito atraente, foi abrir o zíper. Não deixou que Billy se aproximasse de sua bunda, o que era uma pena porque Billy queria muito a bunda dele. Desviou (o que não era problema) do beijo de Billy. Só faltou cruzar os braços. Para outras pessoas, seria um desafio e deleite — um fim de semana inteiro para arrastar aquele garoto irlandês para fora do armário, chutando e berrando de prazer bruto e palpitação. Mas não fazia o estilo de Billy. Ele queria conversar com Dan. Queria enfiar a língua no canto interno do olho de Dan, onde a pálpebra tremia ao se fechar. Queria fazê-lo feliz.

Também queria, pelo lado pessoal, gozar. Mas Dan não foi muito educado nesse quesito e, quando Billy acabou fazendo as honras sozinho, pareceu sentir certo desprezo ao olhar de cima. O que tampouco era um problema. Se no final das contas desprezo fosse o negócio de Dan, havia montes de caras que também gostavam disso.

Não dava para dizer que Fire Island era um lugar totalmente feliz no verão de 1991, mas era provocadora, e a felicidade estava ali no horizonte, caso se erguessem os olhos para o mar. Dan parecia não reparar no mar. Observava o público da noite de sexta-feira no hotel-barco detrás de uma cerveja, seguida por outra cerveja, enquanto Billy sorria e evitava propostas de vários tipos de diversão.

Dan comentou, "Todos eles são quase idênticos".

"Eu sei", disse Billy. Apesar de ele próprio usar o mesmo short curto e botinha de amarrar dos outros duzentos homens que ocupavam a pista de dança.

Billy, enquanto isso, se preocupava com a casa, acordada através de um amigo-de-um-amigo sem menção do custo. As cervejas tinham um preço exorbitante e Dan não parava de beber e depois buscava mais. No meio da sua, talvez, terceira garrafa, ele se virou para Billy e perguntou, "Me conta. O que é que você quer?".

"O que é que eu quero?"

Era uma pergunta tão esquisita, ali entre duzentos torsos nus, todos contendo o aroma do sol perdido do dia, que Billy se distraiu um pouco e precisou repetir: "O que é que eu *quero*?".

Mais tarde, Dan relaxou um pouco na escuridão do quarto deles. Não reclamou da cama de casal e deixou Billy tocar em suas costas e pernas. Mas permaneceu encurvado sobre uma ereção indubitavelmente fumegante, e Billy acordou cedo e com tanto tesão que teve de sair de fininho antes que Dan percebesse sua ausência.

"Onde você estava?" Quando Billy voltou, Dan estava na cozinha, abrindo e fechando as portas dos armários.

"Fui dar uma andada", disse Billy, sem mencionar os resquícios do baile da véspera com que se deparou vagando ao amanhecer: um garoto louro rosadíssimo que se ajoelhou diante dele e um negro latino enorme, trôpego, em quem se apoiou, que enfiou o dedo na sua bunda e em seguida o penetrou sem fazer rodeios.

"Uma caminhada?"

"Ali pelo bosque."

"Entendi."

Foram ao porto tomar café e depois percorreram boa parte da praia para achar um lugar sossegado. Dan se despiu debaixo de uma toalhinha, se contorceu para vestir a sunga antes de deixar a toalha cair, e Billy pensou que fazia muito tempo que não via algo tão meigo. Fazia calor. O mar era imenso e lânguido, jogando marolas na areia. Entraram na água. Billy nadou um pouco e voltou correndo para as bolsas enquanto Dan boiava nas ondas, observando os dedos dos pés. Em seguida, se esticou num crawl preguiçoso. Um bando de caras saiu correndo da casa à beira-mar, se desfazendo dos chinelos e shorts, e caíram direto na água, com as costas bronzeadas e glúteos brancos. Billy sentia o prazer que obtinham nadando nus à medida que o mar formava redemoinhos mais altos, e dois se viraram para se beijar sobre as ondas. Passou um tempo observando, depois forçou os olhos em busca de Dan, que a essa altura já estava longe, a silhueta indistinta pelo sol refletido na água.

Passaram-se minutos. Dan estava tão pequeno à distância que Billy não sabia se ia embora ou voltava para casa. Ficou sentado ali, filtro solar à mão, esperando Dan dar meia-volta e, depois de um bom tempo, parecia ter feito isso — sem dúvida, Billy pensou — agora Dan sem dúvida estava mais perto. O contorno mudou do crawl para o nado peito; Billy discernia as feições pálidas e o cabelo escurecido pela água. Era Dan, claro que era. Estava logo ali, atrás da rebentação das ondas. Ele mergulhou com um salto curvo e movimentos de tesoura com as canelas longas e brancas, depois emergiu e ficou um tempo deitado de costas. Cada onda que o levantava o deixava mais perto da costa, então se virou para aproveitar uma rebentação, lutando ao navegar a onda, de boca voltada para baixo. Acabou engatinhando na areia e ponderou a situação por um instante antes de se levantar pesadamente e andar em terra firme.

Billy se mexeu na toalha listrada, tentando parecer indiferente.

"Por que você demorou tanto?"

Dan, ao sentar ao lado dele, estava molhado, com frio e bem rígido.

"Estava indo para casa."

"Caramba."

"Logo ali... está vendo? Cinco mil quilômetros naquela direção, é de lá que eu sou."

"Você está com saudade", constatou Billy.

"Porra nenhuma."

Dan esticou as pernas arrepiadas, depois se deitou com cuidado ao sol. Os músculos saltaram e relaxaram e depois de um tempo ele ficou imóvel. O vento era quente. As ondas chegavam, uma a uma, à praia. Dan se levantou um pouquinho e pôs a cabeça pesada, molhada, no peito de Billy. Em seguida, se mexeu para acomodar a orelha no arco macio sob as costelas de Billy.

Billy ficou olhando o azul de julho. Se perguntou se deveria pôr a mão no cabelo úmido de Dan e decidiu não fazê-lo. Por alguma razão, se lembrou de um garoto do colegial — não tão bonito quanto Dan —, um menino chamado Carl Medson.

"Eu conheci um cara", ele disse. "Quando eu tinha uns dezesseis anos."

"E?"

A irmã de Carl Medson se engordurava de brilho labial e a mãe flertava com Billy de um jeito verdadeiramente perturbador. Era meio louca. O assento do vaso era coberto com papel e ao abrir a geladeira via-se que tudo ali estava coberto de filme plástico, até as caixas e potes. Carl Medson se arrastou atrás de Billy por mais ou menos um ano, embora nunca fizessem nada além de se esparramar no quarto dele ouvindo música, até que Billy não aguentou mais aquele suspense. Um dia deixou a mão vagar — piada! — até o volume na calça de Carl e quando se deu conta — pausa, movimentação, pausa de novo — Carl Medson estava exposto e na sua mão. E o prepúcio do pau de Carl era daqueles que não saia do lugar — Billy nunca tinha visto aquilo antes — um anelzinho apertado, como a abertura de um bolso, e dobrado, ali embaixo, um pau triste, trancafiado. Sabe? Me deixa sair! Ele devia ter esticado aquilo quando criança, mas nunca tinha se tocado, nunca. E Carl simplesmente desvia o rosto e fecha o zíper e depois disso não passaram mais tempo juntos. Agora era casado e vivia em Phoenix.

"Então essa parte ele deve ter resolvido."

"Hmm", disse Dan.

Pouco tempo depois, Dan disse, "Eu vou me casar", e sentou, prestando atenção no mar.

"Ah é?", se espantou Billy.

"Vou mesmo." Dan chutou a ponta da toalha e arrumou o tecido quadrado na areia.

"Tem alguém em mente?"

"Tenho."

Ele examinou o horizonte. "Eu amo ela", ele declarou. "Amo o visual dela e as formas dela, e amo o jeito que o corpo dela é, e eu tenho a sensação de que é o certo. Tudo isso. Entende?"

"Ótimo."

"A gente transa", continuou Dan.

"Eu sei", disse Billy, que tinha uma fila de homens casados, tristes e canalhas, e não precisava de mais um, embora fosse isso, obviamente, o que as ondas haviam atirado, de novo, à sua porta.

Voltaram para almoçar na casa com outros inquilinos recém--saídos da balsa, e o amigo-do-amigo foi ótimo: bem direto com ambos a respeito das contas. Dan não disse, "Ah, eu não preciso pagar porque não sou gay mesmo, sabe?". Na verdade, agora que estavam de acordo quanto ao tema de sua essencial e futura heterossexualidade, Dan tagarelava, tomava vinho e seguia Billy rumo ao quarto deles, onde passou algumas horas salgadas, ensolaradas, na cama com ele, e no chuveiro, e na cadeira, seguida por uma última, pequena sobrevida contra a parede com aroma de cedro. Beijou Billy como se o amasse, a tarde inteira.

O jantar foi um evento eufórico, com alguns companheiros de casa em alta voltagem e o anfitrião, que viera carregando bife e salada desde Chelsea, calado. Em seguida, todos tomaram banho e se trocaram, beberam o martíni de sempre na sala de estar e partiram para o calçadão. Era um fim de semana de muita festa na Fire Island e a tentação estava por todos os lados, mas Billy e Dan só dançaram um com o outro; riram e até trocaram alguns carinhos na pista, e quando Billy foi para a fila do banheiro ele voltou com dois comprimidos. Tomou um e deixou Dan lamber o outro da palma de sua mão.

Júbilo.

Podemos supor, é claro, que Dan voltou para seu apartamentinho melancólico e à valente futura-esposa, e nutriu por todos os belos homens de Fire Island um enorme desdém por serem indefesos à própria viadagem enquanto a dele estava claramente sob controle. Mas num barato de ecstasy sob a lua de julho, ele era a bicha mais feliz do estado de Nova York. E é claro que todos sabíamos que não era bicha de verdade, era bicha só por Billy, pois quem não seria? Não era como se quisesse pagar boquete para — sei lá — Gore Vidal. Dan amava Billy porque era impossível não amar Billy, e portanto cantávamos aquela velha e triste canção enquanto eles se tocavam à sombra enluarada das árvores; enquanto se detinham na presença inelutável um do outro, e respiravam.

Conhecemos a valente futura-esposinha mais tarde, quando ela voltou de Boston, onde andava fazendo algum mestrado em belas-artes. Era legal. Magra, como é de praxe. Ligeiramente rebelde, intensa e acima de tudo ética. Tinha cabelo comprido, um sotaque encantador e escrevia um livro, é claro, sobre — nunca nos lembrávamos sobre o que era o livro — um tema bem irlandês. No que dizia respeito a mulheres de fachada, era clássica. Uma mulher de qualidade rara — porque era preciso uma mulher de qualidade para que um cara como Dan continuasse heterossexual — jogando o coração dela no lixo.

Ou não.

Quem tem cacife para julgar, meine Damen und Herrrren? Pelo menos ela tinha um coração para jogar no lixo.

Este era o quinto ano de Dan na cidade de Nova York — a intenção era passar somente um. Chegou no verão de 1986 e foi morar com Isabelle, que estava lá desde maio. Um amigo arrumou uns expedientes noturnos num bar na avenida A e passava os dias empilhando e pegando caixas de sapato em um porão da Quinta Avenida. Depois de alguns meses lá embaixo, na escuridão, deixaram que subisse para o andar da loja e Dan fingiu ser bom em vender sapatos a fim de disfarçar o fato de que era mesmo ótimo em vender sapatos. Era um belo rapaz com sotaque fofo e olhar extraordinário. Na época do Natal, já era escolhido para levar Manolos emergenciais a sessões de fotos e caixas à casa dos clientes. Alguns desses clientes tentavam dormir com ele. Todos eram ricos, em sua maioria eram homens.

Da primeira vez que isso aconteceu, Dan estava ajoelhado aos pés de um multimilionário de sessenta anos numa cobertura na esquina do Central Park South. Amarrava um par de botinhas chocolate em torno dos tornozelos finos e meias de seda cinza quando o sujeito perguntou, "Irlanda, não é?".

"Isso mesmo", confirmou Dan, enquanto o multimilionário acomodava a genitália um ou dois centímetros acima na ampla poltrona branca.

"Tive um amigo maravilhoso que era irlandês. De onde você é?"

"Eu sou do Condado de Clare."

"Bom, ele era do mesmo lugar. Que coincidência, hein?"

"É, é uma coincidência", concordou Dan.

"Ele era um rapaz maravilhoso."

As janelas panorâmicas davam para o Central Park e a Sexta Avenida. O piso era branco, a mobília era branca, e o pau do velho, no meio desse excelente panorama, parecia ao mesmo tempo intrigante e triste. Este é o corpo, Dan ponderou ao apertar o cadarço, no qual se encerra tanto dinheiro.

E por um instante Dan esqueceu que era um padre frustrado e graduado em literatura inglesa com planos de voltar para casa, depois do ano no exterior, para fazer mestrado em biblioteconomia. Esqueceu que era vendedor de sapatos, ou barman, ou até imigrante. Por um momento Dan era uma folha em branco, cercado de um futuro diferente daquele que havia levado porta adentro.

Ele disse, "Acho que é esse o seu tamanho. Acho que caiu bem".

Dan fez piada do multimilionário com Isabelle, mas geralmente não mencionava os homens que chamavam sua atenção ou lhe davam coisas, no bar ou na rua. Ele lhe disse que estava louco para sair do negócio de sapatos, mas não disse que sentia uma ambição nova em si enquanto ela se arrastava, ensinando inglês como língua estrangeira, sem escrever o romance. Isabelle se perguntava se o esforço da pós-graduação seria a resposta à sensação de que não estava chegando a lugar nenhum — não na cidade, mas em si mesma. Dan queria lhe dizer que *ela mesma* não era mais o projeto. Estavam em Nova York: a resposta estava ao redor, pelo amor de Deus, e não na cabeça dela.

Agora, Dan ficava de olhos abertos. Percebia o desejo das pessoas. Conseguiu trabalho com um fotógrafo de moda, carregando equipamentos por Manhattan. Passava os dias levando tripés e sacolas, ouvindo berros, sentindo frio, correndo para comprar sopa de missô, correndo para arrumar ovos cozidos, café preto, tabasco, champanhe sequíssima. O salário era menor, mas ninguém pensaria isso olhando para Dan, que ganhava amostras de jaquetas e inúmeros convites sendo muito aberto e um pouquinho irônico. Dan era sempre surpreendido pelas coisas, mas nunca se mostrava assustado. E nunca incomodava.

Foi por esse homem que Billy se apaixonou, quatro anos depois, época em que Dan entrava no ramo das belas-artes. Billy se apaixonou por um cara que estava abandonando a personalidade anterior antes de encontrar uma nova, um cara que se interessava por sexo com homens, mas ainda amava a namorada. Se apaixonou por um mentiroso e crédulo, embora sempre fosse difícil saber no que Dan acreditava.

Tão pálido e etéreo ao surgir, no final do verão achávamos que havia em Dan algo bizarro: aquela cabeça bem asceta, com bochechas altivas — quase selvagens. Parecia a ira de Deus, Billy lhe disse uma vez, dependendo da luz. E Dan riu e retrucou, "Você não faz nem ideia".

Se Fire Island era uma aberração, então seria sua última porque Isabelle estava prestes a terminar o período em Boston, ela retornaria a Nova York no final de julho. Quando os garotos voltaram à cidade, tinham dez dias para se beijar e se despedir, o que deveria bastar, já que Billy gostava de seguir em frente e Dan não era gay, era apenas bastante visual. Nesses dez dias, fizeram de tudo: acharam a cafeteria perfeita perto de Christopher Street e um bar de vinhos na Bleecker. Compraram um par de mesinhas de cabeceira art déco para Billy, de uma bela madeira amarela que no final das contas era teixo. Viram

A dupla vida de Véronique e *The Commitments* — *Loucos pela fama*, foram ao Frick, onde Dan ficou diante do *Retrato de um homem de chapéu vermelho* de Ticiano. E, quando voltavam ao apartamento de Billy, tinham conversas que duravam até o amanhecer. Fizeram sexo amargurado, acusatório e sem sentido. Fizeram sexo repentino. Fizeram sexo-em-meio-ao-choro, e sexo afetuoso, e sexo bruto, e sexo de despedida. E então Isabelle voltou à cidade.

Mas não foi Isabelle que acabou com Billy no verão de 1991, foi o fato de não conseguir se conectar a Dan, independentemente da intensidade com que o fodesse, como se todos os gestos do amor deles fossem lindos, mas falsos. Não que Billy estivesse procurando uma relação a longo prazo, mas procurava alguma coisa naquele momento. Reconhecimento. A sensação de que o que faziam era real também para Dan.

Ah Danny Boy.

Claro que era charmoso. Claro que era lindo. Claro.

Quando Isabelle regressou, ela e Dan pegaram um voo para a Califórnia, onde uns amigos preparavam um casamento em Big Sur. Billy recebeu outro convite para ir a Fire Island, mas não conseguiria encarar Fire Island, e não voltou àquele mundo. Transou com um cara no sábado à noite, sim, mas gozar lhe deu a sensação de que tentava pegar algo que derretia nas mãos. Então visitou Greg, que não se atrevia a ficar longe do ar-condicionado, e bateram papo e não mencionaram onde Billy esteve nas semanas anteriores, enquanto Jessie limpava as bancadas da quitinete e o olhava de cara feia por ter sido perdoado com extrema facilidade — tão robusto com sua regata — ao chegar na porta.

Greg tinha ganhado algum peso. Não fazia mais aquilo de estalar a boca, como se sentisse um gosto residual. Sentou na espreguiçadeira com a perna relaxada por cima do braço e agora estava entusiasmado, até mesmo com a doença.

"Ai, meu Deus", ele disse quando Billy falou que ele estava ótimo. Greg declarou que andava tão angustiado, o tempo todo, que mandava ver no tranquilizante, e havia um remédio chamado Demerol, um opiáceo que distribuíam a conta-gotas, que lhe dava uma sensação maravilhosa. Sentia como se todos estivéssemos conectados.

Bastava, disse Greg, para fazê-lo ter vontade de voltar lá, só precisava ir até o elevador e subir para ver a irmã Patricia, que o cobria de amor, e então havia o Demerol para enchê-lo de amor por dentro. Contou que tinha mudado de aliado, o dr. Torres era um príncipe, mas a irmã Patricia era a pessoa em cujos olhos.

Ele parou e tentou de novo.

Em cujos olhos.

Billy se curvou como para mostrar os próprios olhos, fiéis até a morte, mas Greg estremeceu e contou que estava pensando em fazer terapia, entretanto — e ruminou as palavras quando citou Celeste, a enfermeira travesti, dizendo: "Não tem nada que faça uma moça parecer mais relaxada do que umas doses de pó de anjo".

"Não", exclamou Billy. "Ela falou isso?"

"Ah, é impossível não amar a Celeste", disse Greg, e Billy lançou um olhar a Jessie, que se absteve.

O coração de Billy só começou a se partir no dia que sabia que Dan retornaria à cidade após o casamento na Califórnia, e que não entraria em contato. E o coração de Billy só se partiu de verdade uma ou duas semanas depois quando se deu conta de que não era decepção o que sentia, mas esperança, e que a esperança se dissipava com a mudança climática. Em breve, em breve seria verdade. Dan não teria ligado. Além disso, se Dan tinha saudades dele, poderia simplesmente sair e achar um cara que parecesse um pouco com Billy e abaixar o zíper. E supostamente estaria tudo bem. Porque se Dan saísse do armário, seria feliz, e todos os homens gays de Nova York ficariam felizes, e o mundo ficaria, por meio de tamanha autenticidade, melhor.

Mas Billy não se importava mais se Dan estava fora ou dentro. Só sentia o peso da cabeça de Dan no plexo solar, lá na praia, as ondas despejando a carga pesada de água e o mar arrastando-a de volta, repetidas vezes. E queria que Dan encontrasse Greg de novo, antes que ele morresse.

Mas setembro foi embora e Dan não telefonou.

Diversas coisas aconteceram. Massimo foi com Mandy para o refúgio que a família dela tinha no Caribe, Billy deu um jantar que fez certo sucesso. Arthur publicou o livro sobre Bonnard e chorou por Max (que detestava Bonnard: que cuspia à menção de Bonnard) no lançamento. Depois Emily von Raabs foi à cidade e deu um jantar grande e informal em sua casa maravilhosamente decrépita na East 10th Street. Como nos velhos tempos Emily amava Christian, Greg levou Billy como uma espécie de armadura contra tudo isso, mas a condessa agora tinha um novo rapaz preferido, um marchand irlandês chamado Corban, o homem mais charmoso que alguém poderia conhecer. E Corban levou a velha amiga Isabelle, e Isabelle levou o interessante namorado, Dan.

Emily Gräfin von Raabs (nascida em Ohio, agora cidadã do mundo) acomodou dezesseis pessoas em torno de uma antiga mesa oval e manteve a simplicidade. Puseram o prato principal ao estilo bufê num aparador no canto da sala, a salada era passada da esquerda para a direita: foi bem despretensioso e prático, com apenas um garçom servindo o vinho.

Colocou Richard Serra a seu lado, e ele era de uma beleza incrível e, poderia se dizer, monumental. E Kiki Smith estava lá, o que sempre melhorava as coisas. Artistas, Greg afirmou, são como animais selvagens numa sala como aquela: é como estar em uma floresta, de repente, em vez de um zoológico.

Quanto ao resto de nós, o vinho desceu e o volume subiu e a questão que saracoteava em torno da mesa era: quem tinha dormido com quem? E é claro que não importa, pois o sexo passado não é tão empolgante quanto o sexo futuro, é apenas um murmúrio baixinho sob a melodia do que ainda está por vir. Billy avaliou Isabelle quando cruzaram as portas duplas para tomar café: a caixinha torácica falível, com um par daqueles pequeninos seios triangulares achatados na pele como origami: também partes volumosas da cintura ao quadril, onde a calcinha exagerava um pouquinho no pragmatismo — ficaria melhor sem, ele imaginou, embora Isabelle não fosse o tipo de garota capaz de sair sem. O aspecto mais surpreendente nela eram os sapatos, pretos para combinar com o resto da roupa, mas com solas fabulosas, vermelho-sangue. Andava com eles como uma criança brincando de se vestir de adulta.

Bom, cada um com seu cada qual, Billy ponderou, e encarou o olhar de Dan com o desinteresse indolente que passara a vida inteira aprendendo a transparecer. Ele disse, "Sabe o Gregory Savalas? O Greg cuida do espólio dos Clement. E agora o do Max Ehring, não é?".

Poderiam muito bem nunca terem se conhecido, nunca terem se beijado. Esse era o jogo.

"Ah, não", disse Greg. "Isso tudo é muito jurídico. Vai levar um tempo. Estou apenas, literalmente, pondo ordem no que tem ali."

"Que tristeza", comentou Dan. "Sou um grande fã do Ehring."

"É mesmo? Bom ouvir isso."

"Sou sim. Acho que a obra tem tanta vitalidade, sabe? Difícil acreditar que ele partiu."

"É", disse Greg. "Ele era um amigo querido."

"Lamento", disse Dan.

Ficaram ali parados. Greg que amava Billy Walker e Billy que amava Dan Madigan e Dan que amava Isabelle McBride. Amava de verdade.

E Isabelle, que se sentia pouco à vontade por algum motivo que não conseguia identificar, tomou outro gole de vinho.

"Sabia que ele deixou centenas de peças não catalogadas, jogadas por aí?", contou Greg. "É claro que a gente deixou o ateliê principal exatamente do jeito que estava."

"Que incrível", disse Dan.

Billy não se aguentava. Tinha dormido com ambos os homens e estavam de papo furado: se falavam numa espécie de não linguagem.

"Impossível não se perguntar", ele observou, "se morrer não foi a melhor coisa que poderia acontecer com o Max. Digo, como artista. É horrível demais dizer isso?"

Greg pestanejou, devagar. Virou-se para Dan. "Sabe, às vezes eu acho que estou no ramo errado", ele disse. "Porque eu preferiria que Max não pintasse nada e ainda estivesse aqui. Quer dizer, vivo. Eu preferiria que ele estivesse vivo. Mesmo se ele ficasse só, sabe, servindo o vinho."

"Sério? Você preferiria mesmo?" Dan parecia realmente surpreso.

Isabelle, apesar de acostumada a essa ligeira fissura entre o namorado e o mundo, esticou o braço e apertou a mão de Greg.

"Você tem toda a razão", ela disse.

"Tem?", perguntou Dan, persistindo.

"Ele tem sim", ela disse.

E Greg se virou para o lado, brevemente, no intuito de esconder as lágrimas.

Foram dois dias após esse encontro que o irlandês Dan apareceu na porta do jovem Billy — visivelmente envergonhado de si. Fizeram sexo mas não gostaram um do outro por isso, e depois Dan foi para casa.

"Todo mundo morre."

Foi isso o que ele disse na sala de estar de Emily von Raabs, depois de Greg conter as lágrimas pressionando o canto dos olhos com o indicador e o polegar.

"A pessoa morre de alguma coisa", disse Dan. "A pessoa morre jovem, a pessoa morre velha, não é o fato de morrer que interessa. É o que ela faz que interessa. O que ela cria."

Não estava claro a quem tentava convencer.

"Não sabia que você gostava tanto do trabalho dele", disse Isabelle.

E Greg pensou no cadáver, estirado numa mesa sobre cavaletes no ateliê, de macacão de trabalho e botas, em como não parecia em nada com Max, pois Max era puro movimento e amolação. Max era sempre um chato de galocha.

"Eu respeito o trabalho", disse Dan. "A obra não é linda, e eu preferiria que fosse linda. A obra é violenta e extravagante e ele dava tudo de si, e eu respeito isso."

"Entendi", disse Isabelle.

"E também, sabe, a obra é do momento. Deste momento. Gosto disso. Preciso disso. Acho que sem isso a gente estaria simplesmente andando às cegas."

As mãos de Dan estavam no ar, fazia gestos grandiosos, e ali estava ele de novo, o padre, ofertando tudo, exigindo tudo: verdade, beleza, vida eterna.

Ou seis meses numa parede do MoMA, Greg pensou, seguidos por milhares de anos no depósito, em algum lugar desconhecido.

Duas noites depois, às onze e quarenta e cinco da noite, Dan, o padre frustrado, estava à porta de Billy Walker, querendo sexo. De novo. E sexo foi o que conseguiu. À meia-noite, já estava na rua outra vez, a caminho de casa.

Isso foi no dia 5 de novembro. Oito dias depois, voltou querendo mais. Então dois breves dias depois. Conseguiu ficar longe por uma semana. Em 21 de novembro, Billy atendeu o interfone e disse, "Vai se foder, Dan". Mas deixou que ele subisse mesmo assim. Passadas três noites, desceu a escada em direção à porta da frente, e disse, "Vamos dar uma volta".

As ruas estavam molhadas e o ar fresco após a chuva. Os casacos de inverno dos dois estavam abertos na noite suave, os cachecóis compridos dependurados, azul e verde. Dan falou que andava brigando com Isabelle. Era uma das razões para ela ter ido a Boston, eles vinham brigando fazia, talvez, uns dois anos. Além disso, ela tinha conhecido alguém lá, um cara, que era, por acaso, uma bichona, e esse não era o desenlace que desejava para Isabelle, mas a escolha era dela, portanto talvez tivesse sido uma horrível perda de tempo, ele se sentir culpado aqueles anos todos.

"Você contou pra ela?"

"Contar o quê?", disse Dan. "Eu amo ela. Sempre amei. E eu fodi com ela de bom grado. E nada disso é mentira."

Acabaram se beijando contra uma cerca de arame, num terreno baldio perto do East River, as mãos deslizando no gozo um do outro, esperando serem esfaqueados por um algum cara que passava.

Então foi isso. Dan foi para casa no Natal como um novo homem e voltou para Nova York pronto para o que viesse. Encontrou Billy abatido por um resfriado e lhe preparou a receita irlandesa de uísque quente com limão e cravo, e reclamou da família, da mãe, que foi aquele pesadelo de sempre, da irmã que estava grávida outra vez e adquiria ares de mártir.

"Quando é que a gente deixa isso pra trás?", ele disse. "Quando é que isso tudo *acaba*?"

Billy se recostou de pijama com listras azul-bebê, o cabelo louro desgrenhado pelo suor e o termômetro enfiado na boca. Fora com Greg à casa de Massimo no dia seguinte ao Natal, contou, e Mandy havia levado um dos Kennedy — sabe aquele que é lindo de morrer? — passaram a tarde inteira falando de Castro porque, sabe como é, Castro sabia.

"Aham", murmurou Dan, muito enciumado.

Billy declarou ter ido a uma festa enorme em um dos píeres no Réveillon e conhecido muita gente, a maioria montada de drag.

"Montada?", perguntou Dan.

"Eu não fui montado", disse Billy. "Apesar de ter — por um tempinho, veja bem — usado um tutu branco encantador. Não, eu estava com a minha calça Levi's de sempre."

"Que bom ouvir isso", disse Dan.

"Você veio aqui pra ver como eu estou?", perguntou Billy, e ambos pararam por ali. Não estavam prontos para domesticidades fofas. Ainda não.

"Não", respondeu Dan.

"Se bem que eu peguei um resfriado", disse Billy. "Então talvez você tenha razão em passar aqui."

Quando Greg ligou no dia seguinte, Billy ainda se sentia mal — o que para eles era o inverso do normal, na verdade: não alongaram o telefonema. Era a sugestão de felicidade, talvez, que levava Dan a manter a distância. Por algum motivo, ninguém viu Billy nas setenta e duas horas seguintes, quando uma vizinha passou e escutou a porta abrir, virou para olhar e o viu escorregar, antes de cair atrás dela, no corredor.

No St. Vincent's, deram uma olhada nele e o mandaram para o sétimo andar.

A notícia se espalhou rápido. Massimo ligou para Greg. Disse que Mandy estava lá com aquele dançarino que trabalhara com Pina Bausch, e que ela estava incrédula, estava atravessando o corredor e havia um cara puxando o tubo de respiração, tentando se sentar e fazendo muito barulho. E era Billy.

"O Billy?", perguntou Greg. "Não. Você tem certeza?"

Mandy tinha entrado com ele, estava tão agitado, e ela meio que o forçou a se deitar, tentou acalmá-lo um pouco, e era Billy. Pneumonia das células plasmáticas avançada.

"Acho impossível ser o Billy", disse Greg, que revirava os armários da cozinha à procura de alguma coisa.

"Ai, Greg, eu lamento profundamente", disse Massimo, e Greg parou de olhar os armários e disse, "O Billy?".

Pegou um casaco e tomou um táxi e atravessou o corredor pensando que nada poderia ser pior que aquilo: além da doença, essa era a pior coisa que a vida poderia atirar na sua cara. Olhou cama por cama, e então parou no meio do corredor e ponderou, *Não fui eu — nós tomamos cuidado. Não fui eu.* Passado um instante voltou a andar, e sua mente lhe disse que a própria morte agora seria mais fácil. Porque a morte não é a pior coisa que pode acontecer com alguém. Todo mundo morre.

É o momento que importa. O primeiro e o segundo. A ordem em que partimos.

E ali estava a cabeça loura de Billy, e ali estava o peito, inflado com regularidade e afundado mecanicamente, a boca abarrotada com o tubo de respiração, não podia falar, embora o olhar selvagem lançado para Greg fosse mais vívido que palavras. Greg não conseguia desviar do olhar, ele o sustentou enquanto puxava a cadeira sob si e sentava à cabeceira da cama.

Arthur chegou em seguida, e Jessie uma hora depois — formidável, tinha de alguma forma obtido acesso ao apartamento de Billy e levado uma bolsa com as coisas dele, o caderno de endereços estava lá, grosso de corretivo, assim como o caderno de endereços de todo mundo naquela época, e ali, rodeado de trevos dançantes, estava o nome: DAN!

"Eu ligo pra ele", ela disse. Billy também entendeu, e piscou em gratidão, e depois voltou a verificar os olhos de Greg e se acomodou naquele olhar, e não desviou mais.

Dez minutos depois, ela tinha voltado para o quarto.

"Você está bem?", perguntou Arthur, e Jessie, vacilando numa nova tristeza, disse, "Ele está vindo."

Ficaram em silêncio, rompido apenas pelo amassar triste de um pacote de Cheetos que Jessie achou na bolsa, e o tempo transcorreu.

Jessie nunca falou do telefonema que deu para Dan, de como ele foi gentil, e não se surpreendeu. Ela levou anos para entender. A sensação que teve ao falar com ele foi como se Dan soubesse, soubesse aquele tempo todo, que não havia nada fora do comum — na verdade havia uma espécie de satisfação — no fato de que Billy estava morrendo. Como foi que ele fez com que ela se sentisse uma boba dando a notícia, fez com que sentisse que formava sons em vez de palavras de verdade? Quanto tempo demoraria para que ela pudesse dizer o óbvio?

"Acho que você devia vir aqui."

"Qual é o horário de visitas?", perguntou Dan, e ela disse, "Qualquer hora. Não tem hora marcada no sétimo."

"Entendi", disse Dan. "Eu só tenho que terminar aqui", no que Jessie ficou tentada a bater o telefone na cara dele. A conversa toda foi tão monótona e esquisita que Jessie a tirou da cabeça enquanto passavam a hora seguinte com Billy, e outra hora, passando da meia-noite. Greg não saiu da cabeceira da cama. Não largou a mão de Billy. Dispensou a comida, ignorou todos ao redor. Às três e dez da madrugada começou a cantar, bem baixinho, e quando Billy reconheceu a canção tentou sorrir, e faleceu.

Depois disso, anos transcorreram sem que ninguém visse Dan. Não o culpávamos. Pelo menos tentávamos não censurá-lo. Essas coisas são muito difíceis.

Constance
Condado de Limerick
1997

Constance ainda não conseguia acreditar no novo trecho da estrada, depois de anos de curvas perigosas e pontos cegos, bastava ligar o carro e ir em frente — era como se os campos se abrissem para deixar a pessoa passar.

Costumava ser épico, as quatro crianças no banco traseiro do velho Cortina, em busca de um sinal de que a viagem estava quase no fim: um avião grande descendo sobre o pântano de Shannon, em seguida o castelo em Bunratty, repleto de americanos de calças listradas e largas, e Durty Nelly's, o pub amarelo, acocorado junto à ponte.

Agora, em um instante, Constance já tinha passado disso tudo. O castelo continuava lindo, mas parecia exposto demais à rodovia de mão dupla, e ela teve saudade da emoção da ponte antiga. Sua amiga Lauren cantava nos banquetes medievais de Bunratty. Não era apenas pela voz, eles faziam testes com as garotas para garantir que servissem nos vestidos de veludo, ao menos era o que dizia Lauren, e ela precisava fazer jornada dupla como criada medieval entre as sessões de "Danny Boy".

"Só de olhar para eles", ela dizia, pois os americanos não tinham modos à mesa, mas davam gorjetas como loucos, e todos os homens passavam cantadas, não importava a repetição dos vestidos. No seu último verão ali, Lauren trabalhou nos passeios em francês pelo Folk Park e agora estava em Estrasburgo em nome da União Europeia, ia trabalhar de calças Prada. Mas talvez contratassem tradutores que coubessem nas calças — vai saber.

Era um pensamento cruel, mas a blusa que vestira naquela manhã era a última blusa boa que tinha e Constance teve de acrescentar um xale para esconder o ponto em que os botões se abriam sobre os seios que já tinham dado para o gasto.

Eles já deram para o gasto, ela pensou ao fechar o espelho na porta do guarda-roupa.

Ela ainda daria.

Antes, Constance gostava do corpo que lhe dera tantas surpresas ao longo dos anos. Havia noites em que se deitava no sofá com um filho patinando na barriga, outro empurrando, meio que num transe, a lateral adiposa do seu peito. Shauna, a caçula, gostava de sentar no chão e cutucar sua panturrilha, fazendo-a balançar de um lado para o outro. E "Não! O umbigo não!". Os dedinhos avançando, Constance dando gritinhos e se contorcendo para se desvencilhar. *Diversão para a família toda*, ela pensava, seu corpo era um objeto fabuloso, até Dessie, o marido, parecia apreciá-lo. Mas Constance estava farta de si mesma. E a gordura, ela sabia, era uma coisa tóxica.

Ela pegou um congestionamento perto de Limerick. Constance viu o largo rio à esquerda e lembrou, de súbito, que havia se esquecido de tirar o salmão do congelador.

"Droga", ela exclamou, e desligou o rádio. Teria de comprar outra coisa para o jantar, a caminho de casa.

Mas estava no caminho de Dooradoyle, e o trânsito permaneceu tranquilo ao longo de todo o trajeto até o hospital. Constance achou uma vaga não muito longe do ambulatório, e limpou as migalhas de sua última blusa boa. Depois pegou a bolsa e o casaco e se esforçou para descer do carro rumo à indolência do mundo pedestre.

Dentro do prédio do hospital, mandou os pés seguirem as belas setas amarelas do chão, uma após a outra, como se fosse ganhar nota, sabe-se lá como, por ser pontual e comportada. Mas, *Sua idiota*, ela pensou ao chegar lá e se deparar com a fila que já se estendia pelo corredor. Chamaram um bando de mulheres para as dez horas, mas todas tinham chegado às nove e meia porque sabiam de uma coisa da qual Constance esquecera a respeito dos pacientes ambulatoriais. Era esse o preço que pagava por uma vida saudável, Constance ponderou — tivera sorte. A mulher atrás dela tinha vindo de Adare e o engarrafamento estava inacreditável. Obras na estrada, ela contou.

As fichas estavam amontoadas num carrinho, em duas fileiras inclinadas, e a enfermeira encarregada trabalhava duro, mantendo o humor à medida que passava com pastas e raios X.

"Nossa, adorei o brilho! Acredita que a gente não pode usar esmalte? Eu sinto falta!"

Não havia como saber quanto tempo cada mulher passaria na sala do outro lado do corredor. Algumas saíam e iam direto para a saída, mas caso uma mulher de jaleco branco surgisse primeiro, seguiam o envelope pardo grande que ela segurava e entravam em uma nova fila num banquinho mais adiante. Essas mulheres usavam camisolas hospitalares abertas nas costas e levavam as blusas e casacos numa cesta de compras que punham no chão, à sua frente. Algumas eram bem novinhas. Constance não era a mais nova ali naquela manhã, de jeito nenhum.

A mulher sentada a seu lado tinha coxas enormes, uma das quais encostava em Constance, pois transbordava os limites estreitos da cadeira laranja de plástico. A gordura era um pouco mais fria do que seria de se esperar, mas continha um calor secreto, e era surpreendentemente agradável para algo tão mole. Constance começou a cochilar no ar denso do hospital. Aquele cheiro — o que quer que fosse usado para limpar o chão. Havia uma doçura nele, como o cheiro do próprio corpo depois do nascimento de um filho.

Estava de volta à estrada, em Bunratty, atravessando os campos — um sossego inacreditável — e se lembrou do desgaste de seus ossos quando as crianças nasceram. A pélvis se abrindo — havia um prazer nisso, como o auge do bocejo — à medida que o bebê se retorcia para fora dela. Tudo acontecia com tanta simplicidade. E o bebê era uma força descomunal, todas as vezes. Donal, de cara rabugenta, Shauna, que saiu com uma labareda de cabelo ruivo, e o meigo filho do meio, Rory, que transformou a mãe meio que numa pista dupla, no mínimo, com aquele rasgo tão horrível. Ele usou as duas saídas ao mesmo tempo, ela disse a Dessie.

"Como vai tudo isso aí?", perguntou Dessie uns anos depois. E Constance só riu.

"Como vai tudo isso aí?", ela caçoou. E em seguida, "Vai tudo bem".

Porque era verdade. Ia bem. Seu corpo tinha sido muito engenhoso e se recuperava sozinho. Fora tão bondoso com ela, e tão disposto a repetir o feito.

Ou burro, talvez. Seu corpo era uma coisa burra.

A mulher a seu lado enfiou a mão numa sacola plástica e pegou uma garrafa de água. Usava botas sem cadarço com saia larga de morim e quando tirou o cardigã que era justo demais deu para perceber que as mangas da blusa não fechavam nos punhos. Arregaçou as mangas devido ao calor do hospital e desenroscou a tampa da garrafa e, ao fazê-lo, Constance reparou em umas riscas no antebraço: acinzentadas, como o negativo de uma tatuagem, com um jato fraco de vermelho junto às bordas. Todas seguiam adiante e o resultado não era feio até você se dar conta de que as riscas eram cicatrizes e eram causadas por automutilação. Algumas eram bem antigas e extensas — seria possível datá-las, assim como as marcas em uma árvore — e se expandiram à medida que ela crescia. Uma dessas cicatrizes antigas havia sido cortada outra vez recentemente, e Constance sentiu a própria pele se retesar só de imaginar. Uma dor atingiu a extensão de suas coxas — talvez não uma dor, mas uma fraqueza, um solavanco solidário. Repentino, e então parou. Ela se mexeu na cadeira de plástico e o sentimento passou.

A mulher levantou a garrafa d'água, depois olhou na direção dela.

"Um e cinquenta", ela disse.

"Não", espantou-se Constance, tentando retribuir o olhar.

"A água!"

Evitou o pescoço e o peito da mulher, pairou no couro cabeludo antes de se fixar nos olhos. Era um rosto vivido, bastante comum. Sem marcas.

"Eles tiram vantagem de todas as formas", declarou Constance.

A mulher tentava perder um pouco de peso, explicou. Iria a um casamento na Inglaterra em breve e tinha uma roupa linda achada na Marks & Spencers e queria perder um pouquinho para entrar na saia. Ela até conseguia entrar, só tinha de conseguir fechar o zíper. O problema era que sofria de um inchaço tenebroso.

Olhava para o outro lado do corredor enquanto falava do peso, a cabeça balançando levemente de um lado para o outro como a de um boxeador.

"Você precisa de um troço modelador, sabe?", sugeriu Constance.

"Hmm."

"Uma calcinha elástica qualquer. Segura tudo."

A mulher lhe lançou uma olhadela, desconfiada.

"Você sabe do que eu estou falando", disse Constance.

"Sei sim."

A mulher não tinha câncer de mama, Constance refletiu. Era óbvio que não. Ou se tivesse seria mera coincidência. Uma tragédia dupla. A mulher era hipocondríaca, era alguém que gostava de filas. Não dava para curá-la porque não havia nada de errado com ela. Afora tudo, é claro. Tudo nela estava errado. E então, fazer o quê?

Sua própria mão agora estava no seio, antes que sequer percebesse, no ponto em que se juntava à axila; dava para sentir a renda do sutiã, e sob ele a maciez, e sob ela nós indistintos.

Mas Constance queria muito que a mulher aproveitasse o passeio. Pensou que ela merecia. Não parecer uma idiota numa saia idiota que para começo de conversa não deveria nem ter comprado, já que não cabia.

"Você tem chapéu?", ela perguntou.

"Acredita que não?", ela respondeu. "Veja só o nível do meu desespero."

"Que cor?"

"Eu queria vermelho", ela disse. "Com véu de bolinhas e plumas, talvez? Mas não fazem vermelho."

"Não", confirmou Constance, especulando que havia um bom motivo para isso. "Você já pensou em preto?"

Mas antes que pudesse rejeitar a ideia sem mais nem menos, a enfermeira chamou: "Margaret Dolan!" e com muito barulho e coleta de sacolas a mulher se recompôs e levantou da cadeira. Junto à porta cinza, se virou para pedir, "Torce por mim".

"Boa sorte", disse Constance. E de repente a mulher pareceu entusiasmada, predestinada, antes de se virar outra vez e sumir.

"Ela vai a um casamento", Constance relatou à mulher de Adare. Ambas haviam se reacomodado para a espera.

As mulheres entravam em duplas, uma com a radiologista, outra se despindo na sala ao lado, portanto Constance não sabia como Margaret Dolan havia se saído quando foi chamada a atravessar a porta. Encarou a parede dos fundos do cubículo acortinado e tirou o cardigã, depois a blusa. Pôs as peças numa cesta com o casaco e a bolsa e enfiou os braços nas mangas da camisola hospitalar, depois sentou no banquinho e tornou a esperar, de frente para a cortina. Agora que estava sozinha, levantou a camisola e apalpou os seios da forma certa, procurando o ponto. A coisa se mexia como se estivesse cheia de líquido, ou gel, com uma textura diferente no centro, a maior parte estava ancorada à parede torácica. Não tinha, o clínico geral lhe informara, tantos caroços assim, mas Constance achava que os seios estavam bastante tomados, e embora gostasse da aparência de seios — até dos dela mesma, aliás —, embora visse um quê de elegância na curva deles, se perguntava o que os homens desejavam quando queriam apertá-los. As pontas de seus dedos examinavam cada pequeno nódulo, averiguando a sensação, e então encontraram o ponto: uma massa pequena, escorregadia, como um naco de cartilagem, que se mexia e não respondia a seu toque. Era isso o que devia procurar: uma parte dela que não conseguisse sentir. Só uma partezinha. E não sentia porque não pertencia a ela.

Constance não tinha câncer. Era apenas um cisto ou canal, uma alteração depois das crianças. Estava com trinta e sete anos, pelo amor de Deus. Tinha três filhos e um marido para cuidar, para não falar da mãe viúva. Constance não tinha tempo para câncer.

Ela ficaria bem.

Mas era complicado se manter firme, ainda assim. Quando a enfermeira puxou a cortina, estava a ponto de falar algo sem pensar: alguma loucura. *Quem vai cuidar das crianças se eu morrer?* Mas é claro que não disse nada.

A enfermeira convidou-a a se sentar numa cadeira e repassou os dados: Constance McGrath, endereço, data de nascimento, parente mais próximo.

"Dessie McGrath", ela declarou. "Mesmo endereço."

"Telefone de contato?"

Constance deu o número do celular de Dessie, o que lhe pareceu uma atitude estranhamente íntima. "Mas não liga para ele, tá bem? Esse tipo de coisa deixa ele gripado."

"Ah", exclamou a enfermeira.

Constance sentiu que estava traindo algo, mas era verdade que Dessie ficava um pouco estranho sempre que ela adoecia. Não havia como escapar: ele passava a noite inteira verificando o próprio pulso e acabava com esclerose múltipla. O que era uma graça, sem dúvida. Sabia que era porque ele se preocupava.

"Toma algum medicamento?", perguntou a enfermeira.

Constance tomava um negocinho que não dizia respeito a ninguém a não ser ela mesma. "Não", respondeu.

Então a enfermeira fez mais algumas marcações na ficha e foi embora. Voltou para chamar Constance a cruzar a última porta, onde uma mulher a aguardava ao lado de uma enorme máquina branca. Era a radiologista, e deu um sorriso para Constance: uma mulher na casa dos trinta com belas mechas mais claras e mais escuras que o tom natural do cabelo, aparentava ser bondosa. O cabelo custava caro, verdade seja dita: cerca de cento e cinquenta libras bem ali, crescendo de sua cabeça.

"A senhora poderia dar uma abaixadinha na camisola", ela pediu, porque as pessoas estavam sempre "dando abaixadinhas" nas coisas nos hospitais, ninguém simplesmente tirava a roupa. Mas o algodão lhe pareceu leve ao abandoná-la: Constance colocou-o numa cadeira e se virou.

Não havia rastro da mulher com cicatrizes na sala, mas o fato recente de sua presença deixou Constance satisfeita, enquanto andava até a máquina, pelo pequeno desastre representado por seu torso nu aos trinta e sete, pensando, este é o peito que meu marido adora e meus filhos ainda vão amar por mais alguns anos, e eu nunca o amei, não muito, por que deveria?

Não que desejasse que desaparecessem.

"E qual é a área que lhe causa preocupação?", perguntou a radiologista ao pôr um seio na plataforma coberta de vidro.

A radiologista não usava luvas, mas sua mãozinha era tão afável e experiente que Constance se sentiu quase reconfortada. A última pessoa que ela havia tocado era a mulher com todas aquelas cicatrizes e Constance tentou imaginar o aspecto que aquilo tudo tinha, ou a percepção ao tato, de perto. Queria saber sobre os cortes e onde, no corpo, eles paravam. Tantas pessoas diferentes, e as histórias que seus corpos guardavam. Perguntou-se quantas vezes por dia a radiologista levantava aquela parte de uma mulher até a saliência de sua máquina e empurrava a lâmina de cima até chegar ao ponto de doer. Era boa naquilo, de qualquer modo. No exato instante em que Constance puxou o ar com brusquidão, ela sumiu atrás do painel de controle e da janela protetora; ouviu um zumbido, depois um bipe, e a máquina, como que escandalizada com o próprio comportamento, largou-a.

Durante todo o tempo havia bate-papo, o que poderia irritar, caso a pessoa fosse do tipo que se irrita.

"Ah, eu adoro as ilhas de Aran", ela disse enquanto levantava o braço de Constance sobre o alto da máquina.

"Eu sei que está parecendo alto demais, mas aguenta um pouquinho. Não, eu fui num passeio da escola, acredita, e adorei. Eu tinha dezesseis anos."

O acrílico descia enquanto a radiologista botava Constance na posição correta e sumia atrás da mesa antes de Constance ter a chance de dizer que também adorava as ilhas de Aran, a planície pacata que unia as pessoas ao clima.

"Se você gosta de umidade", ela disse, enquanto a máquina fazia o bipe, se assustava e a soltava.

"Ah, é verdade."

"Vou fazer uma marquinha com a caneta, se a senhora não se importar", ela explicou. "Só falando." Mas falar o quê, ela não esclareceu e, ao abaixar os olhos, Constance viu quatro pontos num quadrado bem-feito, marcando o lugar onde achava que poderia estar o nódulo.

Teve a sensação de que tudo acontecia rápido demais.

Antes que se desse conta, a radiologista olhava uma tela e apertava botões com determinação.

"Dá para ver alguma coisa?", Constance perguntou.

"Hmm. A médica vai dar uma olhada para a senhora. Pode ser. Pode ser o tipo de coisa que a senhora simplesmente resolve. Eu poderia resolver para a senhora."

Isso não fez sentido nenhum para Constance, que disse, "Não dá para enxergar nem a mão diante do rosto, certos dias, quando a neblina chega".

"A senhora já pode vestir a camisola", disse a radiologista, e verificou se Constance estava coberta decentemente antes de abrir a porta para a sala contígua.

"A Bríd vai levar a senhora para o ultrassom, está bem?"

E ali estava a técnica de jaleco branco, segurando o envelope. Pelo menos Constance imaginou que fosse a técnica porque o jaleco não era dos mais limpos e estava um pouco desgrenhada, mas poderia ser a chefe do departamento, até onde Constance sabia.

"Eu bem que queria estar lá agora. A senhora não queria?", disse a radiologista. Referia-se às ilhas de Aran.

"Em qualquer lugar, menos aqui", disse Constance. Era para ser piada, mas sua voz soou meio abrupta e agressiva, e as duas mulheres do hospital pareceram entristecidas com isso. Não tinham culpa se as pessoas tinham câncer. No mínimo, era o contrário. Era dureza serem tão incompreendidas.

Constance seguiu a técnica, os olhos no envelope pardo, a camisola mal fechada nas costas, e sentou ao lado de Margaret Dolan no banquinho.

"Meu Deus", ela disse.

"Bom, uma parte já foi", afirmou Constance.

"Jesus amado, Deus todo-poderoso", ela disse. "Eu achei que estava aqui por causa do meu útero." Em seguida, falou do inchaço novamente. Não havia como detê-la. Algo foi desencadeado pela experiência que as duas partilharam na máquina grande e branca.

"Ai, meu Deus", exclamou Constance. "Ai, meu Deus", enfiando os dedos sob a manga, para olhar o relógio no pulso. Meio-dia e meia.

Ninguém sabia que ela estava ali. Nem Dessie, que obviamente havia se esquecido de que dia era. Nem a mãe. Nem as amigas, agora todas espalhadas. Eileen na América, Martha Hingerty em Londres e Lauren em Estrasburgo — a última a partir. Raramente estavam em casa. Quando Constance conseguia falar com elas, todas as novidades já estavam velhas.

E qual era sua novidade?

Tinha câncer. Ou não tinha câncer.

Mas a questão não era exatamente essa. Constance constatou que era para as meninas que vinha guardando os detalhes: as mechas da radiologista, o aspecto anti-higiênico do jaleco da técnica, a mulher que achava que estava lá por conta do útero. Não servia de nada contar a Dessie, que não veria a ligação entre o preço de um corte de cabelo e o nódulo em seu seio. Só as meninas entendiam as ironias, os "ai, meu Deus" daquilo tudo. Formavam um grupo desde a escola.

Eileen Foley, Martha Hingerty, Lauren O'Dea. Quando terminaram os exames escolares foram todas juntas para Dublin, enquanto Constance ficava mais um ano para repetir as provas e trabalhar atrás do balcão da farmácia. E foi o ano mais solitário de sua vida. Era para Constance ter feito faculdade de Farmácia, mas não conseguira passar, e quando fracassou pela segunda vez houve muito choro e ranger de dentes em Ardeevin. O tio Bart enfim se apiedou e lhe conseguiu um emprego numa farmácia grande na Grafton Street para que aprendesse sobre o lado comercial das coisas antes de voltar para casa. Mas Constance não tinha nenhuma intenção de voltar. Eileen Foley poupava para Nova York e, aos dezenove anos, Constance também iria para lá.

Chegou ao apartamento na Baggot Street com uma mala enorme e surrada e, depois de todas as cartas enfáticas, divertidas, descobriu que o canto era mesmo uma hospedaria e os outros raramente estavam por lá. Constance ficava muito tensa por conta do aluguel, e as amigas não pareciam sentir o mesmo: Lauren apareceu um sábado de manhã com um cheque sujo, dizendo, "Você não recebeu isso aqui?", como se fosse Constance quem tivesse deixado as coisas degringolarem. Mas valia a pena pela extravagância de estar à solta com as meninas — sobretudo Lauren, que experimentava os homens que conheciam como se o mundo estivesse em liquidação e eles fossem uma arara de roupas.

Horrível!

Hmmm.

Nada estava certo.

Olha, nossa, ele é lindo. Ah, não! Ele não cai bem.

Constance nunca entendia qual era o problema — ou estavam interessados demais ou não telefonavam —, mas não havia como convencer as pessoas dessas coisas, não dá para mandar alguém se apaixonar.

Constance não sabia direito do que ela mesma gostava, no que dizia respeito a homens, embora soubesse o que queria. Queria transar em solo irlandês. Sua virgindade, afirmou, não pegaria o avião com ela rumo ao JFK. Constance trabalhava no centro de Dublin e todos os clientes que passavam pela porta chegavam com certa expressão no rosto e uma receita de camisinha dobrada quatro vezes. Iam à cidade para que seus farmacêuticos não soubessem. Era como trabalhar numa sex-shop, ela disse. Compravam centenas delas. Com textura para aumentar o prazer. Pediam lubrificante no balcão, onde ficava entre supositórios e cremes de esteroides. Algumas tinham sabor.

"Para!"

"Ah, não!"

Lauren dizia que lubrificante era sinal de esposa velha ou frígida. Mas todas as meninas aceitavam um tubo, quando Constance oferecia, além de inúmeros pacotes ilícitos de camisinhas, tanto comuns como multicoloridas.

Apesar do fato de que Constance vivia em uma central de sexo, os homens que apareciam na caixa registradora corriam dela. Não era que não flertassem: eles nem sequer olhavam nos seus olhos. Era tudo tão desanimado. Durante algumas semanas saiu com um malaio da escola de cirurgiões que conhecera num evento de medicina. Constance faria qualquer coisa que ele pedisse, mas ele não pedia, e então, por algum motivo, ele sumiu. Para alegrá-la, as meninas foram tomar drinques no Coconut Grove com uns suburbanos estilo jogador de rúgbi que estavam atrás de Lauren. Pediram bebidas de um cardápio de drinques, os homens pagaram, tiniram os copos e riram antes de Constance ser deflorada bruscamente no assento traseiro de um carro por um sujeito cujos dedos grandes haviam crescido ao redor do anel de sinete no mindinho e também em volta da aliança de casamento. Depois, quando Constance vomitou, a gosma saiu azul. O cara, cujos modos eram impecáveis, botou-a num táxi para casa.

"Espera ela entrar em casa", ele pediu, e enfiou umas notas na mão dela para cobrir a corrida. Chegou a ligar uns dias depois para perguntar se poderia vê-la de novo. Constance, parada ao lado do orelhão no corredor de Baggot Street, por um instante sofreu uma confusão absoluta. Como se talvez estivesse num universo paralelo qualquer, e o cara estivesse no mundo real. A voz sem dúvida parecia real.

"Claro", ela respondeu. "Ótimo. Onde?"

No fim ela lhe deu um bolo. Ficou deitada de cara afundada na cama e se agarrou ao colchão, como se ele fosse começar a rodar e atirá-la para fora. Ela o imaginou sob o relógio do Bewley's com a jaqueta de pele de carneiro, parado debaixo da chuva.

Foi estupro, ela ponderava agora, ou teria sido, se ela soubesse como dizer não. Não era uma palavra que fora educada para usar, sejamos realistas: *Como assim, "não"?* E os homens que compravam montes de KY mas nenhuma camisinha provavelmente eram gays, foi outra coisa que Constance concluiu, muitos anos depois. E lhe parecia um troço bruto, a penetração — pelo menos naquela época, em que o corpo era um lugar tão estranho: quando sua pele era a coisa mais inteligente que havia nela, por saber como enrubescer, e ela nem conseguia falar o nome das cosias que tinha da cintura para baixo.

"Eu acho que aquela ali teve más notícias."

"Perdão?"

"Ela está ali dentro há séculos", disse Margaret Dolan. "Entrou faz um tempão."

"É mesmo?"

Constance prestou atenção a possíveis lágrimas ou lamúrias vindas da sala de ultrassom.

"Vai ver que elas saíram para tomar um café."

"Hmm." Margaret esticou o braço para trás e enfiou a mão pela fresta da camisola para se coçar.

"Elas viram a gente chegar", ela declarou.

Constance continuava gostando da Irlanda, da possibilidade de conversar com qualquer um. Não seria igual na América, ela imaginou, e tentou se lembrar por que não embarcou no avião. Foi principalmente o preço. A passagem custava talvez duzentas libras, uma larga soma de dinheiro naquela época. E embora Constance poupasse como louca, era difícil guardar muito saindo para se divertir — mesmo quando não se divertia tanto assim, pois o cara de jaqueta de pele de carneiro lhe arrancara algo também, uma certa despreocupação. Constance perdeu o gosto pela aventura por um tempo, após o Coconut Grove.

Se tivesse ido para Nova York agora não estaria preocupada com câncer. Estaria correndo regularmente há anos, viveria de germe de trigo, faria "treino" de ioga, talvez tivesse até um personal trainer, e os filhos seriam — não conseguia imaginar como teriam sido seus filhos nova-iorquinos — rabugentos, era seu palpite, aquela mistura de ansiedade e empáfia que se via nas crianças da cidade. O número de filhos seria menor. O número de filhos seria zero. As almas deles a chamariam a partir dos olhos de estranhos, como se tivessem achado outro caminho para o mundo. Ela se viraria na rua para olhá-los outra vez: *quem é você?*

Foi com Dessie no ano anterior. Numa viagem de compras, ainda por cima. Constance contou para todo mundo — o cabeleireiro, o sujeito que entregava ovos, as outras mães no portão da escola. "Vamos viajar para fazer compras. Em Nova York", e embarcaram no avião em Shannon como se fosse uma coisa muito fácil de fazer. Esse era o lugar aonde se ia para conseguir uma vida novinha em folha, e ela só comprou uns cardigás Eileen Fisher em lilás e cinza. Não que fosse algo terrível. Eram cardigás bastante úteis. Ela e Dessie ficaram com o irmão dela, Dan, num sofá-cama de seu apartamento no Brooklyn, e era um apartamento bem espaçoso, ao que parecia (Dessie não mencionou os trezentos e setenta metros quadrados que estavam construindo em Aughavanna). Além disso, bastava virar a esquina para comer "o melhor sorvete de cereja do mundo", declarou Dan, porque para Dan, e seu estilo nova-iorquino, as coisas eram sempre "maravilhosas" ou "o melhor do mundo". O sorvete causou uma ligeira confusão em Constance, as cerejas eram deliciosas, mas a cobertura gordurosa deixava uma camada oleosa na boca.

"Não é o melhor do mundo?", disse Dan. "Não é incrível?"

"Ótimo", ela respondeu. Pensando, *Foi por isso que você foi embora?*

Foi pelo sorvete?

Achou Dan meio hipócrita por gostar das coisas tão desenfreadamente, ou fingir gostar. E começou a se sentir inadequada ante o cardápio à sua mão. Foram a uma espécie de bistrô que servia uma versão moderna de comida judaica, cheio de peixe gefilte e massa de matzo, e que supostamente também era "incrível". Mas era apenas *comida*. Foi uma longa viagem, ela ponderou, para bolinhos massudos. Seu prazer azedou, Constance sabia, pelos anos que passara ansiosa para ir, e não indo, vendendo camisinhas a sujeitos que não queriam dormir com ela — os anos de Baggot Street, época que passara fingindo ser estudante quando na verdade não era estudante, era vendedora, em outras palavras, uma menina esperando um marido. Quatro anos depois de sair da escola, a espera (que foi horrorosa) terminou. Constance era cortejada por Dessie McGrath sempre que ia para casa e acabou indo para casa com mais frequência, só para sentir os braços dele em torno de si.

E ainda gostava da sensação que lhes davam. O quase calvo, sem papas na língua Dessie McGrath. Depois de três filhos, ele havia passado o sexo para as manhãs — até naquela manhã, aliás — porque assim ele começava bem o dia, ele explicava. Constance voltava a dormir em seguida enquanto ele descia para o escritoriozinho e um tempo depois, assobiando por conta do êxtase remanescente, às vezes acordava as crianças e ia levá-las para a escola. Constance gostava de se esticar entre as cobertas ao som dessas conversas, e então parava e se lembrava do que ela e Dessie tinham feito umas horas antes. Guardava a memória dele dentro de si o dia inteiro. Estava lá agora, se quisesse pensar nisso, banhada como estava, com as axilas depiladas para ver a médica, e nua até a cintura sob a camisola hospitalar. Quem imaginaria? Constance não era uma mulher de aparência fabulosa, e Dessie não era um homem de aparência fabulosa, e essa era a graça da história, na verdade. Tinham sorte. Porque qual era o sentido de ser sexy se a pessoa nunca fazia sexo, como acontecia com frequência. Mesmo com Lauren, que vivia rejeitando homens.

Constance se lembrou de lhe contar sobre Dessie, da maneira como ela meio que o menosprezou.

"Dessie? O Dessie McGrath?" Depois, mais tarde, ela disse, "Ele é muito legal". E falava sério. E parecia triste.

* * *

Do outro lado do corredor, a técnica de jaleco branco saiu segurando um envelope e a mulher que vinha atrás baixou a cabeça quando se virou rumo ao banquinho da próxima fila. Levou os dedos ao esterno, a cabeça um pouco de lado, como uma pintura da Virgem Maria de que Constance lembrava. Se inclinou levemente, como que dizendo, *Minha vida não me pertence.*

"Então, quem vai casar?", Constance perguntou a Margaret Dolan.

"Perdão?"

"O casamento."

"Ah, o casamento. Minha filha."

"Minha nossa", exclamou Constance. "Mãe da noiva."

"Rá", ela replicou. Inclinou-se para a frente, de modo que as costas nuas inflaram para fora da camisola aberta, e esfregou as mãos feridas.

"Eu tenho uma menina", disse Constance.

Mas a mulher não ouviu. Falava das damas de honra, que usariam lilás para combinar com o cabelo preto da noiva. Estava preocupada com a asma da filha, com o fato de que as cavidades nasais ficavam atacadas quando estava estressada.

"Caramba", disse Constance.

Os filhos dos outros geralmente são bem desinteressantes, sua própria mãe gostava de dizer. E era mais ou menos verdade. Constance se lembrou de Lauren no ano em que se mudou para Estrasburgo, sentada na cozinha com uma taça grande de vinho branco, falando das viagens para estações de esqui, de restaurantes e francesas magras com horror a cirurgia plástica. Um filho em dentição e o outro indo atrás do sofá para um cocô discreto, e Lauren meio que tomando o cuidado de ser indiferente àquilo tudo, falando da diferença entre uma base rosada e outra mais amarelada.

"Quantos anos tem o Rory mesmo? Três?"

Até sua mãe ouvia sem prestar atenção.

"Ah, não lembro", ela dizia, quando havia algum probleminha. "Faz tanto tempo."

Mas não fazia tanto tempo para Constance, que ainda estava no meio daquilo tudo. Cujos filhos agora já estavam virando adolescentes, sem hiato — ou nenhum que pudesse perceber — entre a amamentação e o câncer de mama, entre cuidar e agonizar. Ela não sabia o que mais poderia fazer.

"Faça alguma coisa!", disse a mãe.

Rosaleen acreditava que as mulheres tinham de ser interessantes. Deviam se manter esbeltas e sempre acompanhar os jornais.

"Por exemplo?"

"Faça aulas de equitação."

"Claro", retrucou Constance. A mãe sempre quisera uma filha que ficasse bem em cima de um pônei, ou uma filha que fizesse balé, como uma filha de novela. Rosaleen sempre tinha um romance à mão, ópera no rádio, mudas se enraizando em vasos no peitoril das janelas e transbordando pelo chão. O que não fazia nem um pouco o estilo McGrath — vivendo, conforme viviam, em júbilo numa casa no fim da rua.

"Você tem muita sorte", ela costumava dizer. Querendo dizer outra coisa completamente diferente.

Mas também tinha razão. Constance tinha sorte. Viagens a Nova York eram só a ponta do iceberg, Constance era mimada com ingressos para ver o Bruce Springsteen e corridas de cavalos em Galway, uma perna de carneiro levada para casa na sexta-feira, chocolate se ela os quisesse ou Nada de chocolate! Assim que puderam bancar, Dessie achou uma menina para ajudar com as tarefas domésticas, e se uma cunhada ia a Praga, a outra ia a Paris, pois desde que os conhecera, anos atrás, os McGrath iam bem e depois ainda melhor. Nada os freava. Se Constance mandava estofar as poltronas, uma outra sra. McGrath descobria o minimalismo e a terceira se interessava pelo estilo *shabby chic* e, sabe-se lá por qual razão, ela precisava recomeçar tudo do zero.

"Estão me tirando do sério", ela dizia à mãe e as duas riam da pretensão do clã McGrath, o leiloeiro, o aparelhador, o engenheiro e até o próprio Dessie, que fazia pérgulas e cercas para jardins em todo caminho até Galway.

"Tão bonito", disse Rosaleen.

Constance não tinha contado à mãe sobre a mamografia. E tudo bem. Não havia necessidade. Mas era em dias como aqueles que sentia falta das amigas, que tinham as próprias vidas e os próprios problemas em cidades distantes. Porque Constance tinha dois filhos que não lhe contavam nada e um marido que não lhe contava nada e um pai que não lhe contara nada e então faleceu. E, claro, Dessie se esquecera do nódulo. Por incrível que pareça. Esqueceu que ela faria exames naquela manhã porque sempre se esquecia de coisas assim. Ficava apreensivo demais. Às cinco da manhã, entraram de fininho no banheiro e depois voltaram para a cama — e essa foi a última vez que fizeram amor, Constance ponderou, antes de ser diagnosticada com câncer ou receber a notícia de que estava saudável. Foi especialmente meigo, sexo de vida ou morte: foi ótimo. Depois, enquanto ela colocava o almoço na mochila das crianças e ele tirava as chaves do gancho, ele perguntou, "O que é que você vai fazer?".

"Perdão?"

"Hoje?"

"Por quê?", ela manteve o tom cauteloso, só para garantir.

"Por nada. De tarde eu vou para Aughavanna, só isso, pra dar uma olhada nas coisas, então talvez eu volte meio tarde, se não tiver problema pra você."

"Pode ir", ela disse, e ele a beijou, e apertou sua bunda, e saiu porta afora.

Alguns anos antes, Constance foi arrancar o siso, e deve ter dito uma centena de vezes, ela precisava de carona para voltar para casa porque não era permitido dirigir depois da anestesia. Quando o dia chegou, Dessie perguntou, "O quê?", ele disse que reorganizaria tudo, o faria naquele instante, e começou a entrar em pânico e remexer papeizinhos até que Constance lhe disse que deixasse para lá. Simplesmente foi sozinha dirigindo e arrancou o dente sem sedativos. Foi dolorido, sim, mas também não chegou a ser um desastre.

"Eu gosto de saber onde estou", ela disse para o dentista, que prometeu entupi-la de anestesia local. Depois se levantou da cadeira, a mandíbula martelando feito gongo, entrou no carro e voltou dirigindo para casa.

A mãe ficou indignada.

"Você deveria ter me ligado", ela disse. Mas Rosaleen gostava de falar essas coisas quando a chance de ajudar já tinha passado.

"Ele fica muito preocupado", disse Constance. "Esse é o problema. Ele me ama demais", escutando o silêncio da mãe do outro lado da linha.

Ela também, é claro, se gabava através das queixas que fazia à mãe. A dedicação de Dessie era lendária, e a própria Constance era indestrutível: essas duas coisas eram de conhecimento geral.

"Meu Deus, você é indestrutível", dizia Rosaleen. Ela falava como se fosse uma ofensa.

Porque Rosaleen estava deprimida de fato, Constance ponderou, não havia outra palavra para usar. Fazia dois anos que ficara viúva e Constance sentia a mãe ausente, agora, o tempo inteiro.

"Tão cheia de si", ela dizia quando Constance tagarelava sobre os filhos — o que, ela admitia, fazia sem parar.

"Tão cheia de si."

Os próprios netos.

Ó, como seus filhos são acima da média.

E por que não? Por que não ter filhos que sejam maravilhosos?

Todo mundo andava tão frustrado, naqueles dias, Constance refletiu, que era como uma epidemia. Lauren estava obviamente decepcionada com sua vida em Estrasburgo, a despeito das calças Prada. E Dessie enxergava seu aniversário de quarenta anos como uma afronta pessoal, ele não conseguia entender que aquilo estivesse acontecendo com ele — apesar das viagens a Nova York e as corridas de cavalos em Galway, e a casa que àquela altura estava terminando, lá em Aughavanna, com mais espaço do que Constance desejava ou seria capaz de preencher. Já tinha plantado uma daquelas cerejeiras; pompons cor-de-rosa, grandes, firmes, numa arvorezinha no meio do quintal. Horrível. Era claro que a mãe dela achava aquilo tudo uma vulgaridade desenfreada.

"Que gracinha", ela falou para Dessie. Fazendo-o subir pelas paredes.

Quando Constance contou à mãe que iria se casar, Rosaleen declarou que Dessie era "uma opção excêntrica", uma coisa esquisita de se dizer porque Dessie era o exato oposto, na verdade. Doze anos depois, eram muito amigos.

"Já está empanturrado, Desmond?"

Às vezes Constance tinha a sensação de que estava atrapalhando.

"Corta outra fatia desse bolo pra ele, Constance. Não quer outra fatia de bolo?"

A mãe encostava a mão de leve no antebraço de Dessie, virava o pescoço para lhe lançar um olhar furtivo, fazia alguma declaração encantadora ao sair do ambiente. Era uma coisa observar os dois. Dois drinques e ficavam gargalhando num canto: Dessie lisonjeado, envaidecido, tirando o paletó do espaldar da cadeira para botá-lo nas costas dela, "Você tem que dar crédito a ela", como se Rosaleen fosse uma adversária digna para um homem como Dessie. Então, assim que cruzava a porta da frente da própria casa, dizia, "Essa mulher", porque ela o fizera de bobo mais uma vez.

Embora conseguisse fazê-lo cada vez menos, é preciso dizer, desde que o marido havia falecido.

Constance estava muito preocupada com Rosaleen. Continuava na velha casa de Ardeevin e continuava deixando a chuva se infiltrar, tinha uma centena de coisas erradas com ela, nenhuma das quais seria possível denominar. Sempre tinha sido assim com Rosaleen, mas frequentava um novo charlatão em Ennis que lhe dizia para não comer brócolis, ou comer montes de brócolis, Constance nunca lembrava. O clínico geral, enquanto isso, afirmava que seus exames de sangue estavam ótimos, portanto Rosaleen andava brigando com ele, de quem nunca tinha gostado — tampouco do pai que o antecedera, ela relatava. Estava tudo errado. Sentia-se cansada o tempo todo.

O absurdo era que, caso concordasse que havia, obviamente, algo errado com ela, Rosaleen retrucava que estava ótima. Ou se, no meio de uma discussão médica intensa, se sugerisse que ela fizesse uma tomografia do órgão que doía, fosse qual fosse, Rosaleen parecia discretamente afrontada, porque é claro que o que estava errado com ela não era o tipo de coisa passível de ser vista com uma máquina.

"Ah, sei lá", ela dizia, se virando para olhar pela janela, e um sorrisinho surgia, como se adorasse ser tão incompreendida.

Constance pensava não existir cura para o luto, mas achava que um antidepressivo poderia amenizar a pior parte. Ela mesma tomava um pouquinho de Paroxetina desde que o pai adoecera e não se dispunha a ficar sem, mas não era o tipo de coisa que pudesse sugerir à própria mãe.

Papai dizia se sentir bem.

"Me sinto muito bem", ele declarava. Após doze meses e duas rodadas de quimioterapia, ele morreu. Portanto, um homem saudável estava debaixo da terra e uma mulher que sentia um mal-estar misterioso dirigia pela zona rural, ligando o limpador de para-brisa sempre que queria virar à esquerda. Voltava, então, para uma casa que estava desmoronando ao seu redor.

Dessie queria construir um empreendimento em Boolavaun, esta era uma das coisas que Rosaleen usava para caçoar dele: ele tinha um plano. Ele levaria o dinheiro para ela e Rosaleen doaria o terreno — ele o compraria, na prática — e o dinheiro taparia os buracos no telhado dela e bancaria bons cremes para a pele. Mas Rosaleen parecia gostar dos buracos no telhado. Parecia gostar de dizer, "O que é que eu vou fazer? Eu não sei o que fazer". Gostava de entrar em pânico com panelas e baldes e que todos corressem para ajudá-la, chamando Constance sempre que chovia. Chamando Constance quando a ratoeira disparava, dizendo, "Acho que é um rato".

Constance que tinha câncer. Ou não tinha câncer.

Qual era a palavra que tentava achar?

"Não."

Como assim, "não"?

"Não, estou ocupada. Não, eu tenho coisas mais importantes para fazer. Não, eu não vou fazer isso pra você agora. Não."

"Margaret Dolan!"

A mulher ao lado de Constance avançou até o chão para recolher a cesta, a sacola e a garrafa d'água vazia, e a camisola se abriu mostrando suas costas, radiantes e enormes. Constance teve o ímpeto de tocá-la. Quis repousar a cabeça naquela vastidão, dizer, "Fica parada. Silêncio". E quando Margaret Dolan estancasse, esticaria o braço para segurar sua mão atarracada e cheia de cicatrizes, e sentir a própria mão ser apertada também.

"Estou indo", disse Margaret Dolan, e se ergueu, com certa dificuldade, da cadeira.

"Bom", ela disse, se virando um pouco para Constance. "Pronta pro pior!"

"Vai com calma", recomendou Constance.

O lugar vazio que deixou para trás ainda era ocupado pelo cheiro pungente, peculiar de seu suor.

"Continua bebendo água!", disse Constance, no último minuto, logo antes de a porta se fechar, e a moça de Adare lhe lançou um olhar rápido.

Era verdade.

A única coisa que Constance queria era fazer as pessoas felizes. Por que era sua função consertá-las? Nenhuma das pessoas com que tanto se importava sabia onde ela estava, naquele instante. Não havia um pecador sequer para lembrar que ela tinha uma mamografia hoje, ou indagar como tinha sido, e um desejo terrível e feroz dominou Constance, de ouvir que o nódulo era maligno, assim poderia falar para Dessie, "Você sabe onde eu fui hoje de manhã?", e dizer à mãe, "É, mamãe, câncer, eles viram no exame", depois esperar a notícia ser filtrada, finalmente, até Lauren, Eileen, Martha Hingerty: então seriam obrigadas a telefonar, "Por que é que você não me contou? Acabei de saber".

Era isso.

Ela estava numa sala e era isso: uma imagem do seio pregada a uma caixa de luz na parede e, na imagem, uma rede de linhas brancas e interseções, havia um nódulo: parecia um nó, um emaranhado de luz. E tudo ao redor — o contorno externo do seio, o mapa de ductos, ou veias, talvez — era lindo, como uma paisagem vista do espaço, uma daquelas fotografias da Terra tiradas à noite.

Mas poderia haver uma flecha apontada para a coisa. Poderia muito bem haver um cartão enorme com a palavra CÂNCER escrita em tinta vermelha, pois até Constance conseguia enxergar, não existia dúvida de que era isso. Levou um tempo para que conseguisse desviar o olhar e escutar o que a médica dizia.

"Você tem idade demais para um e idade de menos para o outro, se é que você me entende."

Isso era bom?

Constance estava deitada no sofá. A médica, uma mulher, tinha a caneta de ultrassom de que Constance se lembrava das vezes em que ficara grávida, e imaginou ouvir o estrondo líquido do coração do bebê através da ecografia com Doppler. Então se deu conta de que era o som do próprio sangue, correndo na carne dos ouvidos.

A médica olhou a imagem na caixa de luz, e tateou — certeira — à procura do caroço. Mexia o indicador em volta dele enquanto a outra mão colocava a caneta na jogada e a tela ao lado de Constance de repente tomou vida. A imagem era em preto e branco e dessa vez o interior do seio parecia mármore, era mosqueado exatamente da mesma forma. Era marmorizado exatamente como um bife, ponderou, pois o que via era gordura. Antes que se desse conta do que estava acontecendo, a mulher enfiou uma agulha nela — fina demais, quase, para causar dor, e ela conseguiu enxergá-la na tela, atingindo uma bolha de escuridão, e abaixou o olhar para a vida real quando foi retirada, percebeu que uma enfermeira a segurava pelos ombros para que não fizesse nenhum movimento brusco. Assim que a agulha saiu ela quis se sentar e tomar fôlego, e foi o que fez. Limpou o gel da pele com uma toalha de papel verde áspera, esticou o braço em direção à cesta de roupas quando a médica disse, "Espera". Em seguida, a médica repetiu o que havia acabado de dizer. Uma palavra como "adenoide" ou "carcinoma" e depois: "Eu acho — espera — então, eu tenho noventa e cinco por cento — o.k.? — noventa e cinco por cento de certeza de que é isso. Você tem idade demais para isso, mas tem idade de menos para o outro, entendeu? Com o seu histórico, e o que estou vendo aqui na tela".

Constance continuava sem entender nenhuma palavra. Era por isso que todo mundo demorava tanto tempo naquela sala. Era porque todo mundo era idiota que nem ela.

Mas a médica não disse a palavra "idiota". Esfregou a mão no braço de Constance.

"Está bem?"

A coisa do braço foi um gesto pelo qual havia se decidido: ela o fazia centenas de vezes por dia. Mas a sensação foi boa mesmo assim.

"Tudo bem", respondeu Constance, e saiu da sala arrastando os pés: a camisola aberta nas costas e a cesta plástica de mercado com as roupas era carregada com ambas as mãos.

Foi conduzida a um lance de escadas nos fundos que dava em uma ala hospitalar diferente.

"O sr. Murtagh já vai atendê-la."

Dessa vez, as mulheres aguardavam em macas, e todas as macas eram rodeadas por cortinas, então Constance não sabia onde estava Margaret Dolan, ou se já tinha ido embora. Um tempo depois, escutou a mulher de Adare ir para outro leito — deu para perceber pelo barulho dos sapatos. E enquanto esperava — deve ter sido o estresse — deixou-se sonhar com a maciez da pele de Rory e a densidade de seus cachos sujos. Ele era como uma criatura marinha em meio à alga, roçando a lateral do rosto no irmão mais velho, os ossinhos de seu ombro branco em movimento, a palma suada das mãos chapinhando nela enquanto ela se virava e adormecia, e mergulhava nas profundezas perfumadas do cabelo ruivo de Shauna. Quando despertou — minutos depois, ou meia hora — estava em pânico por conta do salmão no freezer, pensando, *O que é que eu vou comprar pra janta, se estiver com câncer?*, e em seguida, *Porra. Porra. Que merda. Como é que eu vou dirigindo para casa?*

Do outro lado da cortina, Margaret Dolan dizia, "Na semana que vem eu não posso, tenho um casamento", e uma voz masculina perguntou, "Quem é que vai casar?".

"Minha filha. Tenho uma filha."

"Uma filha?", o sujeito era um tolo. Não havia necessidade de parecer tão surpreso.

"Adotada", acrescentou Margaret, à guisa de pedido de desculpas, depois se recompôs com, "Ela me achou. Ela foi adotada e me encontrou no ano passado".

"Entendi", e sua voz tinha uma dose extra de "que merda". "Tudo bem, e quando mesmo é o casamento?"

"É em Birmingham."

"Entendi."

"Doutor, eu não tenho nada no útero?"

E Constance chorou por Margaret Dolan, silenciosamente, no cubículo: as lágrimas caíam. Chorava também pelo próprio egoísmo

— como era totalmente, totalmente egoísta. Constance McGrath se sentou na cama, onde o lençol engomado estava dobrado, sentindo-se abandonada e insignificante. Porque tinha tudo, mais que tudo, sua vida transbordava e Margaret Dolan tinha muito pouco para chamar de seu. Constance teve vontade de enfiar a cabeça pela cortina e olhá--la nos olhos — para dizer o quê? "Sinto muito pelo problema que você está enfrentando. Quer uma carona para casa?"

Mas a enfermeira já a levava a outra sala.

"Vamos, Margaret", ela dizia. "Muito bem. Está tudo bem. Muito bem."

Atravessaram a cortina em equipe: a enfermeira da pasta, a mulher do ultrassom e duas crianças de jaleco branco que deviam ser estudantes, todos seguindo um homenzinho de olhos bem penetrantes. Tratava-se do sr. Murtagh.

O sr. Murtagh pôs a mão no seio dela brevemente, mas não estava muito interessado. Meio que deixou para lá. Pela maneira como seus olhos a examinaram, Constance sentiu um súbito pânico de não ter raspado as axilas.

"Estamos muito felizes com você", disse o sr. Murtagh.

Ele não dava a impressão de estar feliz, parecia um pouco impaciente, mas, *É porque eu estou bem*, Constance ponderou, estou desperdiçando o tempo dele com minha saúde forte, estou desperdiçando o tempo de todo mundo! Seu corpo sagaz vinha fazendo um ótimo trabalho. Complexo. Microscópico. Silencioso. O mapa de luz que era o seio esquerdo não era assustador, mas belo, e o preto e branco marmorizado de suas profundezas sônicas também era fascinante.

"Estou saudável", ela disse.

"Está."

Saudável.

"Agora já pode vestir suas roupas", declarou a enfermeira, como se fosse possível Constance sair correndo até o estacionamento de camisola, saltitando e batendo as solas dos sapatos sob a chuva. Constance vestiu até o sobretudo e puxou a cortina, expondo o leito a uma ala vazia.

"Obrigada por tudo", Constance disse à enfermeira que gostava de esmalte brilhante mas não podia usá-lo. Terminava as anotações sobre Constance numa prancheta de aço ao pé da cama.

"Pois bem, você ouviu o que o sr. Murtagh falou. Você já sabe onde estamos. Qualquer preocupação."

"Muito obrigada."

"Dirija com cuidado."

O ar da porta do hospital para fora era incrível, tão abarrotado de oxigênio e natureza. Constance não lembrava onde havia parado o carro, mas não se importou de andar pelas poças de chuva, puxando o céu para os pulmões. Bebendo o mundo.

Constance ligou os limpadores de para-brisa enquanto a chuva caía. Segurou e girou o volante com cuidado e a escuridão debaixo do braço esquerdo floriu e começou a murchar. A alguns quilômetros de casa, o sol saiu. Passou pela casa mais nova dos McGrath — o irmão de Dessie, leiloeiro, tinha construído num aclive longe da estrada. A ladeira de argila estava flamejante, quando o carro fúnebre do pai dela passou por lá, com papoulas vermelhas e aquelas flores amarelas que adoravam terrenos agrestes. Brotaram em menor quantidade no ano seguinte, e este ano escassearam ainda mais, já que a grama invadia e a terra escavada se recuperava.

Lembrou-se de Emmet, de ajudá-lo a descer a escada em Ardeevin. Não estava em boa forma, o Emmet. Tinha voltado da África, ou sabe-se lá de onde, de barba áspera e olhar perdido. Mas fez companhia ao pai nos últimos meses e ficavam em silêncio e à vontade um com o outro, como se agonizar fosse igual a tomar um copo de cerveja preta ou ver o noticiário na TV. Era um romance engraçado, Constance refletiu — pai e filho. O papo sobre política ou avanços científicos, porque mulheres eram legais, mas propensas a tolices, e para que estardalhaço quando se podia sentar numa tardinha de primavera e resolver os problemas do mundo inteiro? Antes de morrer.

Do mesmo modo que seus meninos batiam papo com Dessie, andando pela vereda, voltando do jogo num sábado. A voz cristalina de Donal, que era a cara do pai, era o pai inteiro outra vez:

"O que é que acontece com a gravidade no meio da Terra, papai?"

"Boa pergunta."

"Quer dizer, se você atravessar a Terra, e ficar no meio, você não ia pesar nada."

"Não sei. Talvez pese ainda mais."

"Ou vai ver que se fica pequenininho."

"Com certeza. Com certeza. Tem isso também."

Era junho. Em poucas semanas ela levaria as crianças ao litoral, quando o gramado de Fanore ficava com cheiro de trevos. Poderia se deitar nele — o fragrante carpete verde que cobria o terreno atrás das dunas — e este ano aprenderia todos os nomes. O amor-perfeito da areia ela conhecia e, mais longe do mar, a filipêndula e madressilva, mas existia uma coisinha amarela tipo giesta que também era perfumada, e até as plantinhas suculentas espinhosas atrás do gavieiro que chamavam as abelhas através da maresia devido ao perfume surpreendente, doce. Este ano levaria um livro de nomes e em vez de ficar sentada na areia enquanto as crianças brincavam ela andaria no gramado de cabeça baixa. Era isso o que ela faria.

"Como foi?", perguntou Dessie.

"Como foi o quê?"

"O troço."

"Você sabia?"

"Claro que sabia. Quer dizer, eu lembrei. Sinto muito."

"Ah, você lembrou."

"Sinto muito. Muito mesmo."

"Tem mais é que sentir."

"Que troço?", perguntou Rory, o filho do meio e o mais atencioso dos três.

"Correu tudo bem", ela declarou.

"Claro que correu tudo bem", disse Dessie.

"Não tem 'claro' nenhum nisso", retrucou Constance, que nesse momento dava início à algazarra das panelas e frigideiras.

"Que troço?", Rory tornou a perguntar.

"Nada. Está tudo bem."

"Mas disso você já sabia, não sabia?", perguntou Dessie. "Foi o que o clínico disse."

"Ele disse?"

"É. Ele disse. Lembra, ele falou que a forma como ele se mexia, que era um bom sinal. Quer dizer, você é meio nova."

"Sou?", disse Constance.

"Bom. Foi isso que ele falou."

"Ai, meu Deus", disse Constance. "Ai, Senhor, dai-me paciência", e Rory saiu de fininho.

"Sinceramente", ela prosseguiu. "Não, sério. Vão se foder! Todos vocês."

E deixaram-na bufar e bater os pés, deixaram-na chorar e praguejar, e cambalear, aos prantos, até o quarto, depois disso, Dessie saiu e comprou peixe com batata frita para o jantar no restaurante da cidade que vendia quentinhas.

Mais tarde, Donal entrou para ler seus quadrinhos para ela, e Rory ficou deitado atrás dela, fazendo cafuné em seus cabelos. Quando foram embora, Dessie chegou com uma xícara de chá e Constance perguntou, "Você guardou batata pra mim?".

"Ah, desculpa. Você queria?"

"Batata?"

"Você queria? Posso ir comprar."

"Deixa pra lá", ela retrucou.

Dessie ficou parado, olhando-a da beirada da cama.

"Tinha uma mulher na minha frente", ela contou. "E ela tinha."

"Entendi", ele disse, e mostrou-se receptivo ao continuar sentado na ponta do colchão. Mas não servia de nada.

"Ela era enorme", disse Constance. "Assim, *enorme*."

"Ela devia estar na lista da saúde pública", disse Dessie.

Assim Constance abandonou uma versão de seu dia, e preferiu contar a Dessie sobre a dor sentida ao ver as cicatrizes da mulher, a sensação que percorreu suas coxas. Não sabia se outras pessoas sentiam esse tipo de coisa: não era algo sobre o que já tinha ouvido falar. Ela disse, "Você sente isso? Sabe, se você vê uma coisa terrível, se uma das crianças se machuca, ou daquela vez que seu peão quase perdeu o dedo, com a articulação pulando para fora — lembra? — e o troço ficou dependurado por um filete de pele".

"Fala de novo como é que é?"

"Você sente essa dor nas pernas? Uma dor muito forte. Tipo, Ai caramba!"

"Hm. Sinto, sim. Aquela coisa de o escroto ficar tenso."

"Empatia."

"Talvez defesa. Tipo, fica firme aí, camarada."

"Ótimo", ela disse.

"Ou empatia. É. Vai ver que é isso."

E ele a beijou.

"Vai ver que é", ele repetiu.

Quando ela se levantou, mais tarde, abraçou os meninos e foi procurar Shauna e encontrou-a do lado de fora, deitada na cama elástica, contemplando as estrelas. Constance subiu ali para lhe fazer companhia, uma nos braços da outra. Constance pediu desculpas por gritar e Shauna disse, "Não é isso. Não é isso". Então fez um lamento: uma amiga era má com ela, já eram bastante maldosas, aos oito ou nove anos.

"Deixa pra lá", disse Constance. "Deixa pra lá."

A rede fria da cama elástica afundava e subia debaixo delas, o cabelo de Shauna jogado sobre a superfície, espalhado pela estática.

"Ela é um horror", disse Shauna. "Ela se acha muito especial."

O vento atravessava a tela e as resfriava de baixo para cima. Permaneceram deitadas no espaço preto que as balançava de leve à medida que se mexiam, e a filha foi reconfortada. Pelo menos isso Constance podia fazer. Ainda podia fazer isso. E Constance também foi consolada, deitada na cama elástica sob as estrelas, com a filha nos braços.

Emmet

Ségou, Mali
2002

Três meses depois de Emmet ir morar com ela, Alice achou um cachorro no mercado, ou o cachorro a achou e seguiu-a até em casa. Era um vira-lata de pelo curto acinzentado e cara redonda, com um cisto rosado, seco, crescendo no canto do olho esquerdo. Ela devia ter incentivado o animal. Emmet a imaginou sorrindo para o cachorro, depois titubeando quando ele se virou para corresponder o olhar. Ou dando um pulo para a frente, as mãos segurando a saia de algodão ao se agachar para falar com o cachorro; esticando o braço para tocá-lo, puxando a orelha para trás para examinar o olho problemático.

Alice tinha atração pelo sofrimento, motivo pelo qual morava perto do mercado e não na fronteira da cidade. Emmet também tinha atração pelo sofrimento — era, afinal de contas, seu trabalho — e tinha atração por Alice. Não perguntou por que se dirigira a um animal burro numa língua que era estrangeira até para os que passavam ao seu lado. Era da natureza dela. E era da natureza do cachorro ir atrás dela, com um olho castanho canino mais patético que o outro.

Como era época de seca e Emmet passava bastante tempo na estrada, não sabia o quanto demoraria para reparar na criatura deitada na rua em frente à sua casa, ou para se dar conta de que estava lá sempre que abria o portão da frente. Tinha a impressão de sempre se esquecer do cachorro, e quando dava a volta naquela coisa estirada e ofegante era com a sensação de algo que deixara por dizer.

"Pode parar perto do cachorro", Emmet diria ao motorista, querendo dizer, "Não atropela o cachorro". Presumia — se é que em algum momento havia parado para pensar naquela coisa — que o cachorro fosse do camelô da esquina, ou que o camelô o tolerava: pois vira-latas não são de ninguém, só querem desesperadamente ser. Então ali estava ele — sempre que Emmet voltava, empoeirado e calorento, na expectativa de que Alice tivesse conseguido uma cerveja holandesa decente. O cachorro jazia no chão feito um cachorro morto, de patas esticadas, o focinho à frente, e só quando se aproximava era que a pessoa via o movimento rápido de sua barriga inflando e murchando. O bicho não se dava bem com o calor, Emmet ponderou, assim como eles mesmos: os cantos frouxos da boca pulsavam rosados dentro dos lábios pretos, os olhos dolorosamente apertados contra a poeira e — um deles — em torno do balão em expansão que era o cisto. Estremecendo, piscando, fechando com força. Essa dificuldade conferia ao cachorro um ar mareado.

"É, é", parecia dizer sempre que ele passava. "É, é, não sei, não."

Um dia, Emmet chutou alguma coisa ao cruzar o portão. Olhou para baixo e viu uma tigela de louça com estampa florida, o tipo de objeto que usaria em sua terra natal. O que estava fazendo ali? Ele comentou isso com Ibrahim quando a porta da frente foi aberta.

"O que é que aquela cerâmica está fazendo na rua?"

Ibrahim nunca respondia a perguntas diretas e era preciso respeitar essa característica. Mesmo assim, havia uma espécie de anseio, nas conversas deles, pelo que não poderia ser dito.

"Sr. Emmet, perdão?"

Os olhos dele pousaram, líquidos e compassivos, na manga protetora no braço de Emmet.

"A tigela do outro lado do portão."

Emmet largou a bolsa na mesa da entrada e se virou para olhar no momento em que o vigia saía de fininho e tornava a atravessar o portão sob o olhar desdenhoso de Ibrahim. E algo nessa cena fez com que Emmet ficasse no limiar da porta um instante a mais. O sentimento permaneceu com ele quando Alice emergiu da escuridão da sala de estar para beijá-lo e recuou um pouquinho por conta do suor. Havia algo errado. Já tinha visto aquilo centenas de vezes. O segredo era não ignorar. Ou, ao menosprezar alguma coisa — e havia sempre algo incitando um olhar de soslaio —, reparar no que estava sendo menosprezado. Prestar atenção.

"Por que essa gritaria?"

"Que gritaria?"

"Ib."

"Ele está gritando?"

Havia alguns tuaregues circulando ali. Emmet nunca conseguia distingui-los, seus rostos enredados em turbantes de pano branco, mas como eram um povo orgulhoso e jeitosos nas brigas, ele se surpreendeu ao ver Ibrahim realmente empurrar o cara para longe da porta da frente e obrigá-lo a dar a volta até os fundos da casa. Emmet já tinha percebido centenas de vezes. Havia algo errado.

"Esse é qual?", ele perguntou.

Mas Alice simplesmente arregalou os olhos.

"Bom, como é que você está?", ele perguntou. "Tem cerveja?"

Em geral não era nada: a coisa errada. Era uma coisa de clã ou uma quantia de dinheiro, algum sinal de respeito que fora negado.

"A geladeira não está funcionando", disse Alice.

"Faz tempo que você chegou?"

Ele começou a se despir, passando ao lado dela a caminho do chuveiro, apenas um painel de paredes baixas pregado à lateral da casa. O sol flamejava ali dentro e a saída do chuveiro estava fechada pela ferrugem. Emmet encheu um balde e pendurou as roupas na divisória enquanto Alice se virava para ele na penumbra.

"Mosquitos!", ela avisou, e ele fechou a porta, imaginando como ela — com aqueles olhos ensolarados — via a aparência dele, as canelas estreitas e brancas, o bronzeado de quem dirige trator. Emmet passava tanto tempo no sol que a pele que ficava à mostra tinha idade diferente das partes escondidas: tinha joelhos de um homem de sessenta anos e barriga de um jovem. Enxugou a água do corpo com a toalha fina e olhou as gengivas no resto de espelho. Empurrou o nariz de um lado para o outro à procura de câncer, depois esticou o braço, ainda nu, para pegar o boné. A metade de cima da testa era branca.

Um sarongue limpo o esperava num banquinho, apesar de não ter visto Ib abrir a porta para deixá-lo ali e, ao entrar, ver que a casa estava deserta. Subiu as escadas e encontrou Alice deitada sob o mosquiteiro, pensativa.

"Limpinho?", ela perguntou, no único convite que ele precisava para se deitar ao lado dela, segurá-la de conchinha até o boné cair, e fazer amor, o suor irrompendo, primeiro dele e depois de Alice, de modo que os sons do corpo dele no dela viravam escorregadas e silêncio.

Em seguida, a mente dele se voltou para a tigela e a cena no portão. Emmet detestava problemas com os empregados. Era possível passar o dia salvando vidas e no final arruiná-lo com um prato de feijão e toicinho ruim. Literalmente salvando vidas. Porque dá para resolver guerras, e dá para resolver a fome, e enchente é relativamente tranquilo, mas ninguém sobrevive quando o cozinheiro coça a bunda e decide não se dar ao trabalho de lavar as mãos.

O ar-condicionado na janela voltou a funcionar e Emmet rolou ao encontro de seu tédio abençoado. A eletricidade havia voltado. Ocorreu uma mudança no ar noturno, o som de vozes ao ar livre, o aroma de fogueira e comida sendo preparada. Alice, cochilando no emaranhado de lençóis puídos, deu um leve sorriso quando Emmet se inclinou para beijá-la antes de balançar as pernas para fora da cama. Voltou para a cabine do chuveiro, onde encheu outro balde e atirou-o em si mesmo outra vez, e roçou a pele com a mesma toalha mirrada, já totalmente seca.

Como Ibrahim estava ocupado com o jantar, ele pegou a própria cerveja na geladeira recém-ressuscitada. Um troço quadrado, amarelado, com um puxador que não se via mais em sua terra natal. Não havia nada ali dentro além de cerveja. Emmet estava ganhando uma boa grana naquele ano, mas não havia montes de coisas para comprar a não ser que fosse ao supermercado ocidental — o que Alice relutava em fazer. Além do mais, estava atarefado demais para precisar de muito. E Alice também estava sempre ocupada. E fazia muito calor.

Ela desceu do quarto, limpa e vestida de branco.

"Agora sim", ela disse.

Havia um sibilo na voz de Alice que fazia com que parecesse provocadora e bêbada, sempre prestes a fazer piada. Era de Newcastle. "Ah, isso explica tudo", Emmet concluiu quando se conheceram. Não era galanteador por natureza. Mas havia algo cômodo e extraordinário na luz dos olhos dela, e foi com uma nova noção de dificuldade que ele se despediu dela naquela noite. No primeiro ano dela em campo, os cachos espiralados enlouquecendo com o calor, levara dois meses para enlouquecer, devorando bombons com rum no evento da Unicef, reclamando da fotocopiadora que piscava no canto. "Quanto foi que essa merda custou?", ela disse.

Tinha acabado de romper, ela lhe contou, com um sueco em Bamako, ocupado demais salvando o mundo para salvar a pobre Alice. O caso não foi exatamente curto, mas "muito muito curto", ela declarou. Ela estava numa embriaguez fabulosa. Emmet não se queixou. Na verdade, não falou muito ao acompanhá-la até sua pensão sob o céu repleto de estrelas enquanto os locais dormiam ou ouviam num silêncio diplomático seu estardalhaço de mulher branca. No meio do caminho, sentou numa pedra e chorou. Estava, afirmou, profundamente desiludida. Profunda, profundamente desiludida. Consigo mesma, para ser sincera. A ideia de que pudesse ajudar alguém, mudar alguma coisa, conseguir realizar a mínima coisa que fosse.

Emmet ajudou-a a se levantar e murmurou que ela estava se saindo bem, muito bem, ela ficaria bem. E ela o beijou assim que atravessaram sua porta, levantando a perna para trás como uma menina em uma comédia romântica.

Era boa nisso tudo.

Ao contrário de outras mulheres que conhecera (e, para ser justo, não tinham sido tantas assim), Alice não se sobressaía nas preliminares e depois perdia a cabeça entre quatro paredes. Ou perdia a cabeça de manhã. Ou perdia a cabeça, dois dias depois, sem nenhuma razão compreensível. O drama não era um passatempo. Alice ia até o fim.

Era uma amante talentosa.

Emmet não supunha que ele fosse — não muito —, embora tivesse seus momentos, e Alice sem dúvida era um deles. Ele ficou deitado, acordado, naquela primeira vez, refletindo sobre sua sorte fantástica e a tristeza que a acompanhava. Preocupou-se com o coração, se consolou com o fato de que casos em campo não eram feitos para durar.

Uma semana depois, achou para Alice uma casa colonial antiga que ela adorou, mas não podia bancar. Então se mudou para lá junto com ela.

"Não se preocupa", ele disse. "É só temporário.", o que não era, ele ponderou, nenhuma mentira.

"Um brinde a você", ele disse, e ergueu na direção dela os resíduos de cerveja na garrafa.

"Tim-tim", ela replicou.

Alice decorou a casa com penduricalhos do mercado: pendurou mensageiros dos ventos no batente das portas e uma máscara ritualística na parede do quarto. Sentavam-se em almofadas e ela comia o prato de peixe frito preparado por Ibrahim sem usar talheres, tirando as espinhas meio sem jeito com a mão direita e fazendo bolinhos de arroz. Emmet ainda gostava de usar garfo, se houvesse garfo. Novatos não faziam nada além de falar sobre diarreia, como se fosse piada. Emmet não achava aquilo engraçado. Já tinha visto muitas pessoas morrerem assim.

Não que, para ser sincero, alguma delas fosse branca.

Portanto manejava o garfo como um senhor de idade e se lembrava dos cadáveres esburacados que vira em um ou outro lugar, depois ele parava de pensar naquilo enquanto Alice tinia as pulseiras elegantes contra o prato.

Os computadores finalmente chegaram, ela disse.

"Ah, é?"

"Dois computadores."

"Não brinca."

"Estou falando sério."

"Estão funcionando?"

"Até certo ponto", ela disse. Eram conectados à rede elétrica, portanto só podiam ligá-los depois que arrumassem o gerador, e quando isso aconteceu, a certa altura da tarde, descobriram que um deles era Windows 97 e o outro Windows 95. Não eram apenas antiguidades, eram antiguidades distintas. Era possível transferir as coisas do software mais velho para o mais novo, mas não o contrário. E não tinham modem.

"Sério, qual é o sentido dessa porra?"

"Treinamento?", ele conjecturou, mas Alice já tinha caído no choro.

"Não são só os computadores", ela explicou.

Chorou como sempre chorava à noite: lágrimas ambíguas. O rosto simplesmente ficava molhado.

"Eu sei."

Alice trabalhava com mortalidade infantil. Criança era complicado.

"Você devia passar mais tempo no escritório", ele disse.

Soou como piada, mas falava sério. Ela devia se concentrar na distribuição de mosquiteiros e parar de fitar bebês morrendo com malária.

"Pode ser", ela disse.

A bondosa, doce e generosa Alice. Incessantemente doce. Incessantemente bondosa. Emmet tinha de se forçar para continuar sentado e continuar comendo e a retribuir seu sorriso. Ele estava com trinta e oito anos, já tinha superado a fase da confusão. Tinha sorte em tê-la. Mas ainda não tinha certeza se era possível chamar aquilo de amor.

A viagem seguinte o levou para além de Mopti. Passaram à margem do vasto Níger, depois seguiram a leste por uma estrada de terra que levava ao interior. Após sete horas, avistaram a sombra onde gafanhotos haviam devastado a terra, sua borda tênue, mas cruelmente precisa, um mapa secreto que transformava o mapa de papel, como um clima próprio da paisagem. Foi esse caminho que percorreram nos dez dias seguintes, com rádios recarregáveis à corda e pacotes de pesticida. Quando voltou para casa, Alice deu banho nele, e ele deu banho em Alice, e esta ternura era o máximo que ambos eram capazes. Alice sentou de pernas cruzadas dentro do mosquiteiro e ele ficou deitado atrás dela, na cama. Ela disse, "Fui picada quinze vezes".

"Quinze?"

Ela explicou, "Picadas que estão coçando. Tem cinco sumindo. Eu consigo sentir todas, sabe? Se eu fecho os olhos acho cada uma delas. Eu acho e aí respiro devagarinho, relaxo. Deixo a coceira para lá".

Ficaram em silêncio.

"E está dando certo?"

"Achei que você nunca fosse perguntar", ela disse. E então, "Como foi a viagem?".

"Boa. Tranquila."

"E o que foi que você viu?"

"Você sabe."

"Você fez reuniões?"

"Fiz."

"E essas reuniões foram debaixo de uma árvore conveniente?"

"Foram", ele respondeu.

Ele perguntou se alguma vez, quando criança, ela havia arrancado a cabeça de uma flor brinco-de-princesa e chupado o néctar daquele ponto em que as pétalas brotam.

"Caramba", ela disse. "Acho que não. Não."

Ele tornou a reparar na tigela quando saíram naquela noite. Dessa vez estava dentro de casa, no chão da entrada. Ia mencioná-la a Ibrahim, mas era quinta-feira e Ibrahim estava louco para ir embora. Também deu folga ao motorista. Emmet não queria mais entrar no Land Cruiser, estava cansado de Hassan dirigindo desembestado, passando rente a velhas, fazendo os vasos balançarem sobre suas cabeças. Tantas mulheres quase mortas por tantos automóveis com tração nas quatro rodas brancas em diversos países onde ele fora conduzido por sujeitos como Hassan, um pouco mais doidos, ou menos.

"Cuidado com o vaso!"

Milhares de quilômetros em estradas de terra, e estradas de cascalho, e asfalto esburacado: estradas que viravam rios, ou florestas, ou mercados abarrotados; estradas nas quais era melhor dirigir pelos cantos de tão ruins que eram.

Matança geral, ele contou a Alice enquanto caminhavam à beira do rio, um bode, algumas galinhas, um bicho que voava como um faisão e estraçalhou o para-brisa em Bangladesh, e inúmeros solavancos que pareciam, caso se parasse para pensar, um bocado macios. O maior foi um antílope pequenino no Sudão, suspenso no meio de um salto por um momento interminável diante deles, antes de a pata traseira ficar presa no capô e ele ser jogado debaixo do para-lama dianteiro.

"Pof! Coluna quebrada."

Andavam para uma festa, se estapeando em vão ou afugentando os mosquitos com um pedaço de folha de palmeira.

"Mentira", ela disse.

"Virou jantar", ele concluiu.

"Sem dúvida."

Ele não mencionou a criancinha em Moçambique, que se arrebentou na lateral do carro, caiu arqueada e pareceu ricochetear no chão de tão rápido que se levantou e correu — além de tudo sorrindo —, com o saquinho de amendoim que tentava vender ainda erguido no ar. Mancava um pouco. Queriam parar, mas o motorista atirou umas moedas pela janela e ficou firme. E:

"Não, não!", disseram os bondosos humanitários. "Para o carro!"

"Então, como é que foi?", perguntou Alice.

"O quê?"

"O Sudão."

As pessoas sempre queriam saber do Sudão.

Duas mil pessoas sugando a água do mesmo trecho de lama. Trinta bombas de água empacadas no aeroporto e todas as folhas de papel embaralhadas e perdidas pelos canalhas de Cartum. O que ela queria escutar?

"Tinha muito trabalho administrativo", ele disse.

Teve vontade de contar que a inanição não tinha o mesmo cheiro doce da morte. Havia um traço de substância química, como quando se passa na porta de um cabeleireiro a caminho de casa.

Alice segurou o braço dele no silêncio.

As ruas estavam bastante sossegadas: umas patinetes, o som distante de caminhões vindo da beira do rio. Através das portas abertas, viam-se famílias murmurando e comendo ou sentadas contra a parede. Não havia talheres de metal para estrepitar ou tilintar, as crianças não berravam e não havia bebês chorando em lugar nenhum. De uma janela aberta, ouviram o ruído de pop-pop-pop de um lampião a querosene recém-aceso. A mulher que cuidava da chama usava um lenço verde na cabeça, amarrado com esmero, e a luz, à medida que crescia, parecia tirar seu rosto de suas belas sombras. Emmet escutou o rangido do parafusinho quando passaram.

A festa foi uma coisa incoerente; com uma garrafa imitando Johnnie Walker e um ponche fétido. Na manhã seguinte acordaram com o barulho do muezim e o alívio de estarem numa casa vazia a não ser por eles mesmos. Passaram a manhã botando o trabalho em dia e depois juntaram as toalhas para nadar à tarde na piscina minúscula do hotel libanês. Emmet esquentou o almoço que Ibrahim deixara para eles. Estava para servir quando escutou Alice abrir a porta da frente.

"Vem cá!", ela chamou.

Fez-se um ruído nos azulejos parecido com o de continhas se espalhando e Emmet imaginou que algo tivesse caído — o colar dela talvez tivesse se rompido. Mas quando voltou à sala de jantar, o colar estava intacto e o barulhinho continuava.

"Almoço", ele anunciou, um pouco ridículo, segurando a panela de ensopado — era bode — com as duas mãos. Quando a colocou na mesinha viu o cachorro.

Foi a brancura do cachorro que o perturbou no primeiro instante e, em seguida, a expressão abatida do olho saudável.

"Meu Deus", ele disse.

"Que foi?"

"As coisas já estão de mal a pior."

"Não estão, não. Estão?"

"Estou falando da África. As coisas já estão de mal a pior *na África* sem a gente trazer um cachorro pra dentro de casa."

"É só um cachorro", ela disse.

"Come seu almoço", ele disse, usando a concha para pôr o ensopado no prato dela. Mas Alice pegou o prato e raspou metade do conteúdo para a tigela — que agora ele se dava conta de ser a tigela do cachorro — no chão. Era a tigela do cachorro já fazia um tempo.

"Come seu almoço", ele repetiu.

"Quem é você, minha mãe?"

Emmet levou a panela para a cozinha, voltou, se sentou e começou a comer no que esperava ser um silêncio amistoso. O ensopado estava excelente. O cachorro também gostou. Alice disse, "Muito bem, Mitch. Muito bem."

O cachorro comeu, depois estalou pelos ladrilhos para oferecer seu amor ansioso a Alice, dissimulando e bajulando enquanto a mão dela encontrava o cocuruto dele.

"Pobrezinho", ela disse. "Isso mesmo."

Um gemido de pura emoção escapou do cachorro quando deitou o queixo na coxa de Alice e olhou nos olhos dela. Alice comeu com uma mão enquanto a outra afagava embaixo e ao redor da cabeça até o cachorro cair no chão e rolar, as patas balançando, as patas traseiras abertas e a mão dela descendo até as costelas e a barriga sem pelos.

Todos os fragmentos de merda da cidade estavam grudados à barriga do cachorro, um fato que não parecia incomodar Alice apesar da campanha que fazia para as novas mães de Ségou lavarem as mãos. Porque lavar as mãos — não havia sombra de dúvida — salvava vidas. O lado bom, Emmet pensou, era que o cachorro não tinha raiva. E, se tinha, as vacinas de Emmet estavam em dia.

Ele disse: "Você sabe que o Ibrahim tem prioridade nos restos de comida. Em geral".

Alice estancou e depois continuou acariciando.

"Pobre Mitch", ela disse.

Ele falou, "É um problema sério, quando eles começam a roubar. Os empregados".

Ela levantou a cabeça. "O Ib está roubando?"

"Não foi isso o que eu falei. Não."

Mas ela tinha voltado a afagar o cachorro. E Emmet precisava pensar, portanto se calou por um tempo.

Foram caminhando até o hotel. No último trecho da estrada, Emmet viu uma mulher acometida por carocinhos. Da cabeça aos pés. Até as pálpebras eram encaroçadas, até a parte interna das orelhas. Emmet já a tinha visto e ela sempre o cumprimentava com o sorriso doce, triste, de mulher feliz por não lhe atirarem uma pedra. Era difícil saber qual era o problema. Como os caroços estavam sob a pele, não eram verrugas e não havia sinal de infecção, não se podia — nem em pensamento — ministrar antibióticos e dormir satisfeito. Era um parasita, talvez, mas não algum com que já tivesse se deparado antes. Era uma síndrome. Uma coisa autoimune. Era uma praga bíblica de furúnculos. Era algo genético, porque a pobreza não era maldição suficiente, claro, era preciso ter a própria maldição extra, própria, só para se sentir especial.

E a rua era um livro acadêmico de medicina, de repente. Pessoas com membros faltando. A protuberância de um tumor prestes a romper a pele. O idiota do vilarejo era um esquizofrênico paranoide. Um homem de olhos glaucos em febre suava numa bela cadeira entalhada, a cabeça inclinada para trás, encostada na parede.

Emmet adentrou no frio saguão do hotel.

"Um prazer vê-lo, sr. Emmet", disse Paul, o recepcionista. "Dona Alice. Muito satisfeito."

A piscininha estava tão quente que foi como nadar em uma tigela de sopa. Emmet deu umas braçadas curtas, mantendo o rosto seco e limpo, depois se arrastou até as espreguiçadeiras em que Alice pusera as bolsas.

Pediu um mojito.

"Local?", perguntou o garçom, se referindo ao álcool, e Emmet respondeu, "Importado".

Alice olhou para ele. A bebida tinha um preço obsceno e, quando chegou, estava cheia de açúcar.

"Tim-tim", ele disse, lembrando dos modos após o primeiro gole e levantando o copo.

"A você", respondeu Alice, que tirava o gelo do copo de coca-cola com mãos sujas de cachorro, jogando-o na piscina para derreter.

Na manhã seguinte, Emmet despertou naquele momento delicado em que a ressaca ainda não tinha batido e sentou para meditar pela primeira vez desde que fora morar com Alice. Cruzou as pernas, encaixou uma almofada debaixo dos ossos da coluna e suspirou no decorrer de cada expiração. Tristemente o ar o adentrava e tristemente saía enquanto contava até três cada vez que inalava, e depois até quatro, e depois parou de contar. A cidade estava sossegadamente desperta. A apreensão matinal da bebida veio bater em seu ombro. E foi embora. Emmet prestou atenção em seus pensamentos, todos eles, naquele momento, acerca da morte. Um homem caindo para fora do banheiro químico em Juba, parte do corpo queimado. Os lenços sujos à cabeceira do pai. Uma menina do Camboja de costelas à mostra e os ossinhos da pelve salientes. Então, depois de um tempo, seus pensamentos não diziam respeito à morte. Nadava em Lahinch. Caminhava pelo terreno de Boolavaun. Lembrou-se do gosto da flor brinco-de-princesa ao sugar o néctar. Lembrou-se do gosto de Alice.

Pouco antes do amanhecer, ela abriu os olhos.

Disse, "Eu estava sonhando com o rio".

Houve um barulho lá embaixo quando Ibrahim abriu a porta da frente e eles se entreolharam. Onde estava o cachorro?

Emmet estava no meio da escada quando lembrou que deixara o bicho sair de casa antes de ir para a cama na véspera. Indício de que somente o vigia sabia quem lhes fizera companhia na noite anterior. Sendo assim, todos sabiam: Emmet e Alice tinham um cachorro.

De certo modo.

Cachorros são impuros para muçulmanos, como Alice sabia muito bem — tinha cursado essa disciplina na faculdade —, portanto também sabia que não devia deixá-lo entrar em casa quando os empregados estavam lá.

Mesmo assim.

"Olha só pra ele", ela dissera, ao voltarem da piscina do hotel enquanto o cachorro ia encontrá-los no quintal. Emmet olhou. O rabo do cachorro, encolhido sob o traseiro trêmulo, deu pancadinhas baixas e depois passou a se abanar.

"Olá! Olá!", saudou Alice, e seus dedos massagearam a pele frouxa de seu pescoço.

"Olha só esses olhos", ela disse a Emmet, e seus próprios olhos, quando ela levantou o rosto para ele, estavam alegres. Calorosos.

Emmet obedeceu. Olhou o cachorro e o cachorro logo desviou o olhar, depois voltou a olhá-lo. O caroço vermelho não era um cisto, ele concluiu, era uma membrana que saltava por alguma razão.

"Ele tem uma alma antiga", disse Alice.

Emmet deu a volta na casa e pegou a garrafa de Bushmills do esconderijo debaixo da viga do alpendre. Depois entraram em casa — os três — e fecharam a porta.

Sentaram e beberam na sala de estar com o cachorro enrolado sobre os azulejos, o focinho no chão: cada movimento e mexida deles era questionada pela junção dos cenhos brancos, um fremido de avanço das orelhas.

"Que bênção", disse Alice.

Passado um tempo, ela comentou que Ibrahim não era um muçulmano dos mais devotos. Nunca o tinham visto esticar um tapete para orar, por exemplo, e sabia-se que tomava cerveja — não naquela casa, mas num bar vizinho ao mercado. Também gostava muito de telefones celulares e de toques de chamada que soavam como mulheres tendo um orgasmo — que ela simplesmente tinha de fingir não escutar, na verdade; ainda assim, se dispôs a manter o cachorro longe dos cômodos onde a comida era consumida ou preparada.

Emmet serviu outro drinque.

"Não sei se tem a ver com comida", ele disse.

"Você acha que não?"

"Imagino que esteja mais para uma coisa ritualística. Quer dizer, o cachorro ser 'impuro'. Não é questão de higiene segundo a nossa forma de encarar a higiene, no sentido ocidental."

"Entendi."

"Mas de, sabe, as coisas serem sagradas ou maculadas."

"Isso mesmo."

"A limpeza ritual, eu acho, não tem a ver com o que você põe para dentro do corpo, mas com o que sai do corpo. Bosta. Sêmen."

"Está certo", disse Alice. Ela só o levaria para dentro à noite, quando Ibrahim tivesse ido embora.

Ficaram em silêncio.

"Você está vindo para a cama?", ela perguntou um tempo depois e Emmet levantou o copo e olhou para ele. Respondeu, "Acho que vou ficar mais um tempinho aqui. Com o cachorro".

Na manhã seguinte, ele desceu a escada correndo, encontrando o animal, conforme lembrava, não mais dentro de casa, e Ibrahim absolutamente indiferente a tudo o que havia acontecido, ou não acontecido, na véspera.

Domingo à noite, sentaram e trabalharam na sala de estar ouvindo o *Serviço Mundial* da BBC, e o cachorro também ficou lá sentado. Quando Alice terminou a papelada, se juntou a Emmet no sofá de bambu e ficaram deitados de costas um para o outro pelo tempo que o calor permitiu. Fazia a relação deles parecer estranhamente normal a presença de um cachorro no ambiente.

Alice se recostou e com os dedos deu uma leve arrumada no cabelo dele. Ela perguntou, de um jeito preguiçoso, sobre namoradas anteriores.

Uma ou duas tinham durado, ele disse. O restante, não muito.

"Mas me pareciam uma epopeia na época."

"Sério?"

"Não há nada como ter uma infância sossegada para te fazer sentir emoção e vergonha."

O cachorro continuava dormindo.

"Ah", ela disse.

A bem da verdade, o cachorro dormia uma quantidade de tempo surpreendente.

"Em casa, ou onde?"

Emmet olhou para ela; ela rolou a cabeça no encosto do sofá, as pontas dos dedos provocadoras mexendo no cabelo dele. Ele se perguntou de onde vinha aquela dor inacessível que ela tinha, que a tornava tão doce e ousada.

"Que foi?", ela perguntou.

"Nada."

"Que foi?"

Mais tarde, depois que ele levou a discussão para o segundo andar, por assim dizer, Alice contou que a mãe sempre passava a Páscoa no hospital. Era simplesmente sua época do ano. Começou com os narcisos, ela os arrancava de todos os jardins da rua. Alice chegava em casa depois da escola e se deparava com a casa amarelo-brilhante e a mãe com vergões nas mãos de puxar os caules da terra. Os vizinhos roubados não falavam nada. E, durante duas ou três semanas, curtiam como nunca. Elas se *divertiam* tanto. No domingo de Páscoa, a mãe estava sentada no hospital como um brinquedo cuja pilha acabou, incapaz de levar o cigarro à boca, e Alice enfrentava sabe-se lá quantas semanas cuidando da casa.

"Quantos anos você tinha?", ele perguntou.

"Sei lá. Aos nove eu sabia usar a lavadora."

Era por isso que Alice queria ajudar as pessoas. Também era por isso que se *divertia* tanto.

"Bom, eu acho que você se saiu muito bem", ele disse.

"Acha mesmo?"

"Acho", ele disse. "A maneira como você transformou tudo numa coisa boa."

Alice, deitada de costas, caiu na risada: um gorgolejo delicioso que Emmet achou que poderia sair do controle, de tanta dor que encerrava. Então ela parou e disse: "Bom, sendo assim está tudo bem, não é?".

Passado um bom tempo ela se virou para ele como uma criança, os dois braços esticados. Quando conseguiu ver os olhos dela na escuridão, já tinham cedido ao sono.

Emmet ficou deitado, com inveja de seu repouso. O calor piorava à noite — não havia sombra porque tudo era sombra. Na escuridão, o calor era uniforme e onipresente, era como se afogar no próprio sangue quente.

Tentou lembrar do frescor de um dia de abril em casa, o frio dentro dos ovos de chocolate da Páscoa.

Lembrou do aeroporto de Genebra, um lugar onde sentira, após dezesseis meses difíceis no Sudão, um ímpeto avassalador de se deitar no chão limpo, perfumado. Loja após loja de artigos de couro e brinquedos felpudos, lojas de chocolate e lojas da Swatch, Cartier, Dior. Emmet entrou em todas, tentando comprar alguma coisa para a mãe. Examinava aquela bela obscenidade de bugigangas, bolsas de couro fino e correntes de prata que depois se revelavam de platina. Passou as mãos trêmulas em cinquenta xales de seda, tentando imaginar o que ela acharia de cada um deles. Acabou com uma caixa de chocolates suíços, enfiou-os numa bolsa de lona fedorenta, com a terra vermelha do Sudão ainda impregnada nas costuras. Através da segurança, no compartimento de bagagens do avião: como àquela altura o pai já estava doente demais para buscá-lo no aeroporto, carregou-a de ônibus e cruzou com ela a ponte cheia de protuberâncias a caminho de casa.

"Ai, não!", disse Rosaleen, por estar de dieta. "Ai, não! Chocolate!"

Emmet não tinha apenas a mãe para perdoar, é claro. Tinha um planeta inteiro para perdoar pelos excessos do aeroporto de Genebra. Pela fragilidade do pai. Pelo tremor das próprias mãos que ele imaginava ser giardíase, mas acabou sendo sua vida desmoronando. A mãe tinha muito pelo que responder, mas não por isso.

Emmet agora estava sentado na sua beirada da cama, os pés balançando debaixo da rede. Do lado de fora da porta do quarto, ouviu o suave arranhado do cachorro esquecido. Em seguida, o suspiro de um corpo peludo escorregando na madeira. Depois o silêncio.

"Aqui, Mitch!"

Alice tinha uma voz "especial" para o cachorro que causava profunda irritação em Emmet. Botava cordões de contas no pescoço do cão e segurava um biscoito entre os lábios para que ele roubasse com a boca.

Algo no tom de Emmet, por outro lado, trazia à tona apenas o vira-lata flagelado que havia em Mitch. Se levantasse a mão, o cachorro recuava com as patas traseiras paralisadas.

"Está tudo bem. Está tudo bem."

Quando chegava mais perto, um ganido agudo saía do cachorro.

"O que foi que você fez com ele?", perguntou Alice da primeira vez que isso aconteceu. "O que foi que você fez?"

Foi um ciclo difícil de romper. Quanto mais o cachorro arrastava a barriga no chão, mais testava a paciência de Emmet e Alice desconfiava cada vez mais dele, já que Mitch tremia contra a parede. Sexo era improvável, isso estava claro. Me ame, ame meu cachorro. Emmet acabou cortejando o bicho com biscoitos, que enfileirava no chão. A cada noite o cachorro se aproximava um pouco mais até enfim pegar o biscoito dos dedos de Emmet. Então enfiou o crânio estreito debaixo da mão de Emmet e ganiu.

"Bingo", disse Alice.

Depois de protelar por um instante, Emmet afagou o cachorro e o acariciou atrás da orelha.

"Muito bem."

A protelação lhe interessava, a fim de demonstrar indiferença. A protelação era agradável.

"Dá para entender a tentação", ele disse. "De dar um chute nele."

"Perdão?", disse Alice.

"Você entendeu o que eu quis dizer", disse Emmet. Mas ela de fato não entendia, e chamou Mitch para perto. "O que é que ele está falando?", ela perguntou. "Do que ele está falando?"

"Ah, tenha santa paciência", resmungou Emmet.

E Alice ergueu o olhar para ele e disse, "Não, é sério. Não".

Alice queria colírio antibiótico para o olho do cachorro, mas o tal cisto excretava um líquido transparente e Emmet não achava que esse seria o caminho certo. Além disso, a cidade não estava transbordando de colírios antibióticos. Assim, ela ferveu uma solução salina e esguichou-a com uma seringa afiada que pegou da maternidade e após uma semana o pus estancou. Depois disso perceberam como o cachorro estava se tornando elegante. A pele nua, rosada, se enchia de pelos brancos. O rabo se desenrolava das pernas e abanava com firmeza, às vezes até com orgulho.

Poderia ter sido pior. Poderia ser uma criança.

Emmet caiu de amores por uma criança no Camboja, no primeiro ano longe. Passava longas noites planejando o futuro dela porque a sensação de sua mãozinha na dele deixava Emmet maluco: pensava que se pudesse salvar aquela única criança, Camboja faria sentido. Essas coisas acontecem. O amor acontece. Tem coisas que é possível fazer, caso se tenha visão de futuro e dinheiro, mas não há tanta coisa assim que se possa fazer, e a criança é deixada — ele tinha visto isto acontecer diversas vezes —, o figurão humanitário chora no avião, sentindo todo aquele amor, e a criança abandonada chora no chão, porque agora está em frangalhos e suas perspectivas talvez sejam piores do que antes.

Melhor um cachorro.

Ibrahim sabia, a essa altura. Não havia como esconder, embora fosse um azar ele descobrir as fezes do cachorro antes de descobrir o cachorro — um cocô bem seco que Mitch depositara num quartinho junto à cozinha. Emmet chegou e se deparou com os três olhando aquilo, Alice, Ibrahim e Mitch. O vigia, quando ele parou para refletir, abrira o portão com altivez incomum.

"Bonsoir, monsieur." Emmet nem sabia que o sujeito falava francês.

Ib não estava na porta para pegar seus pertences. De início pensou que a casa estivesse vazia, mas ouviu a voz de Alice, entrou pela cozinha e se deparou com todos eles agachados diante da coisa.

"Como foi no escritório?", perguntou Alice, com um rutilar dos olhos para lhe avisar que a situação estava sob controle, e ele respondeu, "Tudo bem".

Emmet não olhou para Ibrahim, mas sentiu seu silêncio durante o jantar. E achou que o silêncio era aceitável. A comida estava boa, o serviço de mesa quase meditativo. Se sentia raiva, Emmet não conseguia encontrá-la, nem mesmo quando Alice alimentou o cachorro com as mãos pegando comida da própria tigela. Depois disso, Mitch passou a dormir dentro de casa, numa cama de trapos encostada na parede da sala de estar.

"Eu acho que eles se gostam", ela disse. Achava que era uma ligação genuína. Ib, por exemplo, chamava o cachorro pelo nome.

"É mais do que se pode dizer de você."

Mas era evidente que Alice se sentia humilhada pela cena na despensa e os olhares gentis de Ibrahim nos dias seguintes. Ela via a ponta de seu desdém, ou imaginava vê-la, e estava sempre predisposta a se ofender. Quanto mais cuidado ele tomava, pior ficava. A água foi servida com tamanha beleza, a louça de barro posta com graça e discrição tão absolutas, que ela achou que acabaria realmente dando um tapa nele.

"Ele me dá calafrios", ela disse, "e a gente nunca sabe onde é que ele está nesta porcaria de casa." Ela começou a tirar as cobertas da cama ela mesma, após o sexo, e largá-las numa moita no chão.

Foi um alívio ir à capital para uma semana de engarrafamentos e um tempinho morando no complexo com os garotos do governo, os garotos da ONU e os garotos da Organização das Nações Unidas para Alimentação e Agricultura. Bamako não era exatamente um aeroporto de Genebra, mas ainda assim era um choque. Às vezes, Emmet achava que queria um escritório bonito com ar-condicionado, café Nespresso e Skype à vontade, mas então pensava que um escritório bonito com ar-condicionado era um convite à crise nervosa. Ele e sua crise passaram um bom tempo juntos depois do Sudão, quando o pai agonizava e Emmet ficava sentado em casa esperando os próprios remédios fazerem efeito. Quanto tempo levou? Três meses? Cinco? De uma forma ou de outra, aquele ano todo foi uma merda.

Agora estava bem. Fazia dez anos. Ele e a crise haviam guardado uma distância respeitosa em diversas cidades enevoadas, fedorentas, de Daca a Nampula, embora ele não a subestimasse ou a considerasse morta. Deitado nas cobertas limpas do Radisson de Bamako, Emmet a sentia nos canais, como pneumonia.

Na sua última manhã, Emmet travou contato com um sujeito que conhecia um cara no Vétérinaires Sans Frontières e marcou o encontro para ele no bar do Radisson. O cara afinal era uma mulher de Nebraska chamada Carol de corpinho robusto e um belo revestimento de cáqui limpo. Ela escutou o problema do olho do cachorro num silêncio absorto, então disse, "Pra começar, vamos pedir outro drinque". Quando foram servidos, ela disse, "O.k., vamos dar um jeito no mocinho", mandando Emmet de volta ao norte com a boa-nova de que o olho de cereja do cachorro poderia voltar ao lugar através de massagens. "A não ser que ele tenha seguro-saúde. Nesse caso, é serviço para três pessoas sob anestesia geral." Ela apertou as pontas dos dedos sob o próprio olho para demonstrar e depois sob o dele, dizendo, "Ei, se ele tiver uretrite, você pode fazer isso com o pinto dele". Depois disso, Emmet não conseguiu se desvencilhar até ela beber além da conta. Mas valeu a pena para levar algo de valor a Alice; a doce, compassiva Alice, com sua paixão por microcrédito e corpo de brancura medieval debaixo do ventilador giratório.

Também levou um pacote de doze rolos de papel higiênico Andrex, três caixas de chá Twinings e um pote de Nutella. Entrou em casa carregado e foi de cômodo em cômodo até encontrá-la lá em cima com Mitch, ambos debaixo do mosquiteiro, na cama.

"Oooooi", ela disse.

Mitch levantou o rabo para um abano surpreendente que empurrou a rede como se fosse um toco de árvore oscilante. Em seguida, Alice saiu de baixo do mosquiteiro e Emmet percebeu logo que havia algo errado.

"Cadê o Ib?"

A casa estava sossegada demais, para começar.

"Está mal."

"Mal como? Como é que você está? Olha! Olha só o que eu comprei!"

"Nutella!"

E Emmet segurou o pote no alto, obrigando-a a lutar por ele.

Já na cozinha, ele disse, "O que houve com o Ib?".

"Está doente."

"É o quê?"

"Ele está maaaal. Foi pra casa na quinta-feira."

As pessoas ali estavam sempre maaaal, sempre indicando vagamente alguma parte do corpo. Dor nas costas, dor na cabeça; Emmet ficava pasmo com pessoas que mal conseguiam fazer uma refeição e tinham tempo de reparar nos ombros paralisados ou no refluxo gastroesofagiano, mas de fato reparavam. Achavam que tudo iria matá-los. E às vezes tinham razão.

"Alguém veio?"

Alice contou que um menino enfiou a cabeça pela porta da cozinha, sem nem um com licença, esticou a mão para pedir dinheiro e disse, "Eu compras".

"E?"

"E ele fez compras", ela disse. "Fosse ele quem fosse."

Mais tarde, ante um jantar improvisado que era mera desculpa para a Nutella como sobremesa, ela relatou, "Fiz uma visita a ele esta tarde".

E agora Emmet imaginou que havia algo muito errado com Ibrahim, visto que demorou para mencionar esse fato.

"Ele está bem?"

"Só a malária voltando." Tinha levado Malarone e paracetamol, se deparou com Ibrahim tremendo debaixo de seis lençóis, suando muito e "todo mundo no quarto", ela parou para buscar a palavra certa. "Os filhos todos e a esposa."

"Xô", ela disse. Mitch pedia comida e Alice o afugentou. Ele voltou a se aninhar e ela lhe deu um empurrão de verdade, "Eu falei pra sair!".

Mitch lançou a Alice um olhar magoado, de esguelha, mas ela não se desculpou. Ela simplesmente o observou indo embora.

"Vai ver que a gente devia virar vegetariano", ela disse. "Você acha que os cachorros podem ser vegetarianos?"

"O que foi que aconteceu?"

"Nada."

"Alguma coisa aconteceu."

"É uma bobagem", ela disse. E tentou engolir o sorrisinho irritante que se formava em sua boca e se negava a sumir.

Saindo da casa de Ibrahim, foi seguida caminho afora pelo típico bando de crianças e quando tentou se despedir com um aceno, um deles passou a fazer um barulho. Um dos meninos de Ibrahim. Um garotinho de olhos grandes e sérios. Não entendia o que ele estava fazendo, então se deu conta de que estava latindo.

"E aí todos eles fizeram a mesma coisa", ela disse. Seis, talvez dez, criancinhas, todas latindo para ela e esfregando a barriga.

Uma mulher que passava começou a rir da moça branca, que não conseguia se livrar das crianças latindo. Escárnio público — como na vez em que ela teve de cagar no mato e todo mundo ao redor percebeu porque enfiou o pé na merda de outra pessoa, e agiu ao estilo, "Estou aqui para salvar *a vida* dos seus bebês, imbecis". De qualquer modo, houve bastante zombaria e gente apontando, e ela se afastou do bando de crianças, como num filme B de péssima qualidade, se virou e fugiu.

"A questão é", ela disse, "eu fiquei achando que eles queriam comer o cachorro."

Emmet percebeu que já podia rir.

"Achei que eles queriam comer o Mitch."

"Eu não acho que era isso o que eles queriam", ele disse.

"Não."

Eles queriam a comida do cachorro. Alice notara, ao chegar em casa, que Mitch comia mais carne do que os filhos de Ibrahim comiam numa semana. O que não era exatamente novidade. Ela só não tinha...

"Bate no pão", disse Emmet.

"O quê?"

"Caruncho. Bate nele." Dava para ver que Ibrahim estava de licença-médica, o pão estava cheio de pontinhos pretos se mexendo.

"Não existe pão vegetariano nesta cidade", disse Emmet. Atirou seu pedaço de pão duro no chão, "Morram, seus cretinos!", enquanto Alice pegava o dela e examinava.

"Eca."

Ele jogou o pão contra a parede.

"Sai! Sai!", enquanto Alice berrava e largava a fatia na mesa, abanando os braços num gesto alarmado.

Emmet se levantou para pegar o dele e se distraiu com um barulho suave que se tornava, conforme o percebia, apavorante. Ambos prestaram atenção, olharam para Mitch e viram uma poça se formando na ponta da pata traseira trêmula, a outra pata meio levantada num gesto nervoso.

"Ai, não", exclamou Alice.

A poça não se espalhou muito, mas se adensou, até que a tensão passou e um córrego de xixi jorrou no assoalho.

"Mitch! Para!"

Alice ordenou, "Senta! O que é que você está fazendo?".

"O que é que eu estou fazendo? Olha o que ele está fazendo."

"Por que é que você está gritando? Ele está fazendo isso porque você está gritando." Agora, ela também gritava. "Por que você é assim?"

Mitch se encolhia contra a parede, os olhos fixos em Emmet. Quando Alice foi confortá-lo, um último jato de líquido caiu no chão.

"Meu deus", exclamou Emmet.

Não havia o que fazer além de ser legal com o cachorro, o que Alice fez, e limpar o xixi, o que Emmet fez, usando inúmeras folhas preciosas de Andrex folha dupla, branco, clássico.

Depois tornaram a se sentar para terminar o jantar.

"Certo", disse Emmet.

Mitch se deitou numa tentativa de reconciliação ao lado de Alice, que o alimentou e o acariciou enquanto comiam em silêncio. Passado um tempo, com o ar vagaroso de uma mulher que nem tem ciência de estar procurando briga, Alice conta que resolveu dar aumento a Ibrahim.

"Ótimo", disse Emmet.

"É sério."

"Claro. Sem dúvida. Vamos dar grana pro Ibrahim. Muita grana. Não vejo problema nenhum nisso."

"Você é cruel", retrucou Alice.

"Verifique suas normas de procedimento", ele disse.

"Você é", retorquiu Alice. "Você é um canalha sem sentimento."

Continuaram a refeição.

"Deixa eu tentar uma coisa", ele disse. "Posso tentar?"

Emmet afagou o cachorro e disse, "Não se preocupa, a gente não vai te comer, Mitch". Ele segurou o focinho do cachorro com as duas mãos e ergueu o olhar para Alice. Em seguida, deu uma delicada apertada no olho ruim do cão com o polegar.

Mitch recuou e se arrastou sobre as patas, mas Alice pôs os braços em torno do tórax do cachorro e aguentou firme enquanto Emmet lhe segurava a cabeça outra vez e apertava no canto interno do olho com o polegar. Pressionou o balão de pele contra a órbita, fechando os próprios olhos para sentir melhor o caroço sob a pálpebra trêmula do cachorro. Dava para senti-lo se achatar e sumir, como se o ar tivesse saído, e ao liberar Mitch para dar uma olhada, o cachorro piscou, desobstruído e ofendido. Então piscou de novo. Ele firmou as patas da frente e virou a cara de um lado para o outro. Depois se remexeu da cabeça ao rabo com uma precisão violenta. Arrastou-se até a cama de trapos no canto, onde deu voltas em torno de si mesmo e deitou. Então se levantou de novo, investindo contra uma almofada como se fosse um bichinho se movendo.

"Pode voltar a inchar amanhã", explicou Emmet. "Nesse caso, a gente faz isso de novo, ao que parece."

"Bom truque."

Ele era superficial, na verdade — só estava nessa pelo sexo, ponderou Emmet, ao olhar o rosto de Alice turvado pelo deleite.

"Nutella?", ele perguntou.

* * *

Em meados de dezembro, Alice foi para a terra natal. Partiu como uma colegial, com pastas de anotações para o escritório central e um xale inconveniente, volumoso, preto e branco.

Emmet tentou imaginá-la usando algo tão desconfortável e quente. Viu-a em uma cozinha repleta de narcisos inverossímeis; a mãe louca, os dois irmãos "que nunca foram muito de falar". A casa colonial foi esvaziada de bugigangas. Alice levara tudo com ela: as cortinas cor de lama, as máscaras Dogon; estava tudo numa mala sobre o piso de linóleo dos anos 1970 em Newcastle, cheirando a bosta de camelo. Emmet circulou pelos cômodos desmantelados como um visitante e não soube onde sentar. Ibrahim também estava mais sério agora que estavam a sós: obediente e viril, agia como se tivessem um acordo. O que tinham, em certa medida. O cachorro ficava do lado de fora, para começar.

Ele latia todas as noites. Confinado ao espaço entre a casa e o muro, anunciava o pôr do sol repentino como se duvidasse do amanhecer.

No dia 24, Emmet pôs o pé na estrada, deixando instruções de que Mitch deveria ser alimentado durante sua ausência, embora não esperasse que fosse bem alimentado. Encheu a tigela antes de partir. E foi ótimo, quando voltou uma semana depois, ser recebido com alegria canina: um pouquinho de empolgação.

"Oiê! Oiê!"

Porém, ao olhar nos olhos desobstruídos do cachorro e o cachorro olhar nos dele, ambos pensavam em Alice.

"Volta logo, mocinho. Ela volta logo."

Em meados de janeiro, ela telefonou de Bamako. Emmet saiu para comprar cerveja e sabão e levou Mitch de volta para dentro.

"Não dá com a língua nos dentes, hein?" Só havia se passado um mês, mas o cachorro parecia confuso. Andava de um canto para o outro da casa como se não reconhecesse os ambientes. Então retornou à porta da frente e a arranhou, pedindo pra sair. Quando Emmet abriu a porta, vomitou no degrau.

"Merda", exclamou Emmet. Tentou atraí-lo com um biscoito, mas Mitch não parecia interessado em biscoitos e Emmet precisou puxá-lo para dentro, enfim, até sua cama de trapos. Ele chamou Ibrahim.

"Monsieur Emmet, pois não?"

Olharam para o cachorro, que arfava deitado. Cada respiração era um ruído na garganta.

"Ele doente", disse Ibrahim.

"É."

Ficaram parados um instante.

Emmet disse, "Sabe, Ib, acabei nunca te dando sua caixinha de Natal". Espalmou uma nota de dez na mão do sujeito e deixou por isso mesmo.

Quando Alice chegou, naquela noite, o cachorro sangrava pelo nariz. Ela descobriu quando ele deixou um rastro nas suas calças cargo e o regresso passou, num instante, da alegria ao desastre. Mal havia cruzado a porta.

Mitch sangrava por algum lugar e arfava com uma dor indecifrável. Alice tateou a barriga dele, inchada e, enquanto se aninhava sob a palma da mão dela, ele choramingou como um bebê desenganado. Alice, ainda com as roupas de viagem sujas de sangue, sentou-se ao lado dele e acomodou-lhe a cabeça em cima do colo. Ibrahim entrou com jornais e panos velhos e foi embora para casa discretamente.

"Alguém bateu nele?", ela perguntou. "Ele deve ter sido atropelado por alguma moto. Ou carro." Mas Emmet disse — e tinha quase certeza de que era verdade — que o cachorro não tinha passado do portão. Alice mergulhou num pânico profundo. Ficou sentada ao lado de Mitch, que chorou mais um pouco e adormeceu. Latiu em sonhos, e esse som estranho, incompleto, também foi como um choro. Havia mais sangue.

Emmet tentou falar com Carol, a veterinária do Nebraska, mas seu chip africano emitia barulhos curiosos e o escritório de Bamako estava, como seria de se esperar, fechado.

"Conseguiu falar com ela?", perguntou Alice.

"Acho que ela voltou pra casa."

"Vamos ver", ela disse, pedindo com um gesto o cartão de visitas da veterinária, sujo (embora Alice não devesse saber) de Jack Daniel's.

"Que horas são nos Estados Unidos?", ela perguntou, apertando os números no telefonezinho achatado, e Emmet sentiu tanta raiva, de repente, que teve de lhe virar as costas.

Uma hora depois, como se continuassem de onde haviam parado, Alice falou do nada, "O que é que você veio fazer neste lugar?".

Ele disse, "Vem pra cama".

"Assim, se você não acredita em nada? Sério. O que foi que você veio fazer neste lugar?"

Ele não lembrou a ela que fora o responsável por curar o olho ruim do cachorro; que, apesar de não amá-lo, havia ajudado o cachorro. Ele disse, "Anda".

E ela se arrastou escada acima onde permaneceu por uma ou duas horas, revirando primeiro a mala para achar o pequeno despertador.

Emmet ficou observando Alice dormir, o subir e descer imperceptível do peito, os declives do corpo sob o lençol branco. No primeiro andar, o cachorro soltava um assobio peculiar e breve no auge de cada inspiração e Alice parecia indiferente a ele, quase feliz. Emmet pensou no trabalho. A próxima viagem o levaria além das falésias de Bandiagara — cento e cinquenta quilômetros de despenhadeiro, crivado de casas de barro como ninhos de gaviões. A humanidade, vivendo nas frestas. Às vezes Emmet achava que era a paisagem o que ele amava, a maneira como se expandia à medida que era percorrida e as colinas se deslindavam. O prazer do vão entre montanhas.

Quando acordou, Alice havia voltado a seu posto lá embaixo, sentada junto à parede ao lado de Mitch. Havia sangue no chão, numa desordem de pinceladas deixadas pelo focinho. Estava quase imóvel.

Ao escutar Emmet, o cachorro abriu os olhos e buscou o olhar de Alice, e ela se abaixou, oferecendo o rosto a lambidas, incentivando a língua pálida a encontrar seu queixo e boca. Os dentes do cachorro eram bem escuros, as gengivas quase brancas. Apoiou com delicadeza a cabeça do cachorro no chão e encostou com tristeza a cabeça na parede. Mitch tossiu. O sangue que saía era escarlate e salpicou o antebraço pálido dela. Alice olhou para baixo, indiferente.

"Vou fazer um chá", anunciou Emmet.

Ele foi à privada lá fora e ergueu o olhar para as estrelas que desapareciam enquanto mijava de pé. Não via problema nas lambidas. Não dá para pegar tuberculose de cachorro e em todo caso o cachorro não estava com tuberculose. Era o sangue no braço dela que o incomodava, e os dentes escuros do cachorro. Uma sensação que ele não conseguia identificar. E então entendeu.

Aconteceu no instante em que terminou de mijar, aquela coisa qualquer que acontecia com ele. Uma escuridão escorrendo pela espinha dorsal. Teve de se virar e sentar no vaso para não cair. Os cotovelos de Emmet estavam sobre os joelhos e as mãos à frente, e lá estava. A coisa esquecida, indelevelmente regressa. Um cachorro no Camboja, com o braço de uma mulher na boca.

Foi perto da fronteira tailandesa, seu primeiro ano fora. A região era repleta de campos minados e os paramédicos faziam quinze, vinte amputações por dia. Jogavam os restos num monte do lado de fora da barraca hospitalar e, quando tinha um tempinho, uma das enfermeiras atirava nos cães que reviravam o lixo. Formavam equipes para fazer covas, mas havia latrinas a serem escavadas, e os cães não eram fatais como a diarreia. Portanto era difícil acreditar, mas virou realidade, que ao longo de pelo menos uma quinzena a única proteção que tinham contra tal sacrilégio era uma enfermeira campeã de tiro chamada Lisbette, de Auvérnia, que carregava uma pistola quando saía para fumar um cigarro.

Então, em pouco tempo, tornou-se corriqueiro. Não agradável, claro. Só normal. Ver um cachorro com um braço humano na boca.

Agora, sentado como um idiota num banheiro da África Ocidental, já não era mais normal.

Emmet apoiou as mãos nas paredes de concreto, ouvindo o próprio corpo, pensando, *É assim que você vai morrer.*

Quando enfim saiu dali, o amanhecer mordendo os tornozelos, Alice continuava em seu posto ao pé da escada. Agora o sangue vazava do traseiro do cachorro e ele estava quase morto. Ela não perguntou pela xícara de chá. Só chorava sem parar.

Ibrahim entrou sozinho na casa assim que o sol raiou. Parou diante da cena sanguinolenta na sala de jantar e se retirou para a cozinha. Havia silêncio. Emmet o imaginou lá, se equilibrando contra a pia.

"Vai fazer calor, Alice."

Alice deu uma resposta curta que soou como "É". Ela se remexeu e puxou distraidamente o tecido da calça, onde o sangue havia secado.

"Toma um banho."

Ele pegou a mão dela e ajudou-a a se levantar. Ela se arrastou escada acima e Emmet foi à cozinha, onde Ibrahim estava paralisado, segurando a sacola, pronto para ir ao mercado.

"Tudo bem, Ib?"

"Eu dor", declarou Ibrahim.

"Está com dor? Pouca?"

"É. Um pouco doente."

"Entendi. Bom, vai lá. Não se preocupa com o cachorro, Ib. Vou cuidar disso. N'inquiètes-pas du chien."

"Non, monsieur. Merci, monsieur."

Quando ele partiu, Emmet mandou uma mensagem de texto a Hassan. Ficou ouvindo os passos leves, erráticos no quarto acima e olhou os dentinhos do cachorro, à mostra no rosnado mortiço.

"Caramba", exclamou Hassan ao chegar. "Que imundice essa coisa. Sangue. Porra, de cachorro morto. Não posso tocar nesse troço, cara, senão vou vomitar. Sabe? Vou passar três semanas no inferno por causa disso aí."

"Vamos, meu amigo, me ajuda aqui"

"Você tá me pedindo para sujar minha alma. Eu te amo, Emmet, mas não posso resolver essa nojeira."

"Quanto?"

"Quanto pela minha alma? Tá bem, tá bem. Embrulha em alguma coisa. O.k. Eu volto."

E numa rapidez surpreendente ele voltou. Levou um "homem cristão" baixinho, atarracado, que ajudou Emmet a enrolar o cachorro num quadrado de estopa, depois pôs o corpo no ombro fazendo com que o penacho branco do rabo de Mitch pendesse sobre suas costas. Estavam para sair quando Alice surgiu no alto da escada.

"Para onde vocês estão levando ele?", ela perguntou.

Emmet olhou para ela.

"Você poderia dar uma limpada aqui?", ele disse, apontando o sangue no chão, mas Alice nem sequer fingiu escutar.

"Enterra ele", ela pediu. "Eu quero que ele seja devidamente enterrado." Ela parecia bastante altiva, parada ali.

"Sim, senhora", respondeu Hassan.

Porta afora, Emmet disse, "Não vá jogar na merda do rio, Hassan. O povo bebe aquela água."

Pegou o maço de dinheiro. Hassan decretou, "Três contos".

"Três?"

"Sem comissão."

Ele se atrapalhou separando as cédulas e foram embora, o tuaregue abrindo o portão com bastante cerimônia. Mas em vez de se dirigirem ao Land Cruiser para colocar o cachorro na mala, o "homem cristão" se afastou deles, sem nada dizer, rumo ao mercado e o rio.

Emmet o observou partir.

"Me dá meia hora", ele disse a Hassan.

Hassan soltou uma gargalhada sonora. "Eu te amo, meu camarada", ele disse. "Vou te dar um beijo quando você estiver limpo."

Nessa noite, Alice afirmou que foi Ibrahim quem envenenou Mitch.

"Veneno de rato. Ele deu veneno de rato pra ele. Ele teve hemorragia interna. Foi por isso que morreu."

"O Ib é um homem bom."

"É?"

"Ele é, sim."

"Então vou ser obrigada a conviver com esse cara. Vou ter que comer a comida que ele faz?"

"Vai. Vai ter que comer sim."

Ela caiu no choro.

Emmet tinha uma boa ideia, a essa altura, de quem envenenou o cachorro, mas não estava disposto a demitir outro homem. Ele pediu, "A gente pode esquecer tudo isso?".

"Esquecer?"

Emmet se acalmou.

"Alice", ele disse. "É só um cachorro."

E esse, ele sabia, foi o fim deles.

Depois de fazerem sexo naquela noite, ela levantou uma perninha branca e olhou-a sob a luz fraca, virando o pé para lá e para cá. Stefan, o sueco, dissera que ela tinha um "corpo à moda antiga", o que ela achava que queria dizer simplesmente "gordo", mas ele explicara que ela não era gorda, era apenas "pré-guerra". E Emmet, ele a achava gorda?

"De jeito nenhum", respondeu Emmet.

"Eu o vi lá em Bam", ela disse.

"Ah, é?

"É", ela confirmou.

Em uma semana, ela havia praticamente parado de falar, e não havia mais o que fazer — um dia, tarde da noite, Emmet declarou, "Eu te amo, Alice. Acho que eu estou apaixonado por você".

Ela estancou onde estava e então seguiu em frente.

Na noite seguinte, uma quinta-feira, ela exagerou na bebida e disse, "Você sempre abre mão tarde demais, não é? Você espera tudo acabar e aí diz que é só o começo. E então é tipo, Ah, mas eu te amo, por que é que as mulheres são tão cruéis comigo, por que eu nunca consigo sossegar com ninguém?".

Emmet não disse nada.

Ele estava terminando as coisas, de qualquer forma. Alice também partiria para outra em breve. Assim, não havia razão para sentir tanto ódio por ela quanto parecia estar sentindo agora. Tinha vontade de gritar com ela. Bater nela, talvez. Tinha vontade de mandar que ela fosse para casa salvar umas merdas de uns roedores porque ela era tão útil quanto um bule feito de chocolate, ela acabaria matando mais gente do que já havia ajudado. E estava tudo muito bem, ele queria dizer, era tudo ótimo *como sentimento*, mas amor não servia de nada, no final das contas, para o homem ou o bicho, quando não havia porra de justiça nenhuma no mundo.

Também tinha vontade de falar que era encantadora e tinha sempre razão e que ele, Emmet, era um fracasso como ser humano.

"Desculpa", ele disse.

* * *

Ela tinha ido embora quando ele voltou. Havia dinheiro em cima da mesa, para o aluguel, o que entristeceu Emmet, e um bilhete na cama que na verdade ele não queria ler. Alice tinha aquele tipo de letra com bolinhas sobre o i e línguas de bichinhos onde deveria haver ponto final. A letra de Alice lhe dava a sensação de ser pedófilo. O bilhete era uma única folha de papel, na qual tinha escrito o poema que todo mundo cita, de Rumi:

> *Além das ideias de certo*
> *e errado, há um campo.*
> *Eu lhe encontrarei lá.*

Emmet não tomou banho. Enfiou o boné na cabeça e desceu, avisando, "Volto tarde", e Ibrahim, que não saía da cozinha desde que chegara, respondeu, "O.k., monsieur Emmet. Bonsoir!".

O tuaregue do portão usava um traje novo azul-anil, recém--pintado; para um casamento, talvez. Azul mesmo. O véu que cobria o queixo tinha sujado as bochechas do homem — a parte delas que Emmet conseguia ver — com anos de tinta. Passou pela cabeça de Emmet que os tuaregues iam e vinham, que talvez fossem vários homens diferentes junto ao portão, e por isso nunca sabia com qual falava e qual tinha envenenado a porcaria do cachorro.

Pobre Mitch. Pobre coitado.

Emmet foi a um boteco ao lado do mercado e bebeu uma cerveja, atento ao cara louco, suado à sua esquerda, assentindo para os rapazes tomando refrigerante numa mesa baixa, e se virando, com o calcanhar das botas preso à barra do banco, para ver o mundo passar.

Era tudo como deveria ser. O mercado era um mar de quinquilharias que ninguém parecia comprar e as verduras ficavam expostas em cima de panos decorativos feito objetos artesanais.

Passado um tempo, a mulher doente apareceu; aquela coberta de carocinhos, da cabeça à sola dos pés. Ao passar, ela se virou para lançar a Emmet um sorriso de grande doçura e empatia. Emmet retribuiu com um sorriso amarelo e ela seguiu em frente, com fluidez digna, como se equilibrasse um vaso sobre a cabeça.

Rosaleen

Ardeevin
2005

Em novembro de 2005, Rosaleen decidiu preparar os cartões de Natal, que eram poucos e em sua maioria para locais próximos. Não que fosse receber muitos naquele ano, ela ponderou, visto que as pessoas morriam, ou seus hábitos morriam, por meio do esquecimento ou da omissão de parentes que não cogitariam ir ao correio e comprar um bloquinho de selos.

Os cartões eram pequenos e quadrados com "Feliz Natal" escrito com uma caligrafia em bico de pena no alto. Todos seguiam o mesmo modelo: um bloco vermelho e sobre ele uma duna marrom com camelinhos e reis na areia, desenhados em tinta preta. Acima deles uma estrela de Belém comprida — como um crucifixo com raios a mais jorrando da cruz. A luz da estrela era feita com a brancura do próprio papel. A impressora apenas deixara um espaço.

Os cartões eram bem simples, mas eram bons cartões. O vermelho era bastante satisfatório: não era exatamente o céu, mas um pano de fundo, como algo que se veria num Matisse. Cinábrio. Rosaleen fechou os olhos de prazer ante a palavra que não esperava e a lembrança de Matisse: um ambiente vermelho com uma mulher sentada, de um cartão-postal ou um livro da biblioteca, talvez. Fazia anos que não pensava nisso, e lá estava, a mulher ainda sentada em sua mente, esperando para surpreendê-la com o fato de nunca ter ido embora. Esperando sua hora, que foi uma hora como qualquer outra — quatro e meia de uma quinta-feira de novembro, o sol prestes a se pôr, sumindo rumo a Nova York e, abaixo de Nova York, à medida que o mundo girava, toda a América.

Do outro lado do oceano.

"Em linha reta", disse Rosaleen, logo ouvindo o constrangimento do silêncio à sua volta. O rádio mudo. Nem mesmo um gato aninhado na poltrona.

"*Oh, little Corca Baiscinn*", ó, pequena Corca Baiscinn, ela exclamou, também em voz alta, e olhou a janela escurecendo, onde seu reflexo começava a sombrear a vidraça. Ou a sombra de outra pessoa. Uma imagem tênue e insubstancial, como o que acontecera à câmera uma vez, seu cachorro se sobrepôs à vista da praça de São Pedro, depois de sua mãe falecer, quando foram a Roma. E o cachorro, que sentia tanta falta deles, apareceu nas fotografias, correndo na direção deles pela estrada verde depois de Boolavaun.

Rosaleen olhou a janela e endireitou a coluna.

"*Oh little Corca Bascinn, the wild, the bleak, the fair!/ Oh little stony pastures, whose flowers are sweet, if rare!*", Ó, pequena Corca Baiscinn, silvestre, lúgubre, bela! / Ó, pastos pedregosos, cujas flores são graciosas, mas parcas!

A voz funcionava perfeitamente. Rosaleen pôs os cartões na mesa e sentou para escrevê-los.

A cozinha era o ambiente mais aconchegante da casa, com o calor do fogão e duas janelas, uma que dava para o sul e outra para o oeste. Mas era novembro e tinha dias em que enchia a bolsa de água quente só para atravessar o corredor. Lá fora, tinha uma cerejeira de inverno que se destacava contra os galhos desfolhados pelo frio, mas ela ainda levaria semanas para florescer. Entretanto, não cultivava sempre-vivas, as achava muito deprimentes, e todo novembro pensava em um abeto azul, ou naqueles pinheiros italianos finos como agulha, e todo novembro decidia-se contra. Era um jardim irlandês. Um jardim de folhas largas, à exceção da araucária chilena em frente à casa. Agora descuidada — havia ramos mortos e semimortos de quinze metros ou mais, mas era a árvore do pai e nada lhe dava mais prazer. A araucária era permitida, conforme Dan vivia dizendo.

"Ela tem permissão."

Ah. Mas falar em voz alta era *permitido*?

Rosaleen sorriu. Pegou um dos cartões e o olhou de novo, agora através dos olhos de Dan. Porque foi Dan — claro que foi — quem enviou o cartão-postal da mulher na sala vermelha. Passara anos morando na porta da geladeira. Dan, ela imaginou, ia gostar do cartãozinho vermelho de Natal, que não fazia nenhuma reivindicação, que era inofensivo e de bom gosto. Para um garoto extremamente pretensioso, ele se opunha bastante à pretensão. Muito alvoroço para simplificar as coisas. Era esse o estilo dele.

E também era o estilo dela. Rosaleen abriu o cartão para conferir. "Beannachtaí na Nollag", dizia a saudação, em irlandês, bem adequado e adorável para uma lareira americana, fosse lá como fosse sua lareira hoje em dia. Granito, talvez. Ou sem lareira, um mero quadrado removido da parede branca. Rosaleen alisou o cartão e levantou a caneta com um floreio — uma caneta especial de gel que comprou no supermercado novo.

"Meu querido Dan", ela escreveu, e então parou e ergueu os olhos.

Passado um instante viu o que seus olhos fitavam: uma prateleira com o rádio e as contas e, acima, um relógio parado havia cinco anos ou mais, o mostrador pegajoso com a gordura da cozinha. A parede era rosa antigo, uma cor medíocre em grande parte do dia e maravilhosa e vistosa quando o sol se punha. Como viver numa concha. Sob ela havia a terracota dos anos 1970, Terra Toscana era o nome, ela mesma subiu na cadeira, mão após mão de tinta, para cobrir o papel de parede, repetições de flores geométricas em amarelo violento que não paravam de irromper. E debaixo do papel de parede? Não conseguia lembrar. A casa inteira devia ser descascada e refeita da maneira certa ou — melhor ainda — a parede devia ser transformada em vidraça, dissolvida: seria uma espécie de arrebatamento, a casa recebida no céu. Como quem? Nossa Senhora de Loreto, é claro. Sua casa voando pelo céu azul italiano. A santa padroeira das comissárias de bordo mundo afora. Porque Mundo Afora é o lugar em que as comissárias de bordo gostam de estar.

Nada entusiasmava o coração de Rosaleen como avistar um avião no céu de verão.

Olhou o papel branco sobre a mesa, à sua frente, e o que estava escrito — sua própria letra. "Meu querido Dan."

Dan adoraria uma parede de vidro nos fundos da casa. Dan arrancaria o papel velho, pintaria o ambiente de "líquen invernal" ou "cogumelo". Quando trabalhava numa galeria, pintavam o salão a cada seis semanas, ele contou. Contratava profissionais para fazê-lo, assim as linhas ficavam perfeitas.

Rosaleen pegou o papel e o virou outra vez. Era o cartão de Natal dele e ele ia gostar. Dan gostava de coisas simples. Agora já tinha passado dos quarenta. Faria quarenta e quatro em agosto. O filho dela tinha quarenta e três anos.

Rosaleen tentou imaginar como estaria agora, nesse exato minuto, ou como estava da última vez que viajou para a terra natal, mas só lembrava da bochecha macia aos oito anos roçando seu rosto. Seu menino abençoado. Ficava tão feliz junto dela, nunca recuava. E não tinha cheiro de nada, nem de si mesmo. Folhas, talvez. Ferrugem. Meninos eram tranquilos, ela sempre achou. Meninos não davam problema.

"Penso sempre em você", ela escreveu. "E sempre com um sorriso."

Eles eram outro planeta. Rodeados pela percepção deles mesmos; os rostos recobertos, ela ponderou, pela beleza da meninice. Ostentavam a masculinidade como dádiva.

O que você fez hoje? *Nada*. Onde você foi? *A lugar nenhum*. Mas esse era mais o estilo de Emmet. Dan contava tudo menos o que ela precisava saber. Os sapatos do diretor da escola com os saltos escondidos, as mulheres da região que foram a Dublin participar da plateia do *The Late Late Show*. Dan era o mestre da irrelevância.

"Tenho saudades dos nossos papos de antigamente", ela escreveu.

Os olhos de Dan, os olhos de Emmet, ao olharem para a mãe, brincalhões e impenetráveis. Dois pares verdes mosqueados de preto. Pedras sob água clara.

Ainda conseguia vê-los adormecidos, cada qual em sua cama enquanto ela passava pela porta de seus quartos. Emmet debaixo de centenas de lençóis. Dan esparramado, boquiaberto, certa determinação no rosto, mesmo naquela época, como se sonhasse impossibilidades. Dormia feito um grito. E, assim que surgiu a oportunidade, ele partiu.

The whole night long we dream of you, and waking think we're there,— A noite inteira sonhamos contigo, pensamos aí estar ao despertar...

Ela se deliciou por um instante, o imaginou sentado no outro canto da sala com um jornal, talvez, uma xícara de chá. Sentiu uma pontada só de vislumbrar um esboço da cena. Uma vida imaginada. Dan e ela juntos naquela casa com seus livros e suas músicas. À moda antiga.

Vain dream, and foolish waking, we never shall see Clare. Sonho vão e tolo despertar, jamais a Clare haveremos de retornar.

O mundo no qual ela cresceu era tão diferente que achava difícil acreditar que já fizera parte dele. Mas fizera parte, outrora. E agora estava ali.

Rosaleen Considine, seis anos de idade, setenta e seis anos de idade.

Em certos dias não era fácil ligar os pontos.

Não havia redecorado os quartos do andar de cima. Continuavam iguais. A mesma colcha na cama de Dan. Estava lá agora, caso se desse ao trabalho de subir e olhar. O abajur que ele escolheu sozinho na loja da cidade, voltando para casa empolgado, com que idade? Onze. Empolgado com um abajur. Uma reprodução de Modigliani de uma menina nua apoiada sobre a mão. E, no quarto de Emmet, um enorme mapa-múndi, os países cor-de-rosa, verde, laranja e lilás. Iugoslávia. União Soviética. Rodésia. Birmânia. Depois de crescidos, Dan foi a tudo que era canto, e Emmet, ela gostava de dizer, foi a todos os outros lugares. Mas Dan sempre mandava notícias.

"Todo o meu amor", ela escreveu. E olhou o que tinha escrito. Sublinhou a palavra "Todo" com um traço forte de caneta: uma, duas vezes, um rabinho abanando nessa segunda linha, descendo pela folha.

"Sua mãe afetuosa e tola, Rosaleen."

O cartão foi enfiado no envelope. Pôs a aba para dentro, virou o envelope, imaculado, e o alisou antes de escrever "sr. Dan Madigan" no verso. Então apoiou o envelope na chaleira de aço inoxidável. O endereço estava num papelzinho na gaveta. Toronto. Era onde ele estava. Ou Tucson. Ou um ou outro. Não sabia como ele vivia, mas estava sempre rodeado de gente rica. Pelo menos era a impressão que ele gostava de passar. De que prosperava de um modo que fugia à sua compreensão.

O que, de fato, fugia.

"*Oh rough and rude Atlantic.*" Ó, revolto e impetuoso Atlântico. Rosaleen recitava o poema em voz alta enquanto revirava a gaveta cheia de papéis velhos, e com o que ela se deparou, justamente o cartão-postal da mulher na sala vermelha. A mulher usava roupa preta e o rosto estava atentamente curvado sobre uma banca de frutas que pusera em cima da mesa vermelha, e pela inclinação da cabeça percebia-se que achava as frutas lindas. Uma viúva, talvez, ou governanta. A estampa da toalha de mesa subia até a parede atrás dela e era ao mesmo tempo antiquada e extravagante. Rosaleen virou o cartão e viu a letra de adulto de Dan: "Olá direto do Hermitage, onde todos os seguranças parecem o Boris Karloff e são mais grosseiros do que seria de se imaginar. Com amor! Danny".

Ele foi para casa nessa época? Fazia viagens em que passava bem em cima da casa, ou poderia passar, e nem botava os pés em solo irlandês.

Um ponto prateado no céu de verão, uma pessoa de seu próprio sangue dentro dele. Dan abrindo uma revista, ou talvez olhando pela janela, enquanto ela segurava no portão para se equilibrar e olhava o céu, seis mil metros acima.

Rosaleen precisou fechar os olhos um tempinho ao pensar nisso. Pôs o cartão-postal de volta na gaveta e tentou engolir, mas a garganta parecia resistir e quando se deu conta estava de volta à mesa e não achara o endereço de Dan, no final das contas — Constance teria de resolver a questão por ela. O cartão seguinte estava aberto em sua mão. Rosaleen olhou aquela brancura que não lhe dava pistas do que dizer.

"Meu querido Emmet."

Havia algo errado. Talvez fosse o cartão. Virou-o do avesso para verificar e era o que presumira — a instituição beneficente era uma de que Emmet não gostava, ou era provável que não gostasse — não porque alimentassem os esfomeados da África, mas porque alimentavam da maneira errada. Ou porque alimentar os esfomeados era a coisa errada a fazer com eles, hoje em dia. Rosaleen não se lembrava do argumento específico — não tinha interesse em lembrar. Todos as razões de Emmet eram uma coisa única e longa. Aqueles bebês que ela via na TV, as mulheres de seios compridos e vazios, o olhar perdido para combinar, e os olhos de Emmet cheios de fúria. Não paixão — Rosaleen não chamaria aquilo de paixão. Uma espécie de frieza, como se fosse tudo culpa dela.

Qual, dentre todas as injustiças do mundo, era culpa dela, Rosaleen não se arriscaria a dizer, mas achava que a fome na África não era uma delas, não especificamente. Não era mais dela do que de qualquer outra pessoa. Rosaleen não saía da concha fazia vinte anos. Faltava oportunidade. Sua vida era uma grande inocuidade. Olhou a janela, onde seu rosto agora estava mais distinto na vidraça escura. Vivia como freira enclausurada.

Os livros, a poesia da juventude, Lyric FM. Essas eram as sobras que a sustentavam. Missa todas as manhãs — e Rosaleen não tinha interesse nenhum nas missas — pela possibilidade de companhia; um paroquiano mais decrépito que o outro e a sra. Prunty, que nos últimos doze meses cheirava a xixi. Se pudesse ter escolhido, Rosaleen seria protestante, mas não teve escolha. Portanto era a isso que se submetia. Resistir ao bingo numa noite de sábado. Esperar as pequenas eclosões cor-de-rosa na cerejeira de inverno. Decidindo-se contra teixo e abeto mais uma vez, pela última vez. E, no entanto, parecia que todos os filhos que havia criado eram predispostos a um ou outro ressentimento. Emmet o primeiro da fila, para lhe dizer que estava errada. Independentemente de qual bondade tentasse fazer com sua ninharia de viúva. Errada em doar a essa entidade ou aquela caridade e errada em doar a bebês infestados de larvas de moscas e africanos de barriga inchada: valia mais a pena ela jogar o dinheiro num fundo de investimento.

"Feliz Natal. Continue com o bom trabalho! Sua mãe que te ama, Rosaleen."

Não haveria problema com o endereço dele este ano. Agora Emmet estava em casa — não que isso fizesse muita diferença na rotina dela. Um telefonema toda semana, uma visita um domingo por mês. Emmet salvava o mundo de um escritoriozinho bambo no meio do nada, e tinha namorada, ainda por cima. Uma coisinha holandesa insossa, com bons modos e sapatos deselegantes. Ela faria bem de se agarrar a ele, Rosaleen ponderou. Era um homem difícil de segurar.

E, já não era a primeira vez, Rosaleen desejava ao filho um pouco de sossego. O garoto com tantos fatos à disposição: aquela educação guarnecida de desprezo, mesmo aos quatro anos, mesmo aos dois. *Está bem, mamãe, como você quiser.* No instante em que saiu dela, abriu os olhos, encarou-a e ela teve a sensação de que era, de alguma forma, avaliada.

Absurdo, ela sabia. A força do momento. O primeiro bebê que viu logo após o nascimento, seus olhos se abrindo, chuá, em meio à confusão roxa do rosto, e aqueles olhos dizendo, *Ah. É você.*

O que você fez hoje? *Nada.* Como foi na escola? *Bem.*

Tinha um emprego no serviço público — um emprego de verdade — e o abandonou em 1993 em prol das eleições no Camboja, voltou com histórias sobre corpos nos arrozais. E ficou fascinado com essas histórias. Encantado. Aquela gente morta era muito mais interessante, ele se esforçou para deixar claro, do que a mãe era ou poderia vir a ser um dia. E depois do Camboja, África, lugares dos quais mal ouvira falar. E então, de repente, a terra natal.

Ficou sentado, ao longo do ano em que o pai morrera, na sala de estar, como seu próprio fantasma. Rosaleen topava com ele e se assustava com aquele sujeito desgrenhado que um dia chegara para morar na sua casa; o odor de substância química que permanecia depois de ele usar o banheiro era tão ruim ou pior que o cheiro de quimioterapia do pai. Rosaleen achava que estava tomando algum comprimido. E um dia, depois de ele se arrumar e recomeçar do zero, ela o viu na escrivaninha do antigo escritório, e era uma cópia perfeita de seu pai: o mesmo tamanho — Emmet havia chegado a um peso fora de moda —, a mesma concentração, e fúria, e espírito viscoso de santidade. Era John Considine.

Um homem que ela sempre adorara.

Ah, papai.

Oh, little Corca Bascinn, Rosaleen num vestido de seda verde que farfalhava com seus passos, bandana vermelho-natal, sapatos pretos de couro envernizado. Rosaleen de cachinhos, no tapete da sala de estar, fazendo sua declamação ao papai.

> *Oh, little Corca Baiscinn, the wild,*
> *the bleak, the fair!*
> *Oh, little stont pastures, whose flowers*

are sweet, if rare!
Oh, rough the rude Atlantic, the thunderous,
the wide,
Whose kiss is like a soldier's kiss which will
not be denied!
The whole night long we dream of you, and
waking think we're there,—
Vain dream, and foolish waking, we never
shall see Clare.*

Onde foi parar o tempo? Eram dez horas e ainda não tinha comido. Nem sentia fome, embora já estivesse totalmente escuro — a única coisa entre ela e a noite era sua imagem na vidraça da janela. Rosaleen se empertigou. O mesmo peso de sempre. Ela caminhava. Todos os dias ela dirigia o pequeno Citroën e caminhava. Era a velha das rodovias. Mas tinha pernas iguais às do cavalo de corrida Arkle, o marido falava, querendo dizer que ela era uma puro-sangue. Rosaleen reconheceu, no reflexo, a bela ossatura da juventude. Nunca a perdeu. De longe, se a pessoa conseguisse evitar a curvatura dos ombros, poderia ter qualquer idade.

Escrevia o cartão de Natal para Emmet. Um homem que a culpava por tudo, inclusive pela morte do pai. Porque é isso que os filhos fazem quando crescem. Viram e dizem que é tudo culpa sua. O fato de as pessoas morrerem. É tudo culpa sua.

Rosaleen enfiou o cartão no envelope, mas o tirou de novo para ver se havia assinado. Lá estava, numa letra inabalável. "Sua mãe que te ama, Rosaleen." Seis palavras que poderiam significar qualquer coisa. Ela as releu, mas não conseguia juntá-las, por alguma razão. Não conseguia botá-las numa sequência correta.

Perdera o filho para a fome dos outros.

---

* Tradução livre: Ó, pequena Corca Baiscinn, silvestre,/ lúgubre, bela!/ Ó, pastos pedregosos, cujas flores/ são graciosas, mas parcas!/ Ó, revolto o impetuoso Atlântico, trovejante,/ extenso,/ Cujo beijo é como o de um soldado que/ não será renegado!/ A noite inteira sonhamos contigo,/ pensamos aí estar ao despertar, —/ Sonho vão e tolo despertar,/ jamais a Clare haveremos de retornar.

Perdera o filho para a morte em si. Porque é para lá que os filhos vão — seguem os pais ao vale da morte, como se partissem para a guerra.

Rosaleen selou o envelope com uma lambida cuidadosa, tripla, umedecendo a ponta do envelope para não fazer um corte de papel na língua. Teve de fazer uma pausa para lembrar para quem era — Emmet sempre conseguia chateá-la, de uma forma ou de outra. Escreveu o primeiro nome em letras fortes no envelope, e talvez bastasse por ora, Constance poderia terminar o resto.

"Para Hanna", deu início ao terceiro cartão antes de sequer ter tempo de ponderar. "Feliz Natal. Veremos você, espero, este ano." Transformou o último ponto em interrogação, "Veremos você, espero, este ano?", mas lhe pareceu queixoso demais, ela achou, e riscou o ponto de interrogação. Então — óbvio —, o cartão não estava mais apto a ser enviado.

E não eram dez horas, pois o relógio estava parado há anos, talvez cinco. Parou um tempo depois de Dan partir. E com Dan ela quer dizer Pat, é claro, o marido dela. O relógio parou um tempo depois de seu verdadeiro amor Pat Madigan falecer. Era bom pensar que ele o teria consertado para ela, caso não tivesse morrido, mas, para ser franca, a morte fazia pouca diferença nisso tudo. A casa da mãe de Pat estava sempre bem cuidada e alcatroada, havia caixas de pregos e pistolas cheias de resina em Boolavaun. Mas nada dessa natureza entrava em Ardeevin, a não ser que ela implorasse. Rosaleen tinha de atazanar como uma dona de casa, tinha de se ajoelhar e juntar as mãos e mesmo assim podia não acontecer — uma arruela nova na cisterna da privada, algumas telhas de ardósia no telhado —, era capaz de chorar por elas sem sucesso. O macete, é claro, era não querer. Se conseguisse por um ano ou mais, se ela mesma de fato se esquecesse do ladrilho ou das telhas ou do relógio parado, talvez fossem arrumados. Ou talvez não. Por aquele homem que amava mais do que a luz do sol ou a chuva. Pat Madigan. O homem cujo rosto ela observava enquanto ele observava o clima.

E quando o clima estava bom, lá ia ele ao terreno de Boolavaun. Os poucos lotes cobertos de vegetação raquítica, os pequenos pastos pedregosos, onde Rosaleen plantou pinheiros, desde então, devido aos poucos mil que davam a cada ano. Dessie McGrath organizou isso para ela, o homem que casou com Constance. Árvores sombrias e feias em fileiras apertadas.

Dessie queria construir em Boolavaun. Tinha uma ideia para os dois mil metros quadrados na extremidade do prado, na ladeira com vista para o mar. Vista para o mar era tudo hoje em dia, ele disse. A casa não tinha vista, é claro, ficava num declive com os fundos voltados para o frio Atlântico. Cercada, atualmente, de madeira escura, parecia um galpão se comparada a outras casas daqueles lados. Casas pipoca, Rosaleen as chamava, pois ficavam — poc, poc, poc — dobrando o tamanho que tinham na semana anterior. Poc! Um segundo andar e Poc! Janelas com águas-furtadas e Puf! O telheiro virava jardim de inverno: ambientes pintados de pêssego Dulux, e, sob o teto de vidro, uns vasos de plantas mortas trazidas do supermercado, junto com cadeiras de vime baratas. Rosaleen sabia muito bem o que Dessie McGrath tinha em mente com dois mil metros quadrados do prado, e era melhor tirar o cavalinho da chuva. Ou poderia esperar. Poderia tê-lo quando ela partisse. Porque era por isso que esperavam. Estavam todos esperando Rosaleen morrer.

"Ai, ai, ai", ela lamuriou, e bateu o punho velho e fraco no tampo da mesa.

Não eram dez horas. Rosaleen não fazia ideia de que horas eram e o cartão em cima da mesa estava danificado. Todos tinham ido para longe dela, não havia ninguém para ajudar. "Veremos você, espero, este ano?" Típico de Hanna fazê-la estragar o troço, ela sempre foi aquela criança do gênero acidental de propósito. Hanna vivia na bagunça, sua vida era enfeitada por ela; seu lado do quarto parecia uma prisão em greve de limpeza, Constance dissera uma vez, e tinha razão. A menina era um tumulto constante, vivia chorando e batendo portas. Constance cogitou que fosse TPM, mas Rosaleen respondeu que a filha teve TPM a vida inteira, teve TPM desde o dia em que nasceu. Hanna Madigan, que parecia exigir sobrenome a todo instante porque não fazia absolutamente nada do que mandavam.

Entra agora, Hanna Madigan.

Não, não começaria outro cartão para ela, faltava energia. Que horas eram mesmo? Rosaleen olhou o relógio e depois a escuridão lá fora. Nem sequer sentia fome. A vida inteira de dieta e agora não havia necessidade.

Rosaleen ouviu o barulho de travessura lá em cima e olhou para o teto. Mas não havia mais filhos no andar de cima, afugentara todos eles.

"Para Dessie e Constance, Donal, Rory e."

Rory era seu queridinho. A clareza que ele tinha. Lembraria do nome da menininha em um instante. Uma coisinha selvagem, de bochechas vermelhas manchadas e cabelo laranja, de cigano. Rosaleen não tinha dificuldade de lembrar do nome da criança, mas de repente foi traída pelo coração. Havia algo errado. Sentiu uma sombra se projetar através dela — a pressão sanguínea, talvez —, uma alteração de seu clima interior.

"Ai", disse outra vez, e espalmou a mão no tampo da mesa, em seguida averiguou o tremor, silenciado pelo golpe. Assim que se mexeu, recomeçou. Certos dias derramava leite do jarro. Conhecia um cara chamado Delahanty, saudável a não ser pelo probleminha com os botões da camiseta. Era cada vez menos capaz de fechá-los, e um dia se tornou totalmente incapaz. E foi assim que o Parkinson chegou, ele explicou. Os botões foram o sinal.

Rosaleen deixou a palma da mão sobre a mesa, onde zuniu um pouco e se aquietou. Havia algo errado. A turfa se apaziguou atrás da porta de metal do fogão em um suspiro de cinzas e Rosaleen se levantaria para botar mais caso soubesse que horas eram. Poderia ir para a cama, mas o corredor estava frio e o cobertor elétrico estava no temporizador. O neto, Rory, instalou para ela. Se subisse, talvez estivesse aconchegante. Ou talvez não estivesse ligado e ainda levasse horas.

O corredor era pintado de amarelo outonal, e sob o amarelo havia papel de parede, com pequenos buquês de flores, as folhas em laminação dourada. Se abrisse a porta o veria agora.

Mas não podia abrir a porta. Porque vai saber o que havia do outro lado?

Rosaleen teve a mesma sensação arrebatadora e os pés ficaram dormentes, por algum motivo, debaixo da mesa. Fez uma caretinha cômica diante do reflexo da janela — se os pés estavam mortos, sem dúvida o resto do corpo não demoraria muito —, mas era um erro brincar com isso e Rosaleen perdeu totalmente o controle ao avançar sobre o telefone. Derrubou o fone sobre a mesa, pegou-o e espetou o botão da ligação rápida com o polegar, e levou o aparelho à orelha, escutando o tropel do coração. O telefone do outro lado começou a tocar, mas ninguém atendia. Rosaleen o ouvia tocar, não só no ouvido, mas também ali perto, sabe-se lá como. Era verdade. O que imaginara acontecia de fato. Estava no corredor.

Constance entrava pela porta da frente. O toque parou.

"Oi!", disse Rosaleen — para o telefone ou para o corredor, não sabia direito.

Era isso? Era essa a coisa que a incomodava? A coisa errada?

"Oi!"

Havia esperado Constance, talvez, e Constance não aparecera. Constance estava atrasada.

"Mãezinha?"

De onde tirou o "mãezinha" Rosaleen não sabia. Quando os filhos pararam de dizer "Mamãe", não conseguiram se adaptar a mais nada.

"Me chama de Rosaleen", ela costumava dizer. Até que percebeu que ninguém o fazia, ou faria.

"Na cozinha!", ela avisou.

Os netos a chamavam de "vovó", palavra que lhe causava repulsa. E chamavam Constance de "Mum" o que era ainda pior, por ser britânico bem como lamuriento: "Mu-m."

O my Dark Rosaleen!

Do not sigh, do not weep! *

"Mãezinha! Como é que você está?"

Constance atravessou a porta da cozinha, cheia de circunferência e alvoroço. Segurava alguns sacos plásticos que pôs em cima da mesa. Até suas sacolas eram barulhentas.

"Só espero que não sejam para mim", disse Rosaleen.

"Só umas coisinhas", disse Constance. "Fui a Ennis."

"Foi você quem telefonou?", perguntou Rosaleen.

---

* Tradução livre: Ó minha Misteriosa Rosaleen!/ Não suspire, não chore!

"Eu?" Constance lhe lançou um olhar cortante.

"Que horas são, de todo jeito?", perguntou Rosaleen, que não teve como evitar a raiva na voz, ou o descontentamento. Constance não respondeu. Ela pegou o telefone fixo da mesa e o fez bipar diversas vezes, verificando alguma coisa.

"Recebeu os cartões?", ela disse.

"Ah", disse Rosaleen.

"Não são simples demais, não?"

"Onde foi que você comprou?", quis saber Rosaleen.

"Eu deixei os do Papai Noel para a nossa casa", disse Constance, que sorriu e desviou o olhar dela, como se houvesse alguém na porta — um filho, talvez — mas não havia filho nenhum.

"Como vai o meu amigo?", perguntou Rosaleen.

"Ele está bem", disse Constance. Rosaleen queria abraçar a criança que não estava na porta. Esticou o braço para segurar a cadeira.

"Como vai o Rory?"

"Bem, bem", declarou Constance, e então, com um suspiro proposital, "Na verdade, mãezinha, ele fica no quarto fingindo que estuda e está na internet. Vinte e quatro horas por dia. Não consigo tirar ele da frente do computador".

"Poxa."

"Se não é no laptop é no telefone. Então eu tiro o telefone e você não iria nem acreditar. O mau humor."

"O Rory?", perguntou Rosaleen.

"Ele está com dezenove. Não posso mais tirar o telefone dele."

"E você não pode." Rosaleen não conseguia pensar em como Constance poderia agir. Uma vez, houve uma discussão sobre o "crédito" dele.

"Você não pode tirar o crédito dele?"

Constance olhou para ela.

"Quer saber? Talvez eu tire", ela respondeu.

"Vai dar um abraço na sua avó", era o que ela dizia. E Rory ia até ela, sem afetação, e passava os braços em volta de Rosaleen, e encostava a lateral da cabeça no coração dela.

"Escuta", disse Constance. "Estou de saída. Você está bem?"

"Claro que estou bem."

"Liga a televisão", pediu Constance, e já estava de controle remoto na mão. E a TV foi ligada. "Tudo bem?"

Rosaleen detestava televisão. As pessoas falavam cada bobagem.

"Para acompanhar o jornal", disse Constance.

O som entrou com sinos de ângelus, e agora Rosaleen os ouvia lá fora também, vindos da igreja. Eram seis horas.

"Está muito escuro", comentou.

"Ah, é novembro", justificou Constance. "Te vejo amanhã. Você vai a Aughavanna amanhã, pro seu chá. Combinado?"

Tinha aberto a porta da cozinha e já cruzava a soleira, e lá estava o corredor atrás dela, pintado de um turquesa georgiano que Rosaleen sempre considerou um equívoco. Muito ácido. Rosaleen foi levada a seguir a filha à medida que acendia as luzes e abria a porta do escritório cor de vinho, onde Rosaleen agora dormia, já que o ambiente era pequeno e fácil de aquecer — um radiador elétrico, um cobertor elétrico cujo temporizador só Rory sabia controlar, um detector de fumaça. E, enfiado debaixo da escada, um aposento reluzente, branco, com pia e vaso, todo ladrilhado e à prova d'água, como o interior de um ovo.

A escada subia rumo às trevas. Rosaleen não dormia lá em cima. Não mais.

"Até amanhã, mãezinha", despediu-se Constance, e Rosaleen disse, "Você quer tomar um chá?", detestando, na mesma hora, o tom da própria voz.

"Não", respondeu Constance. "Amanhã a gente já vai tomar um bocado de chá."

Falava bem alto, como se Rosaleen fosse surda.

"Por que não? Tem certeza?", perguntou Rosaleen.

"Mãezinha", disse Constance, erguendo um pouco os braços. Ali estava outra vez, aquela palavra idiota.

"*Mãezinha*", Rosaleen repetiu. "Vê se cresce, entendeu?"

"Vou tentar com todas as minhas forças", retrucou Constance.

E trate de emagrecer! Rosaleen teve vontade de acrescentar. A mulher morreria antes dela. Mas Constance já estava na outra ponta do corredor.

Envelhecia muito — a gordura. Deixava a filha com jeito de senhora, o que de certo modo era uma ofensa, depois de todo o cuidado empregado na sua criação. O casaco não ajudava. Era praticamente um agasalho.

"Dorme bem", disse Constance.

"Pode deixar", disse Rosaleen.

Veja bem, a filha sempre gostou de esconder as coisas. Na lateral da cama, um ninhozinho de embrulhos. Créc, créc, créc no meio da noite.

"E trate de emagrecer um pouco!", ela recomendou depois de a porta se fechar na sua cara.

Rosaleen esperou um instante, escutando o silêncio, e então fez uma dancinha triunfal com as duas mãos em punho. Ouviu Constance atravessando o cascalho lá fora, o lamurio do carro sendo destrancado. Até os passos eram audíveis.

Talvez tivesse escutado.

Não importava. A mulher era sua filha, podia falar o que bem entendesse.

Rosaleen ficou parada no corredor azul ácido e prestou atenção ao motor do carro — um ruído ronronante, extravagante. Esperou o torvelinho de cascalho e o silêncio que se seguia, depois voltou o rosto para a casa. Era novembro. O vento soprava do sudoeste, cortando a janela no patamar da escada e adentrando a casa. Azul-montanha, era essa a cor do corredor. Através da porta mais distante via-se a luz tingida de rosa da cozinha, e nela a intensidade e absurdo do noticiário.

Blá-blá-blá. A televisão era uma série de brancos e gritos. A luz lançada pela caixa idiota, fraca e luminescente. Opaca. Clara. Mais clara. Desfeita.

Estava tudo errado. As paredes de cores erradas. A escada que nunca mais subira, e coisas inimagináveis lá em cima. Inimagináveis.

Rosaleen tocou a ponta espiralada dos corrimões. A madeira era escura, o aroma de cera que usava quando criança tão real que seria capaz de senti-lo ao inspirar com força. Voluta. Era esse o nome da espiral. Desenrolava e se estendia para cima até o patamar e além dele, até os quartos dos meninos.

O my Dark Rosaleen,
Do not sigh, do not weep!
The priests are on the ocean green,

They march along the deep.
O banheiro abandonado, com a porcelana feito gelo. O quarto das meninas. E o quarto grande. Um frio insuportável.
And Spanish ale shall give you hope,
My own Rosaleen!
E nesses quartos: uma reprodução de Modigliani, de uma moça nua apoiada na mão. Um mapa do mundo inteiro na parede, conforme era antigamente. E para as meninas: uma parede com papel de buquês amarrados com fitas azuis. Arrastou-se escada acima, um dois.
Shall glad your heart, shall give you hope,
Shall give you health, and help, and hope,
My Dark Rosaleen!*
E então tornou a descer, estancando no meio do corredor.
O quarto grande ficava exatamente acima de onde estava agora, as duas janelas de frente para a manhã. E no meio — bem acima de sua cabeça — ficava a cama de casal onde seu pai agonizou e depois morreu. Era a cama onde ela fora concebida, e também havia sido seu leito conjugal. Não onde fora deflorada. Isso aconteceu em outro lugar. Colchões novos, é claro. A mesma cabeceira de mogno, decorada com um medalhão de rosa e cerejeira, o mesmo estrado de ferro escuro com uma base de tábuas firmes, e nele toda a pompa de sua vida familiar: beijos, febres, bolsas rompidas, a umidade de suas vidas, a seiva.
Os dois deitados, imóveis e despertos, a noite inteira, e Pat Madigan lhe dizendo, numa manhã de verão, quando o sol saiu, "Não sei o que eu estou fazendo aqui". Queria dizer a estar deitado ao lado dela, a filha de John Considine, uma mulher que amou com tranquilidade e atenção por muitos anos. Paciência também, é claro. E tenacidade. Ele não sabia o que estava fazendo naquele lugar — o que havia feito —, se não tinha desperdiçado a vida nela. Poderia ter ficado com outra mulher. Uma mulher melhor. Poderia ter sido mais ele mesmo.

---

* Tradução livre: Ó minha Misteriosa Rosaleen,/ Não suspire, não chore!/ Os sacerdotes estão no oceano sem-fim,/ Eles marcham junto ao mar. [...] E cerveja espanhola lhe trará esperança,/ Minha Rosaleen! [...] Alegrará seu coração, lhe trará esperança,/ Trará saúde, e alívio, e esperança,/ Minha Misteriosa Rosaleen!

Pat Madigan sempre soube quem ele *era*, é claro, ou quem *deveria ser*.

Que bom para ele.

Ela só trouxe o assunto à baila para esquecê-lo. Rosaleen casou com um homem abaixo de sua posição. Não havia sentido em se enganar sobre esse fato agora. Foi considerado um equívoco na época. Mas menosprezara a opinião pública, desafiara todo mundo.

Um casamento por amor. Essa era a expressão que as pessoas usavam, mas Rosaleen achava que amor pouco tinha a ver com isso, que se tratava de uma coisa animalesca. Três semanas após a morte de seu pai. Não que se envergonhasse disso. Tinha coisas que homens do interior sabiam e os homens da cidade nem suspeitavam. Esses jovens com suas pequenas ocorrências abaixo da cintura, se achando simplesmente maravilhosos. Aquela coisa qualquer que Bill Clinton dissera sobre sexo, ela concordava plenamente, porque quando eram jovens e belos, o que eram bastante, Rosaleen Considine e Pat Madigan passavam dias na cama. Era isso o que ela chamava de sexo. Passavam dias. Era muito mais que abrir o zíper enquanto se falava ao telefone.

Então, o que você acha disso?

"Rá!"

A despeito da noite, falou em voz alta.

"O que você acha disso?"

A cama estava acima de sua cabeça, pronta para atravessar o gesso, o lugar onde o pai morrera e a mãe morrera, o lugar que mais tarde se tornara sua cama com Pat Madigan, quando se mudaram para aquele quarto, e uma espécie de maldição durante um tempo: nenhum filho concebido ali, a não ser umas coisas abortadas espontaneamente, até que Emmet enfim deu início e depois Hanna. A cama onde o próprio Pat Madigan acabou morrendo, o corpo desgastado pelo câncer até só lhe restar o esqueleto. Mas, minha nossa, ele virou uma grande ruína para quem era tão forte, aqueles enormes ossos articulados, as juntas se avolumando e as maçãs do rosto mais altivas enquanto a carne derretia e a alma do homem abria caminho.

Ele se foi numa terça-feira à noite, e a tampa do caixão já estava fechada na tarde de quarta: Rosaleen fez questão. Enfiado debaixo da terra na quinta-feira sob um aguaceiro tenebroso e nenhum dos pranteadores se permitiu ligar para o fato de estarem ensopados. Os dias e semanas que aquelas pessoas passavam falando do tempo. Discutindo. Prevendo. Os meses e anos.

Choveu. Ficaram molhados.

Que horrível.

O pai dela foi enterrado em agosto, num verão abafado, e óbvio que John Considine era homem demais para ser enfiado na terra feito um bezerro bichado. Tiveram de esperar os padres e monsenhores, para não mencionar seu grande amigo, o bispo de Clonfert. Mas algo havia estourado no pai, se espalhado por ele nos dias anteriores à morte, e continuado a estourar três ou quatro dias depois, enquanto os homens de Dublin e de Liverpool eram convocados; um casal, sabe-se lá quem eram, chegou, quase festivo no próprio automóvel. Várias freiras velaram o caixão na sala e uma delas fazia cafuné na testa do pai enquanto conversava com Rosaleen. Vigorosamente. Contemplando o rosto morto. Acariciando. Apertando.

"Ah, Deus o guarde", ela disse. "Ah, a criatura. Ah, pobre coitado."

Penteando seu cabelo para trás, várias e várias vezes. O cheiro de incenso, de rosas e lavanda vindos do jardim, sabonete de madressilva nas mãos de Rosaleen, e o nariz do pai, à medida que os dias transcorriam, se distanciando do rosto, como se num gesto de desdém. Rosaleen imaginou que a freira acariciadora era doida da cabeça. E imaginou que sua própria virgindade estourava dentro dela, que seu útero apodreceria porque o abandonara por tanto tempo, rejeitando um ou outro pretendente por motivos que sempre lhe eram evidentes na época. Alguns homens jovens, ou homens ricos, de pé na sala onde o pai agora jazia, arrumando suas gravatas. Foi muito cortejada, a filha de John Considine. E no fim se entregou a Pat Madigan num palheiro de Boolavaun; seu corpo, naquela mesma noite, vivo e atormentado pelas pinicadas e arranhões porque, Pat explicou, o feno era novidade para a pele dela.

Dezesseis hectares de pedra e pântano. Foi o que conseguiu. E Pat Madigan.

Agora a porta da frente estava fechada. O fantasma do pai era um torvelinho de ar frio se contorcendo no piso quebrado da lareira. O pai era uma angústia momentânea, enquanto passava pelo escritório, *Quieta, quieta! Seu pai está trabalhando.* Membro da Associação Farmacêutica, Cavaleiro de Columbano, irlandês, acadêmico, John Considine da farmácia. Rosaleen examinou sua cama estreita e se perguntou, não pela primeira vez, se o pai era de fato importante ou se aqueles homens, com suas ideias grandiosas sobre o mundo, eram todos igualmente pequenos.

Um pano de prato apodrecia na pia — dava para sentir o cheiro da porta — e o negócio que botaram debaixo da escada, o banheiro novo que parecia tão reluzente e tão higiênico, era apenas outro bueiro, na verdade, se abrindo na casa. A mesa da cozinha estava repleta de sacolas de compras, a televisão tagarelando sem parar. A noite estava por vir, talvez com um livro para ajudá-la a aguentá-la. Qualquer livro servia. Costumava ler enquanto o mundo desabava ao seu redor. E continuava lendo. Ela gostava.

Mas primeiro foi até a gaveta abarrotada de papéis. O formulário de garantia, jamais enviado, da penúltima máquina de lavar. Talões de cheque antigos, uma ponta engrossada pelos canhotos acusatórios, o restante esparramando seu vazio. Coisas que tinham a ver com o imposto. Coisas de silvicultura para o terreno de Boolavaun. Achou a mulher na sala vermelha e mais outro cartão-postal de Dan, um negócio de Kandinsky com dois cavaleiros contra o fundo também vermelho, e algo na extensão do pescoço dos animais que mostrava a brutalidade e dificuldade da jornada na qual haviam embarcado.

Rosaleen o segurou contra a luz.

Beleza, em vislumbres e lampejos: era isso o que a alma pedia. Era a gota d'água na língua.

A noite estava só começando. Caso fizesse uma xícara de chá agora, poderia fazer um sanduíche para acompanhar; uma ninharia para impedi-la de acordar no meio da noite e perambular no corredor, se perguntando onde estava, embora nunca estivesse em nenhum outro lugar que não ali.

Onde mais estaria?

Mas havia algo errado com a casa e Rosaleen não sabia o quê. Era como se usasse o casaco de outra pessoa, um que fosse igual ao dela — igualzinho, inclusive o modelo e tamanho — mas que não fosse o seu casaco, ela percebia que não era. Apenas parecia o mesmo.

Rosaleen morava na casa errada, com as cores erradas nas paredes, e já não era mais possível dizer quais poderiam ser as cores certas, apesar de tê-las escolhido e apreciado e convivido com elas anos a fio. E onde a pessoa podia se colocar, se não se sentia em casa na própria casa? Se o mundo virava uma série de linhas e figuras, sem nada na configuração para lembrá-la para que servia.

Estava na hora. Cochilaria na cadeira perto do fogão, esta noite, não se deitaria. E de manhã caminharia até a cidade, cruzaria a ponte em direção ao leiloeiro. Poderia conseguir uma avaliação por ela, ao que constava; a época em que as pessoas eram dissuadidas pelas contas de calefação já tinha passado. O leiloeiro era da família McGrath — claro —, um irmão de Dessie, que casou com a filha dela. Ele tinha de umedecer os lábios sempre que ela passava; a boca secava só de vê-la. Bom, que ficasse com a casa. Que os McGrath esmiuçassem a carcaça dos Considine, podiam ficar com Ardeevin e o terreno de Boolavaun, ela se mudaria para a casa de Constance e morreria a seu próprio tempo.

Todos eles a abandonaram. Não mereciam nada de bom.

As calhas caindo nos canteiros de flores, as torneiras gotejantes, os quartos fechados que abandonara no decorrer dos anos; a lástima daquilo; uma velha acossada num canto pela própria casa. A lástima daquilo — uma velha.

Rosaleen pegou o montinho de cartões de Natal. Abriu o primeiro:

Meu querido Dan
Penso sempre em você, e toda vez sorrio. Tenho saudades dos nossos papos de antigamente. <u>Todo</u> o meu amor,
Sua mãe afetuosa e tola,

Rosaleen

Era uma velha tola, essa parte era verdade. Não havia sombra de dúvida.

"E aproveitando", ela escreveu embaixo. "P.S. Venha, <u>venha</u> para o Natal este ano, já faz tanto tempo!!! E eu resolvi vender a casa."

PARTE DOIS

Voltando para casa
2005

Toronto

Ludo falou que ele tinha de fazer isso, seria sua última chance.

"Para quê?", perguntou Dan.

"Para ficar na casa. Para ver a sua mãe enquanto ela ainda é sua mãe", Ludo explicou. Ele parou de picar e fatiar e olhou o quintal. A neve lá fora estava na altura do parapeito e as lâmpadas rentes ao chão faziam tudo na cozinha parecer sombrio e transcendental. Aquela melancolia tirava a riqueza de tudo, Dan refletiu — todos os objetos aconchegantes de Ludo e sua pele de meia-idade. Os pimentões na tábua, enquanto isso, eram de um tom vermelho mais vibrante.

"Ela vai ser sempre a minha mãe", replicou Dan.

Era exatamente este o argumento de Ludo.

"Bom, trata de tomar uma decisão."

"Me alegro com as minhas contradições", disse Ludo, e levantou o facão, balançando-o no ar.

"Bom", disse Dan. "Não estou falando que eu saí de outra mulher, só estou falando que já faz muito tempo."

"Esse não é um jeito auspicioso de falar", respondeu Ludo.

"Auspicioso?", perguntou Dan ao abrir a geladeira, o interior verde como um jardim suspenso de alface e alho-poró, a champanhe de praxe na prateleira e o gim importado em sua garrafa de barro, gelando. Ludo era, entre outras coisas, um homem rico, enquanto Dan, por motivos que nunca lhe foram totalmente claros, não era rico. Nem de longe.

"Como assim, auspicioso?"

"A vida é cheia de arrependimentos", disse Ludo.

* * *

Um homem de feições brutas com olhos de um azul profundo, Ludo dava preferência a coletes risca de giz e jaquetas de couro, com lapela e guarda-chuva, e sua casa era cheia de coisas. Era uma novidade para Dan, que havia acordado em um monte de belos cômodos vazios na juventude. Uma agradável casa colonial de tijolos aparentes em Rosedale, Toronto, tinha colchas de algodão antigas e uma cadeira de balanço junto à janela da sacada: havia três tipos diferentes de bordo no jardim da frente e atrás do portão de garagem basculante havia uma pá grande para a neve.

Ludo tinha interesse em paisagens americanas arcaicas e Dan ficou surpreso ao descobrir que também despertavam sua curiosidade. Pelo menos um pouco. Conheceram-se em Nova York por conta de uma paisagem genuína de um desfiladeiro sobre um canal que Dan transportava para um amigo. Uma coisa levou a outra, é claro. Quando Dan viajou com a tela, terminaram na cama outra vez, depois discutiram a coleção crescente de Ludo, conforme Dan esperava fazer.

Do ponto de vista sexual, Ludo era abertamente masoquista e isso atraía o lado mais frio de Dan. Mas não dá para fazer esse tipo de coisa mais de uma vez. Além disso, masoquistas eram sempre chatos no final das contas. Também — talvez inescapavelmente — no meio. E Dan ficava um pouco entediado com o próprio tédio, embora ainda desejasse aquela sacudidela de dor compassiva.

Então talvez fosse um *auspício* que, em Toronto, Ludo fugisse do roteiro: curioso e espaçoso demais para não sair do personagem. Dan sentiu a idade quando se deu conta de que era por isso, na verdade, que tinha viajado — pelo bate-papo, pela companhia boa, agradável, de Ludo. Não levaram muito tempo para pendurar as tiras de couro e se aquietarem em outra coisa: em geral no Brooklyn, quando Ludo ia trabalhar como advogado em Nova York, depois esquiando um pouco nas redondezas de Montreal, umas férias de inverno em Harbour Island, até que Dan acabou passando seis meses em Toronto porque a grana andava curta e Ludo era muito tranquilo. Abriu mão do apartamento no Brooklyn e tentou a sorte.

Tranquilo como uma raposa. Ludo entregou a Dan um cartão de crédito para as despesas domésticas com uma expressão sentida que provavelmente lhe era útil no tribunal. Caso Dan quisesse foder com sua vida, ele parecia dizer, este seria um bom jeito de fazê-lo. Mas Dan não fodeu com a vida dele. Ou não muito. E cinco anos depois estavam ali, como um par de bichas velhas, trocando alfinetadas por causa da mãe de Dan, porque "mãe" era uma daquelas palavras essenciais para Ludo, *Ela é a sua mãe.*

A mãe de Ludo, Raizie, havia retornado a Montreal. Aos oitenta e três anos, participava de um circuito de cafezinhos com as matronas foragidas de Mile End, lá na frondosa Saint-Laurent, onde ninguém, ao que parecia, era capaz de acreditar na sorte ou no azar que tinha, porque, se o filho não estava comprando um sítio, era porque estava no meio de um divórcio feio. As filhas perdiam peso ou achavam um nódulo e um neto eclipsava o outro. Desastres também aconteciam, é claro. Homens morriam. Mulheres caíam em depressão. Os filhos raramente eram gays, era preciso dizer, mas a vida era tão boa para as matronas foragidas de Mile End que sobrava espaço até para essa surpresa triste e conseguiam apreciar os dois, Ludo e Dan, quando apareciam. Dan não foi o primeiro homem que Ludo apresentou à família, mas, como disse Raizie, segurando o rosto dele com a mão envelhecida e seca, "Você é o mais encantador!". Não havia dúvida. Iam a Montreal, duas, talvez três vezes por ano, e Ludo sempre voltava para casa mais contente e expansivo.

Dan gostava de observar Ludo na casa da mãe, um homem grande num lugar pequeno, a insignificância de suas mãos lavando as xícaras de porcelana dela, o jeito tranquilo com que se sentava na velha cadeira reclinável, a forma como dizia, "Raizie, Raizie" quando ela se queixava do passado e de todas as coisas que não tinha como consertar. Dan tinha a sensação de que Ludo falava vários idiomas — até seu corpo os falava — enquanto ele, Dan, só falava um. Foram à casa da irmã dele e seus filhos adolescentes encaravam Ludo como se soubessem que ele era algo deles, mas não soubessem o quê, exatamente. Ou não por ora.

Enquanto ele, Dan, não ia a Ardeevin fazia três, talvez cinco anos. Donal, Rory e — qual era o nome dela? — Shauna — já eram outras pessoas. Aqueles garotos de uma pureza cortante, com seus lindos sotaques interioranos quando se davam ao trabalho de falar, e o rubor sarapintado quando o faziam porque o tio era bicha: ninguém lhes contou que era gay, eles simplesmente perceberam. Tempos modernos. E ele, Dan, tomado pela vergonha, ia de pau duro até Dublin e, uma vez, fodeu um cara até ele uivar no banheiro do trem.

O chão correndo sob eles no buraco em forma de lua no fundo da privada; milhares de vigas bruxuleantes e a terra fria da Irlanda.

Isso sim é que é ser gay.

Não, Dan não podia ir para casa. E se fosse, não seria Dan quem entraria porta adentro para encontrar todos eles.

"Oi!"

Era outra pessoa. Uma versão terrível de si. Versão que não admirava nem um pouco. Poderia chamá-los a Toronto, mas eles não saberiam onde se encaixar ou o que dizer. E a desgraçada da mãe que tinham, Constance, que duvidava de tudo que ele falava ou fazia — de toda mínima coisa. Dan não podia nem almoçar sem que ela duvidasse dele.

"Nossa, isso aqui está uma delícia."

"O quê, o pão?"

Duvidava do conteúdo de sua boca.

"É, o pão, Constance."

Tudo que não fosse "branco" ou "integral" era uma afronta a Constance. Comida em si era uma afronta. Ela sobrevivia de biscoitos ruins, porque não havia nada de mau num biscoito, e tinha gordura em lugares que Dan nunca tinha visto. Daquela vez no Brooklyn, usou uma regata por conta do calor e a pele saltava num glóbulo entre o seio e a axila, um lugar totalmente inédito para Dan. Era como um filhote de braço nascendo. E agora estava em todos os cantos que olhava. Andando pela rua. Em todos os cantos.

"Não tenho dúvida de que ela está ótima", disse Ludo, se deitando ao lado dele após o jantar de pimentão recheado seguido de salada de romã com maçã e uma longa noite de conversa sobre a família Madigan.

"É família", ele disse.

E é claro que Ludo adoraria Constance, com sua burrice proposital e cabelo de farmácia. Não era esse o problema. O problema, Dan constatou, era que Constance não amaria Ludo como ele amava. Ela não seria capaz. Não teria espaço.

"Você não tem nem noção", disse Dan.

"Vai!", disse Ludo.

"Eu não quero ir."

"Para em Nova York no meio do caminho."

Dan não respondeu.

Ele amava Ludo. Quando foi que isso aconteceu?

Dan gostava de Ludo. Gostava das coisas já familiares que faziam na cama e também achava Ludo útil. Como Ludo achava Dan — útil. Formavam um ótimo casal. Dan era capaz de unir pessoas em três ou quatro cidades diferentes, sabia como tornar as coisas bonitas e confortáveis: todo mundo dava o seu melhor por Dan. Então é claro que Ludo achava maravilhoso e *enriquecedor* — como gostava de dizer — ter isso tudo por perto.

E Ludo amava Dan, óbvio que amava. Desde o comecinho Ludo o amava. Completamente. Abjetamente.

Meu Deus como eu te amo.

Mas isso fora quatro ou cinco anos atrás. Hoje em dia, Dan não sabia se Ludo ainda o amava, ou se Ludo só era legal com ele o tempo todo. Qual era a diferença? A diferença era a nostalgia que sentia pelo homem que estava ao alcance das suas mãos. A diferença estava nas fantasias de morte e abandono que se davam em lampejos hipnagógicos quando ele se virava para dormir a seu lado. Se Ludo adoecesse, ele pensava, deitaria com ele no leito hospitalar, como Ryan O'Neal ao lado de Ali MacGraw. Sem ele, não era nada. Com ele, tudo. Onde quer que estivessem, o cheiro da pele de Ludo era o cheiro de casa.

Isso era terrível, claro.

Dan não acreditava em amor romântico — por que deveria? —, o amor romântico nunca acreditara nele. Depois de Isabelle, tinha sofrido por vários rapazes lindos e indisponíveis, mas a palavra "amor", para Dan, era de tal forma enrolada no impossível e no ideal que era uma tristeza aplicá-la ao cara recostado a seu lado na cama, lendo informes jurídicos, nu em pelo. Os óculos de meia-lua não ajudavam.

Eu te amo, ele queria dizer, em vez de: "Minha família é uma merda. Você não tem noção de como eles me criticam. Você não tem noção do que eu tenho que aguentar quando vou lá".

Ludo disse que ser ofendido era um trabalho de período integral. Ele disse que adoraria fazê-lo, mas não tinha brecha na agenda, precisava dormir, adorava dormir, não queria passar aquelas horas deliciosas da noite deitado ali, odiando.

"Me mantém afiado", disse Dan. "Me dá ânimo."

"Agora que você chegou aos quarenta, meu amor, essas coisas já não são mais atraentes", disse Ludo, olhando-o por cima da armação dos óculos. "Depois dos quarenta, é ceder, ceder, ceder."

E na manhã seguinte um cara da FedEx bateu à porta com um envelope com o nome de Dan, e dentro havia uma passagem na dianteira do avião.

Dan pôs o envelope na mesa da cozinha e ficou encarando enquanto bebia o café e planejava o dia. Não tinha muito o que fazer. Ludo o enfiara numa terapia uma vez por semana com Scott, um canadense totalmente inexpressivo de sorriso fácil e doce. Agora Dan se imaginava falando com Scott sobre estar apaixonado por Ludo, a impossibilidade de suportar aquilo. Scott parecia indicar que a impossibilidade de suportar era algo bom.

"Continue com ela", ele disse.

Na verdade, fazia uma quinzena angustiante, chorosa, que estava apaixonado por Scott. Sabia que não era de verdade, é claro, mas agora a porcaria do troço estava à solta e parecia circular.

Amor.

Dan seguia seu rastro pela casa, uma doçura revestia tudo que Ludo possuía, suas quinquilharias e balangandás, as pinturas horrorosas e as que não eram tão ruins assim. Tudo cheio de significado, pulsando de sentido: o copinho de xerez com palitos no centro da mesa, o tubo de creme de barbear de Ludo, para o rito matinal que só terminava na linha da clavícula.

"Você sabe o que isso quer dizer", ele disse para o Scott-imaginário.

"Sei?"

"Quer dizer que eu vou morrer."

E o Scott-imaginário deu um sorriso doce, canadense.

Naquelas circunstâncias, Dan se distraiu, na sessão semanal, pela lembrança do pai num calção de banho ridículo, de cintura alta. Alto também nas pernas, era do mesmo formato que a parte pélvica de uma boneca de plástico articulada. Preto, óbvio. Devia ter sido na praia amarela de Fanore. O pai os encontrava lá depois de um dia trabalhando a terra, o único fazendeiro que nadava no Condado de Clare. E uma vez Dan se jogou nas pernas molhadas do pai quando seguia rumo à praia e o pai o desprezou. Foi só isso. Dan, que chorava por alguma razão, se lançou no calção lanoso molhado e foi empurrado na areia. Esfolou o ombro numa rocha, e era por isso, talvez, que se lembrava daquilo, daquela situação totalmente normal — o pai passando por ele para pegar um cantinho da toalha.

"Estou cansado." Era o que o pai costumava dizer quando chegava do gélido Atlântico, encolhido, os músculos tensos até o osso.

E Dan chorava pelo pai. Não conseguia acreditar que esse homem havia partido e seu corpo — que devia ter sido um belo corpo — destruído na morte. Porque o pai nunca parecera morto, para Dan, ao longo de todos esses anos: só parecia frio.

Scott sentava à frente de Dan, o rosto solícito enrubescido pelo esforço de acompanhá-lo na tristeza, enquanto Dan jogava um lenço atrás do outro no cesto de lixo de madeira a seus pés. Pensou em todas as lágrimas descartadas que acabavam ali, de todas as pessoas que se alternavam para chorar, sentadas naquela cadeira. Muitas pessoas, muitas vezes por dia. A lixeira era de madeira clara, com veios pálidos. Estava sempre vazia quando chegava. Expectante. O cesto de lixo era bonito demais. O ar que continha era o mais triste que havia.

Dan contou a Scott de uma tarde no deserto, muitos anos antes — foi a primeira vez que tomou a iniciativa com um cara, realmente o queria muito, em um lugar incrível perto de Phoenix. A casa era feita de terra calcada e nivelada à paisagem, e não tinha piscina, apenas paredes de vidro em cômodo após cômodo construído transversalmente ao sol e sempre à sombra. Lá fora, o deserto de Sonora era exatamente do jeito que deveria ser, um cacto arborescente parado de braços para cima, um pássaro voando para dentro e para fora de um buraco em seu pescoço. O calor do dia se traduzia em noite com um poente de refrigerante laranja, abrindo caminho, às riscas, do rosa ao azul lácteo. E Dan foi apaziguado pela luz do deserto que banhava o corpo do amante em lusco-fusco e o transformava em uma coisa tão intocável, tocável.

"Sim", disse Scott — que era, ele imaginava, hétero até não poder mais. E seguiu o "sim" com um silêncio que se prolongou bastante.

"É só que. Eu não sei se estou perdendo tudo isso, com o Ludo. Não sei se eu estou perdendo o controle, ou se está tudo, finalmente, ficando bom."

"Entendo."

Almofadas por todo lado e cômodas de carvalho — em Toronto, Dan pensou. *Lá vamos nós.*

Na noite anterior à viagem para a Irlanda, Dan disse a Ludo que o amava. Disse porque era verdade e porque achava que, desta vez, o avião talvez caísse. Ou talvez empacasse na Irlanda, por alguma razão, ficasse aprisionado em 1983 com uma fatia de pão branco na mesa e o concurso musical Eurovision na tv. Nunca mais conseguiria voltar a Rosedale, Toronto, e para aquele homem que amava já fazia um tempo.

Foi por isso que decidiu ir para a sua terra natal, ele explicou. Porque amava Ludo e Ludo tinha razão, era hora de resolver o passado, lidar consigo mesmo. Hora de se tornar uma porra de um ser humano.

Foi um erro contar tudo isso a Ludo, porque Ludo quis logo abrir a última garrafa de champanhe Pommery e chupá-lo e se casar. Dan tinha o voo no dia seguinte, mas Ludo levou o champanhe para a cama e o casamento seria uma festa, ele declarou. Achava a mera legalidade daquilo de um erotismo incrível. E muito útil nos impostos. Se fizessem do jeito certo, vai saber quanto não poderiam economizar.

"Sei lá", disse Dan, "não sei."

"O quê?", perguntou Ludo.

"É quê." Estava falando do dinheiro de Ludo.

"Ah, toma jeito", disse Ludo. "Conversa com uma mulher, elas fazem isso há anos."

"É, é", retrucou Dan, que só fazia conversar com esposas de homens ricos. Conversava com elas sobre os quadros dos maridos e o papel de parede medonho dos maridos. (*Arranca isso!* Era seu brado. *Tudo. Arranca!*) Dan adorava essas mulheres; o amargor e o estilo; admirava a forma como se mostravam à altura das próprias vidas. Mas não queria ser uma delas. Seria uma convergência excessiva.

"Não seja orgulhoso demais por mim", pediu Ludo. "Não seja orgulhoso, ponto final."

"Orgulhoso?", inquiriu Dan.

"Defensivo", explicou Ludo. "Combinado?"

"Combinado", disse Dan. E encostou a cabeça no peito de Ludo, onde ela achou seu ombro; naquela reentrância.

"Combinado."

"Você só sabe tomar dos outros!" Isso veio da mãe, a certa hora, do filme em preto e branco que era a relação dos dois, *O que terá acontecido a Baby Rosaleen*. "Você só sabe tomar!"

Isabelle lhe enviou um cartão-postal, no ano em que se mudou para o interior: "Eu ia devolver todos os presentes que você me deu ao longo dos anos, mas aí percebi — você não deu nada".

E era verdade que Dan ficava paralisado na loja quando era obrigado a comprar um presente. Paralisava, negava, não conseguia calcular, tinha um branco, era um branco. Afastava-se, como se de algo tenebroso e, por um triz, sobrevivia.

Outro cartão-postal, no verão seguinte, de Dublin, um troço antigo com ônibus verdes passando pela O'Connell Street. E no verso: "Continuo viva."

Era de uma exposição a que tinham ido juntos em Dublin, ele e Isabelle, quando tinham, talvez, dezoito anos. Um bloco de telegramas de um artista conceitual japonês, On Kawara, enviado durante uma década para o mesmo endereço e todos dizendo a mesma coisa: "Continuo viva". A exposição foi um momento de empolgação total para Dan — foi um raio de luz que lhe disse que estivera vivendo, a vida inteira, no subterrâneo. Foi muito antes de Nova York, muito antes de achar arte conceitual enfadonha e bem antes de conhecer o sujeito, ou imaginar ter conhecido, na Starbucks na esquina do Guggenheim, onde o atendente chamou "Kawara!" e Dan sentiu os joelhos fraquejarem na calça cáqui. *Continuo viva.*

O último cartão de Isabelle era de Barcelona.

"Gaudete!", lia-se, e na frente aquelas sacadas curvilíneas de Gaudí. E depois disso, nada.

Tinha lágrimas nos olhos. Dan nunca chorava antes de começar com Scott; agora chorava o tempo inteiro, gotejava na pele flácida dos braços do namorado.

"Calma, calma", disse Ludo, que tinha uma reunião no café da manhã, às oito.

"Não é o dinheiro", Dan declarou. "É isso o que eu quero dizer."

"Foda-se o dinheiro", retrucou Ludo.

"Não é o dinheiro", ele disse.

E não era. Dan se via mais como um gato do que como cachorro. Não precisava de muito, ficaria igualmente bem sem. Portanto não era dinheiro o que levava Dan a chorar nos braços de Ludovic Linetsky, ao decidir se casar com ele, na riqueza e na pobreza, pelo resto de sua vida. Era o som do coração maravilhoso de Ludo, no fundo do peito. Porque Dan daria um bom gato, mas era um vazio intenso como ser humano e sabia que ferraria aquela coisa boa, assim como havia ferrado todo o resto. Olharia para Ludo um dia — poderia fazê-lo agora se quisesse — e não daria a mínima.

E o que seria de Dan?

Ficaria sozinho.

Imprestável e sozinho.

A vida normal era um problema para Dan. Começava a perceber isso agora. Detalhes o chateavam. Teria uma velhice petulante.

"Eu não sou. Eu não sou", ele disse.

"O quê?"

"Eu não sou."

"Não vem me dizer", pediu Ludo, "que você é hétero."

Havia se levantado da cama e revirava uma gaveta e voltou com uma caixinha com dobradiça de pele de lagarto e, dentro, um par de abotoaduras: de prata, incrustadas com uma geminha gorda de âmbar. Dan as tirou da caixa. Eram encantadoras, e valiam muito pouco; o âmbar pequeno e liso como um doce de manteiga na boca.

"Casa comigo", propôs Ludo.

As abotoaduras eram do bisavô, ele explicou, vindas de Odessa. Dan se ajoelhou na cama e segurou a caixinha na mão. Não tinha camisa com que prová-las. Estava nu e trêmulo. Ia se casar.

"Me desculpa", ele disse.

"Pelo quê?", perguntou Ludo. "Por nada."

Fizeram amor a noite inteira — dois homens, não mais rapazes — e resolveram tudo conversando. Ele envelheceria com Ludo, numa casa grande no lado ruim de uma rua arborizada de Rosedale, Toronto. Dan enfiou a ponta da língua na boca de Ludo, a noite toda, no caos e na magnitude dele. Tomou a doçura malte do corpo de Ludo como lembrança e talismã, para lhe fazer companhia na viagem à terra natal.

Dublin

Se ao menos conseguisse deixá-lo dentro de uma caixa, Hanna ponderou, ou um jarro, ou uma garrafa térmica, para evitar que formasse uma crosta no ponto em que o líquido encontrava o ar. Um tupperware poderia funcionar. Ela precisava mesmo era de um daqueles sacos plásticos que usavam nos hospitais, embalados a vácuo, aqueles que penduravam nos postes de soro. Um saco de sangue. Poderia colocar na geladeira nova — verdade seja dita, parecia algo saído de um necrotério —, poderia pôr seu sangue num saco, qualquer tipo de saco, e apertar até tirar o ar todo e então amarrar com um nó. Pendurar na adega de vinhos. Fechar a porta.

Hanna tentou levantar a cabeça, mas a bochecha estava grudada no chão. O sangue estava à altura dos olhos, se espalhava e coagulava ao mesmo tempo. Era uma corrida à inércia. Mas embora estancasse à medida que corria, Hanna não enxergava sua extensão porque o olho estava ao nível do chão. As bordas se tornavam nebulosas enquanto o sangue escoava, cruzava os ladrilhos brancos.

Havia sacos plásticos no armário de cima — o que não lhe era muito útil, ali embaixo. Hanna guardara os sacos lá em cima para evitar que o bebê se asfixiasse. E havia travas de segurança em todos os armários baixos, e por isso não daria para abri-los com chutes, então era isso aí — às vezes segurança não era o mais importante. Às vezes a necessidade era um saquinho plástico para guardar o sangue, para que quando os homens viessem eles pudessem colocá-lo de volta dentro dela. Ou ver, pelo menos, que não era sua intenção morrer.

Tinha escorregado.

Hanna imaginou ter escorregado no sangue, mas na verdade o sangue veio depois. E ainda segurava um objeto na mão direita. Uma garrafa. Ou o gargalo de uma garrafa. O casco da garrafa não estava mais ali.

Hanna não sabia como alguém poderia quebrar uma garrafa e cair em cima dela ao mesmo tempo, a não ser que estivesse bêbada feito um gambá. Talvez tivesse sido golpeada pelas costas. Talvez o agressor estivesse subindo agora até o quarto onde o bebê dormia e fosse fazer coisas com ele. Coisas inomináveis. Roubaria o bebê ou o machucaria e não deixaria rastros para que ninguém soubesse que estivera ali e fora embora.

A garrafa quebrou, então ela se sentou em cima dela e, depois, estava deitada no chão, observando o sangue se espalhar. Que devia estar saindo da perna. De qualquer modo, ela morreria.

O sangue era escuro, provavelmente uma boa coisa. Escurecia mais. Seguia com calma e depois parava.

Já devia ser hora de chamar Hugh, embora não quisesse chamar Hugh, não se achava capaz. Portanto, a não ser que o bebê chorasse e o acordasse, não perceberia que ela havia sumido. E o bebê não estava chorando, para variar. Nunca fazia o que ela queria. Uma coisinha antagônica, era o que saíra dela. Uma briga que embrulhavam no pano. Empurrava, agarrava, derrubava: uma vez ela o alimentava e como a colher escorregou ela teve de se abaixar para pegá-la e o olhar que lhe lançou quando ela levantou do chão foi de puro desprezo. Era como se estivesse possuído — possivelmente por ele mesmo, pelo homem que um dia se tornaria —, olhando para ela como se dissesse, *Quem diabos é você, com essa porra de colher ridícula?*

Boa pergunta.

Ah, o bebê. O bebê. Hanna amava o bebê e não queria desconfiar dele nem agora, bêbada como estava e agonizante no chão da cozinha. Mas ela meio que pensava que, se fosse morrer, seria o bebê quem a mataria. Seria aquele menino gordo, forte, com as orelhas do pai e o sorriso do pai, e nada de Hanna que ela ou qualquer pessoa conseguisse enxergar.

Hanna repousou a cabeça e não tentou mexê-la outra vez. Estava bastante feliz onde estava. Não havia necessidade de se levantar, por enquanto. Ficaria, alguns minutos a mais, entre as coisas.

Sentia cócegas perto do cabelo, um incômodo frio na nuca. O sangue saía da cabeça.

Hanna não sentou em cima da garrafa quebrada, mas cortou a cabeça em algo — a porta do armário, talvez — e quebrou a garrafa ao cair. Se colocasse a mão na cabeça, sentiria um corte no couro cabeludo, e dentro dele, o crânio. O osso bruto.

Hanna fechou os olhos.

Os ladrilhos do chão da cozinha eram novos e ela disse a Hugh que eram tão reluzentes e tão duros que tudo se estilhaçaria assim que encostasse neles, mas Hugh queria uma cozinha que parecesse uma sala de cirurgia ou um açougue, com aço e concreto e ganchos de metal presos a barras de metal. Num cômodo minúsculo semigeminado. Hugh queria uma cozinha de homem. Uma cozinha de serial killer, com uma fileira de facas presas a uma tira magnética junto à parede. Hugh cozinhava duas vezes por ano, no máximo. Todas as tigelas e pratos sujos, a cozinha coberta de farinha. De resto ele esquentava alguma comida no micro-ondas ou comprava quentinhas. Hugh era irritante e Hanna não conseguia largá-lo. Não depois de morrer na cozinha nova, com o bebê dormindo lá em cima.

Mas sentia tanto frio, agora, levantou-se para pôr algo sobre os ombros e viu, ao se levantar, seu corpo deitado atrás dela no chão, com o sangue ficando marrom nos ladrilhos e se soltando em torno da garrafa quebrada, onde era diluído pelo vinho.

Teria que mudar de vida. De novo.

Hanna levou a mão à têmpora e sentiu a ferida encrustando sob o cabelo. Um sangue da porra. Parecia impossível. Sentia-se leve — quase morta. Foi tateando até a bancada e puxou o pano de prato para o chão, depois empurrou o pano com o dedão. Sua vida teria de mudar. De novo.

Sua vida. Sua vida.

Lá em cima o bebê emitia um berro estranho, desperto, e Hanna estancou, aguardando o pranto. Mas o bebê não chorou. O pano de prato criou uma listra similar a uma pincelada no assoalho: parecia que limpava o sangue. Era sangue. Então se lembrou que era sangue. Seu sangue. Olhou e Hugh estava lá, parado na porta, segurando o bebê.

"Que horas são?", ela perguntou.

"O quê?", questionou Hugh.

"Que horas são?"

E a coisa boa — não poderia esquecer. A coisa boa, ou a coisa terrível, foi a maneira como o bebê deu uma olhada para ela e se debateu para ir para seus braços.

Não iria ao pronto-socorro, Hanna informou, e não iria para a cama, dormiria sentada na poltrona, limparia o sangue do rosto e ficaria bem. Foi o que disse a Hugh. Passou ao lado do namorado e do bebê e sentou na escada.

"Só vou no banheiro", ela explicou, e encostou a cabeça no corrimão.

Havia luzes coloridas do lado de fora e quando se deu conta a casa estava cheia de homens. Paramédicos, enormes e de passos estranhamente leves.

"Meu Deus", ela disse.

O paramédico estava bem relaxado. Agachou-se diante dela na escada.

"Vejamos o que houve", ele disse.

"Não", retrucou Hanna.

"Crânio", ele disse. "Ih, o crânio está de dar medo."

"Você é um imbecil", Hanna virou para dizer a Hugh. "Por que você é esse imbecil de merda?"

"Olha só como você está", replicou Hugh, e falava no sentido literal. Então Hanna olhou para baixo. Viu a blusa escorregada até o torso, o contorno do seio esquerdo totalmente enrijecido, como uma escultura de si em sangue seco.

O bebê sorriu.

E antes que pudesse se negar, haviam-na sentado em uma maca, presa por correias. Antes que pudesse perguntar "Cadê o meu bebê?", o cara disse, "Ele vai assim que der", e Hanna relaxou e ficou aliviada. A felicidade a invadiu quando foi empurrada de costas rampa acima, e a felicidade repuxou suas entranhas quando a ambulância se afastou em silêncio. Só lhe faltava a sirene, para gritar. Estava feliz.

"Está meio tarde pra isso, querida", disse o paramédico. "Estão todos na cama, dormindo."

No pronto-socorro, limparam-na e puseram-lhe uma camisola, e apesar de terem feito uma incisão e raspado o cabelo que tocava na ferida, no final das contas Hanna nem sequer precisou levar pontos. Foi deixada na maca para dormir e acordou com uma dor de cabeça horrorosa e sem analgésico à mão. A maca estava num corredor. A mulher que apareceu para examiná-la e lhe dar alta não perguntou sobre depressão pós-parto e isso foi quase frustrante. ("Não, eu sempre tive", Hanna queria explicar, "tive no pré-natal. Acho que tenho desde o útero.") A mulher só queria falar de beber — o que Hanna achou meio óbvio, dadas as circunstâncias. Também era bastante condescendente. Mas Hugh estava calmo quando chegou com uma muda de roupa limpa e o bebê, que agora havia parado de sorrir e recorria aos gritos de praxe.

"Acho que é um dentinho."

"Ele dormiu depois? Você pôs ele pra dormir?"

No carro, brigaram por causa do bebê e caíram no silêncio.

E foi isso. Por semanas, era apenas, "A Hanna sofreu um corte na cabeça", e uma vez, quando os botões do macacão não fechavam e Hanna se achou de fato capaz de atirar o bebê longe, jogar o bebê contra a parede, Hugh se incumbiu dos botões e disse, "Procura alguém. Toma uma porra de um remédio".

Enquanto isso, ele dormia com ela — ele adormecia do jeito normal. E também transava com ela — isto é, a ereção não foi afetada pela lembrança de Hanna encrostada em dois litros do próprio sangue enegrecido, e depois de passar o dedo no restolho fino em volta da ferida ele disse, "Ah, meu amor". Lembrava Hanna de comprar leite antes de sair pela manhã, e ele limpava sua bancada de açougueiro antes de ir dormir. Cuidava do bebê o tempo todo que estava em casa, embora não fosse muito tempo. Não dava para acusá-lo de negligência.

Hugh estava na RTÉ, trabalhando numa novela, que era brilhante — o trabalho era brilhante, a novela era apenas uma novela —, mas ficava lá até altas horas, falando com iluminadores e responsáveis pelos objetos de cena, arranjando o aparador certo da Ikea para encostar na parede lateral. Depois que tudo fosse resolvido, ele chegaria em casa num horário normal, mas também vinha esboçando um *Romeu e Julieta* resumido e correndo para fazer um treco sobre mães irlandesas no Olympia intitulado *Não se preocupa comigo vou ficar sentada aqui no escuro*. Hugh tinha uma mentalidade retrô. Normal com um toque de vanguarda. "É só me dar um litro de tinta cor de creme", ele gostava de dizer. "E um lugar pra ficar."

Portanto Hugh estava a pleno vapor. Tinha uma hipoteca a pagar. Hanna empurrava o carrinho de bebê até Phoenix Park ou pelo cais rumo à cidade e depois o levava de volta à casinha deles em Mount Brown. Cinco quilômetros na ida até St. Stephen's Green, e na volta dez quilômetros fazendo o trajeto mais longo, dando a volta no parque. Sete meses após o parto, já usava de novo o jeans apertado, mas qual era a graça de estar bonita se ninguém ligava? Foi a uma inauguração no Abbey e flertou que nem louca, mas era como se ninguém mais achasse isso relevante. Hanna bebeu, naquela noite, até não sentir mais a bunda escorregar da banqueta alta. Ninguém percebeu. Nem ela mesma.

Era verdade que Hanna se aborrecia assim que deixava o bebê, mas também era verdade que nunca deixava o bebê, ou quase nunca. Misturou vodca na garrafa de suco para levar numa noitada com as amigas e era para ser uma piada — no rótulo lia-se "Inocente" —, mas acabou com a bebida a caminho da cidade e não lhes contou, quando chegou a hora. Hanna não aguentava as meninas e seus papos sobre dietas e testes de elenco, reclamando da situação do teatro irlandês e dos inúmeros defeitos de seus homens. As meninas não tinham filhos, ou não por enquanto. Sentiam muita inveja. Achavam que ter um filho resolveria algo fundamental em suas vidas.

A garrafa Inocente era curiosa. Hanna experimentou usá-la na frente de Hugh e ele tampouco notou. Estava além de sua capacidade intelectual.

Hugh era uma pessoa muito ordeira. Se chateava se houvesse um arranhão em algum objeto, ou marca, se tivesse saquinhos de chá usados na bancada ou uma toalha molhada no chão. Viver com ele fazia com que Hanna estivesse quase sempre equivocada. Ele lhe dizia para tirar a calcinha da escada em tom de profunda repugnância. Ou queria trepar com ela na escada. Ou uma coisa ou outra. Às vezes ambas. Era como se não conseguisse se decidir.

Havia, no começo, uma enorme quantidade de sexo. Não era sexo de alta qualidade, mas a frequência era terrivelmente alarmante. Depois se tornou só alarmante. Nada escandaloso, Hugh era um cara bem objetivo — a não ser que um belo dia puxasse uma de suas facas da tira magnética na parede da cozinha e a enfiasse nela. Não havia indício, em todo caso, de intenção de matar. Havia apenas gigantesca e pungente intenção penetrativa que parecia assassinato, ao menos para Hanna. Não que se importasse, ser assassinada. E foi durante um dos felizes festivais de trepadas, carinhosos, selvagens e prolongados — parabéns, nós dois! — que o bebê aconteceu.

Aconteceu.

O bebê chegou.

Hugh fez um bebê em Hanna porque amava Hanna. Em meio a toda aquela fúria, um bebê.

Hanna não se deu conta, é claro. Imaginou que a cerveja estivesse ruim, o vinho estragado, sentiu dor nas costas e havia nela uma densidade muscular que era inédita. Acordou um dia totalmente desamparada, destruída. E, depois de algumas semanas assim, ela disse, "Ah".

Hugh ficou encantado, arrebatado. Amava o bebê tanto dentro como fora de Hanna, e amava a inteligente mãe do bebê. Mas não transava com a mãe do bebê, depois da chegada do bebê. Preferia brigar com ela.

"O que é que essa merda está fazendo aqui?"

"O quê?"

"Meu roteiro está ali embaixo."

"Quê?"

"Meu roteiro. Estava procurando meu roteiro e ele está coberto de… Meu Deus."

Hanna empurrava o carrinho pelo cais rumo à cidade repetindo as brigas na cabeça. Empurra. Empurra. Repele. Repele. Estava tão só, se sentia excitada o tempo inteiro agora. E era mais ou menos como sexo, ela ponderou — as brigas —, mas na verdade não era como sexo. Atirava o telefone de Hugh num arbusto montanha acima ou a própria bolsinha barata no rio Liffey. Havia silêncios demorados e insuportáveis no acostamento, houve uma ocasião em que ela saiu andando pela estrada deixando o bebê na cadeirinha, mastigando o brinquedinho enrugado. Havia o farol dianteiro quebrado e o arranhão profundo na porta do passageiro — Hugh ficou com ódio quando ela bateu seu amado carro, Hugh alegava estar calmo, mas na verdade não estava calmo, Hugh estava frio e branco de raiva.

O bebê, enquanto isso, ficou vermelho e se cagou. O bebê abriu a boca redonda, vermelha e berrou.

E Hanna — é claro! — correu de um lado para o outro fazendo um milhão de coisas pelo bebê: chupeta, colherinhas, cobertas, livros, paracetamol, lenços umedecidos, meias, reservas de tudo, chapéu reserva, creme de lanolina, creme sem lanolina, porque Hanna amava o bebê. Amava, amava, amava. Cuidava, cuidava, cuidava. Se preocupava e se martirizava e era encarregada do bebê. Porque, ah, se o bebê perdesse a chupeta, se o bebê perdesse o chapéu reserva, um buraco se abriria no universo e Hanna cairia no buraco e se perderia para sempre.

Quando bebia alguns dos Inocentes batizados, empurrando o carrinho sob o sol, achava que poderiam todos coexistir, Hanna e o chapéu reserva e o chapéu perdido, e o bebê, que olhava para ela, e também o buraco no universo. Poderia mantê-los todos em cantos diferentes da cabeça, e a tensão entre eles agradável. Poderia fazer tudo isso cantar.

Os outros bons aspectos da garrafa plástica com rótulo de Inocente eram a) a cor, b) o fator diversão, c) ela lhe pertencer.

Um dia em novembro, quando o bebê tinha dez meses, Hanna recebeu um cartão de Natal da mãe com uma observação no final anunciando que venderia a casa.

Ela ligou para Constance para dizer, "Que porra é essa?".

"Ah, é você", disse Constance, pois Hanna nunca ligava para casa.

"Que porra?", repetiu Hanna, e Constance respondeu, "Nem me pergunte".

"Não é verdade, é?", perguntou Hanna.

"Ah, não sei", disse Constance. "Não é verdade, não. É só a velhice."

"Tem notícias do Dan?"

"Casa cheia este ano. Ele vem."

A família Madigan nunca estava reunida nesses dias. As meninas sempre apareciam, mas os meninos estavam sabe-se lá onde, ou no Claridge's ou em Timbuktu. Portanto esse Natal seria dos grandes. Seria maravilhoso. E naquela noite, não sabia como, o bebê pegou sua garrafinha de Inocente e cuspiu o negócio, derramando tudo na roupa e, pouco importava o buraco na porra do universo, quando Hugh sentisse o cheiro de álcool no Petit Bateau bretão listrado do bebê, o mundo de Hanna chegaria ao fim. Ou pareceria chegar ao fim. Era possível, como na vez em que acabou no pronto-socorro, que depois de ter um bebê não existisse um fim, existisse apenas mais do mesmo.

Como o treco foi para a máquina de lavar no mesmo instante, Hugh não teve provas concretas. Mas tinha o bebê. Estava dormindo no quarto dele. Não brigaria com Hanna, ele avisou, mas não a deixaria sozinha com o bebê. E quando o Natal chegasse levaria o bebê para a casa da família dele.

Hanna disse, "Que alívio. Não, é sério. Creche. Até que enfim. Uma maravilha do caralho".

Depois de Hanna passar duas semanas sóbria, transaram na cozinha, de repente, acabaram no chão — o mesmo lugar daquela noite em que cortara a cabeça, com a mesma vista, ao virar de lado, dos ladrilhos brancos. Hanna estava tão molhada entre as pernas que imaginou ser uma incontinência e mais tarde, no banho, se perguntou se não havia realmente algo errado com ela, com o corpo, para não falar da cabeça. Saiu e comprou duas garrafas de vinho branco na loja porque a essa altura o negócio de beber já estava sob controle e, após abrir a segunda, a gritaria toda recomeçou.

"Preciso arrumar um trabalho", disse Hanna. "Só preciso de uma merda de trabalho."

Depois de sair da faculdade, Hanna criou uma companhia de teatro independente com algumas almas afins, que não conseguiu financiamento depois do segundo ano ligeiramente desastroso. Abriu caminho para os grandes palcos com o papel de uma criada no Abbey e passou direto para uma criada sexy no Olympia. Teve duas semanas de folga antes de viajar com a produção de *Da*, de Hugh Leonard, na qual interpretava a namorada. Bem. Interpretava a namorada muito bem. Em seguida, outra criada, mas dessa vez na telona. A exibição aconteceu no Savoy da O'Connell Street, um tapete vermelho, Hanna, sentada com Hugh no escuro, as palmas das mãos úmidas ao se segurarem, depois o rosto dela gigante, e Hanna pasma na cadeira pela visão da própria boca falando.

"Eu não sei, senhor. Ela não disse."

Uma aparência atrevida. Inocente. Irlandesa. Todos disseram que ela deveria ir para Los Angeles, ela era como uma Vivien Leigh irlandesa.

Mas não foi para Los Angeles. Era tarde demais para Hollywood, tinha vinte e seis anos. E, além disso, Hanna queria trabalho propriamente dito, trabalho de verdade. Queria que a coisa acontecesse, qualquer que fosse a coisa, o súbito entendimento da plateia.

Fez um curso de Feldenkrais e uma oficina sobre Shakespeare para escolas, houve uma produção independente de *Longa jornada noite adentro* que era melhor nem lembrar e seis meses com uma companhia cujo apreço por Grotowski era tanto que nunca conseguiram chegar à noite de estreia. Teve um comercial de manteiga de caixinha, uma semana aqui e outra acolá em filmes; conseguiu quatro meses inteiros numa minissérie e tentava conseguir trabalhos de locução por causa do dinheiro. Tudo com pressa e com flerte. Houve humilhação sexual. Não havia caminho.

Tinha imaginado que haveria um caminho, um que serpenteasse do musical da escola subindo até o tapete vermelho de Cannes. Mas não teve caminho. Nenhuma *trajetória*. Nenhuma carreira, sequer. Havia somente *Teatro, querida*.

Ainda precisava dele.

Obrigada. Obrigada. Obrigada.

Aos trinta e sete anos, os sonhos de Hanna eram abundantes — assim como seu hábito de beber, aliás — em aplausos. Ou vaias, com mais frequência. Deixas perdidas, objetos de cena esquecidos, medo de palco. Hanna usava a blusa do pijama com uma crinolina, estava na peça errada e mesmo na peça certa tinha esquecido de decorar as falas. Naquela noite, Hugh com um olhar inexpressivo, afundado no sofá, ela foi tateando a parede da sala de estar. Empurrou a bochecha contra ele e arrastou o rosto sem saber quem interpretava dessa vez. Alguma louca. Ofélia, arruinada.

Arruinada.

"Impressionante", disse Hugh, que a odiava e dormia com ela ainda assim, mesmo naquela noite, com a mancha de seu cuspe secando na parede lá embaixo.

Ou a amava. Porque ele disse que a amava. Soltou a declaração enquanto fodia com ela.

Eu amo, eu am, eu ah.

Na manhã seguinte, Hanna fez a mala para ir para a casa da família. Ficou parada diante do guarda-roupa e revirou todos os cabides tentando descobrir o que levar. A mãe detestava que usasse preto e Hanna não tinha nada para vestir que não fosse preto. Imaginou que uns xales poderiam quebrá-lo, ou uns colares espalhafatosos, embora nunca conseguisse amarrar xales, sempre ficavam estranhos. Hanna modelou uma blusa contra o corpo e depois outra, se olhando no espelho. Vislumbrou seu rosto e imaginou ser possível, era mais que possível que o teatro agora já fosse passado para ela. Hanna tinha o rosto errado para uma mulher adulta, ainda que houvesse papéis para mulheres adultas. A detetive. A amante. Não, Hanna tinha cara de namorada, bonita, simpática e triste. E tinha trinta e sete anos.

Seu tempo havia se esgotado.

Jogou as duas blusas na mala e atirou os cabides na cama. Hugh estava parado, encostado na parede azul prussiano, e quando o bebê se debateu por ela, ela o pegou do pai. Só por um tempinho. Ao trazê-lo para perto, a pele de seu peito pareceu cantar; uma ânsia clamorosa pelo bebê a atingiu em todos os pontos em que o bebê tocava seus braços. E então o segurou e eles se acalmaram.

"Lembra quando a gente levou ele pra casa da minha mãe", ela disse. "Aquela primeira vez? Porque a vaca não podia vir a Dublin, e 'quantos quartos você falou que tinha?' Lembra que a gente foi pra lá e estava sol a viagem inteira até o outro lado de Ennis, e o céu desabou pouco antes de Islandgar e ele adorou. A chuva caía aos cântaros e eu não conseguia enxergar o para-brisa. Ele não tinha gostado da cadeirinha nova ou estava sentindo alguma coisa, aí a chuva tamborilou no teto. Você disse, 'Para o carro, para o carro!' e eu falei que não podia parar porque não dava para ver aonde eu estava indo com aquela chuva toda, tinha só dois dedos de para-brisa nítido depois que o limpador passava, uma frestinha, e mesmo nela só se via mais chuva. O barulho que fazia. Eu falei, 'Parece um sonho.' Lembra?"

"É", disse Hugh. "Pode ser."

"Eu saí de mim, bem devagar. Acontece às vezes. Eu faço isso. Mas daquela vez foi bem devagar. Tão devagar que senti que estava saindo. Aquela foi a primeira vez."

"Entendi", ele disse.

"E eu amei. Simplesmente amei. Ir pra casa da minha mãe com o bebê no banco de trás. E aquela chuvarada toda."

Aeroporto de Shannon

Na sala de desembarque de Shannon as portas de vidro se abriam e as portas de vidro se fechavam.

Constance observava um passageiro após o outro sendo emboscado e reivindicado. Pessoas choravam e riam e Constance não conseguia lembrar quem procurava, exatamente. Haveria algum aspecto imutável no irmão que a levaria a identificá-lo como seu irmão. Um brilho. Era como se lembrava de Dan quando criança e também, o que era mais surpreendente, da última vez que se viram — devia ter sido em 2000 —, ano em que Constance não reconhecia mais o reflexo que lhe vinha da vitrine das lojas e Dan estava mais bonito que nunca. Ela não sabia como ele conseguia. Na verdade Constance imaginou que tivesse a ver com maquiagem; ou botox, talvez. Era como se a luz pudesse escolher e ainda optasse por ele.

Talvez estivesse simplesmente em forma. Apesar de Dan nunca ter mostrado iniciativa de estar em forma, ou fora de forma, não conseguia imaginá-lo suando. Pessoas bonitas não mexiam muito o rosto, isso era parte do truque; a mãe era assim e Dan também. Era a postura, mais do que a boa aparência. Um senso de expectativa.

Hanna era de fato a mais bonita da família Madigan, mas Hanna era toda expressividade, toda personalidade, e não era fotogênica — isso, numa atriz, não era bom. Constance segurou o corrimão de aço da área de desembarques e levantou o rosto para que o irmão a reconhecesse, mas tratava-se, ela sabia, apenas de um reflexo triste do que já havia sido. O rosto era uma sombra atravessando a frente da cabeça — como o jogo de luz na encosta de uma montanha, talvez. A cada dois segundos, a antiga Constance estava ali. Habitava o retrato de si mesma. Tudo se encaixava.

E lá estava Dan — reconheceu na mesma hora — frágil e atento atrás do carrinho gigante: mais velho do que deveria estar, mas com uma aparência absurdamente jovial para a idade. Um homem gay, como qualquer um perceberia. Examinou os rostos das pessoas no desembarque com uma impecabilidade nervosa.

"Oiiii!", Dan esticou os braços em sua direção e saiu de trás da bagagem. Mais afetado do que ela se lembrava. Sempre um pouco mais. Vinha à tona com a idade.

"Olha só você!" Ele tocou com delicadeza a lateral de seu rosto e em seguida o ombro, depois se aproximou, como se num ímpeto, para dar um abraço. Ele a cumprimentou como um amigo e não um irmão. Cumprimentou como nenhum amigo tinha feito antes na vida.

E carregava malas demais. Um exagero. Boa parte da bagagem combinava entre si. Dan reparou que ela percebeu tudo isso enquanto andavam pelo saguão. Estavam brigando antes de Constance sequer abrir a boca. Faziam tudo de novo. E Constance de repente ficou de saco cheio de si mesma.

Eu não me importo!!! Queria dizer. *Não importa com quem você dorme ou o que você faz!*

Embora ela se importasse. Observou o olhar de todos por ali que o fitavam.

"Como é que você está?", ela perguntou a Dan.

"Bem."

"Essa coisa de viajar à noite é de matar."

Dan ia dizer uma coisa, mas resolveu não fazê-lo.

"Eu dormi", ele declarou.

Cruzaram a porta principal e emergiram no ar fresco; os primórdios do amanhecer ao leste e as luzes do aeroporto tremendo em tom laranja contra o céu que acabava de embranquecer.

"Olá, Irlanda", saudou Dan.

Ele sorriu e ela o olhou. E ali estava ele.

Dan era um ano mais novo que Constance, quinze meses. Seu crescimento lhe parecia uma insensatez, de certo modo. Portanto, não se incomodava com a homossexualidade do irmão — a não ser, talvez, no sentido social — porque também não acreditara em sua heterossexualidade. No espaço em que Constance amava Dan, ele tinha oito anos de idade.

Ficou a seu lado enquanto ela pegava a notinha, depois atravessaram juntos o estacionamento, quase entretidos.

Esse era o menino que corria a seu lado nos sonhos dela. Constance, adormecida, nunca via muito bem seu rosto, mas era Dan, claro que era, e estavam na praia de Lahinch, dando a volta num promontório, e se deparavam com algo inesperado. E o que achavam era o rio Inagh, que percorria a areia rumo ao mar. Água doce na água salgada. Constance fora lá muitas vezes quando adulta, e seu mistério ainda se mantinha. Água de chuva em água do mar, era possível saborear onde se encontravam e misturavam e não havia como saber se tudo aquilo era bom ou ruim, aquela turbulência, se era corrupção ou regresso.

"Sabe o que eu queria?", disse Dan. "Eu vi na saída e nem acreditei — porque o que eu quero, mais do que tudo, é um pouco de cristal Waterford. Você não acha que está na hora? Umas taças de champanhe. Devia ter comprado umas para a Lady Madigan, ela ia adorar."

"Você acha?"

"Ou pra mim mesmo. Eu sabia que estava faltando alguma coisa na minha vida. Só não sabia o quê."

"Taças de champanhe?"

"Taças de champanhe?" Estavam ambos, e no mesmo instante, imitando a mãe.

"Ah, sai pra lá", disse Dan. "Cansei de você."

"A bem da verdade", declarou Constance, "ela está bem."

"Como é que ela está?"

"Ela está bem. Quer dizer, além de toda essa coisa com a casa. Ela está." Constance não conseguia achar a palavra.

"Mais serena?", perguntou Dan. Estavam no carro que, Constance se lembrou, era um Lexus. Não sabia se sentia vergonha ou orgulho desse fato, mas Dan não pareceu notar quando ela abriu o porta-malas com o logotipo e ele levantou o tampo.

"Está mais para temperamental, é este o nome que eu daria."

Dan não disse nada, só acomodou a bagagem no porta-malas, tomando o cuidado de botar as compras dela num canto.

"Eu sei", ele respondeu, fechando o tampo.

Embora não tivesse como saber. Como ele poderia saber? Não estivera ali.

Dan se abaixava em direção à porta do motorista quando se deu conta do país em que estava.

"Lado errado!", ele exclamou, e trombaram um no outro ao trocar de posição. Constance tocou na cintura dele ao trocarem de banco e ele lhe pareceu menor do que antes. Não era possível, é claro. Era apenas o fato de que todo mundo estava mais gordo, agora, portanto o olhar se adequava. Todo mundo estava mais gordo, menos Dan.

Ele notou o carro, sim, quando Constance deu marcha a ré e um vídeo da traseira do carro surgiu no painel.

"Con-stance", ele disse. "O que é isso que você está dirigindo? Você está parecendo mulher de médico."

"Rá", retrucou Constance.

"Temperamental", ele repetiu. "Ela está falando sério sobre a casa?"

"Pois é", disse Constance. "Acho que é só a velhice chegando."

"E. Não está envelhecendo bem?", ele perguntou. Constance buscava entre as engrenagens a primeira e depois a marcha a ré, e não poderia rir até se endireitar. Em seguida, gargalhou tanto que não conseguia achar a notinha da cancela.

"Fecha a matraca", pediu Constance. "Estou tentando tirar a gente daqui."

Eram sete horas da manhã. O sol sobre Limerick era gordo e vermelho e vinha do oeste com um sombreado no ar que era prenúncio de chuva.

"Está com fome?", ela perguntou.

"Hmm."

Dan escorregou no banco, e *Seja assim mesmo*, ela pensou, porque ele fazia com que sentisse culpa o tempo inteiro, tendo alucinações com ovos e bacon.

De fato, foi o que o amanhecer fez com Dan. Estava atordoado com a mudança de fuso horário. A luz trazia aquela sensação familiar de equívoco (Por que Constance comprou esse carro idiota e enorme? Quando foi que ela aprendeu a dirigir?) e Dan não a captou a tempo. Imaginou que fosse o cheiro — parecia de cachorro molhado, ou queijo — aquela sensação enjoativa de que preferiria estar em qualquer lugar menos ali. Dan apertou as pálpebras na tentativa de evitar a luz insistente da terra natal, que era igual a qualquer outra luz, apenas vinha na hora errada.

"Você viu os outros?", ele perguntou.

"Vão chegar amanhã, se a Hanna tomar juízo. O Emmet está trabalhando fora."

"Claro."

"Ele está de namoradinha nova."

"É mesmo?"

"É, sim", confirmou Constance, porque era sempre assim com Emmet.

"E você?", questionou Dan.

"Perdão?", disse Constance.

"O que você anda fazendo?"

Constance tentou trazer à baila o emaranhado habitual de casa, filhos, mãe, marido, casa da mãe, presentes de Natal, jantar para dez ou talvez treze, os filhos agora transando, à exceção de Shauna, tímida demais. Do que poderia falar? Pesquisa sobre pilates na internet, tentativas de administrar a própria burrice, um fim de semana prolongado em Pisa pela Ryanair, que já fazia três meses. Constance fazia de tudo. Ela "andava fazendo" a porra toda.

"Ah, sabe como é", ela disse. "Nada estranho ou chocante."

E Dan fechou os olhos, como se sentisse dor.

"Como é que estão as crianças?", ele perguntou.

"Ah!", ela disse.

"Como?"

"A Shauna", ela exclamou. "Você tem de ver a Shauna."

"Com que idade ela está mesmo?"

"Linda", ela comentou. "Se ela ao menos se desse conta. Dezesseis."

Dan nunca tinha entendido Shauna muito bem, mas Constance sabia que isso mudaria assim que ele a visse. Dan poria os olhos em Shauna, uma menina tão pálida quanto ele e com o mesmo cabelo vermelho. Pegaria a criança, toda joelhos e cotovelos, e ele a deixaria fabulosa.

"Pernas finas", ela acrescentou. "Alta."

"Hmm", ele fez.

Seus olhos continuavam fechados. Dan via o sol brotar dentro das pálpebras assim como fazia quando menino, mas hoje até isso lhe parecia um equívoco. Flores roxas que pareciam hematomas. Nuvens amareladas doentes com um matiz preto de vergonha.

Jet lag.

Abriu os olhos e viu luzes traseiras, o estofado creme e cinza do carro da irmã, o prenúncio de chuva no para-brisa. Irlanda.

Ótimo.

Constance falava dos meninos: Donal, a cara do pai, adiou a universidade por um ano para trabalhar em uma obra na Austrália; Rory, que saía todo sábado à noite.

"E você?", ela perguntou após um breve silêncio.

"Toronto", disse Dan, como se a palavra contivesse todos os tipos de informação, algumas delas surpreendentes. "É isso."

"Sempre gostei do Canadá", comentou Constance.

"É", ele disse. "Eu lembro." Parecia querer falar mais, mas não falou. E quando ela olhou, ele tinha adormecido.

Ele despertou de um sonho sobre o rio Inagh adentrando o mar — livre, infinito —, o que o levou a pensar que fazia xixi na cama. Mesmo ao pestanejar, Dan imaginava estar mijando, dava quase para ouvir. Um batuque grave, familiar, o surpreendeu com o fato de que estavam num estacionamento aberto e a gasolina caía no tanque atrás dele, e não parava nunca. Virou a cabeça e viu a irmã parada atrás do carro com seu casaco de lã caramelo. Constance olhava para o nada, o cachecol creme se erguendo às suas costas, o vento perturbando o cabelo fino. Dan se arrastou para fora do carro, puxou a calça — completamente seca — pelo cinto. O ar fresco era uma brisa bem-
-vinda de frio.

"Vou na loja", ele anunciou. "Quer um saco de batatinha crocante?"

Crocante. Que palavra mais irlandesa — anos que não sentia aquele gosto na boca.

Constance o olhou por cima do teto preto reluzente.

"Quero, sim", ela respondeu.

A caminho de casa, a paisagem se acumulava em Dan feito um limo de sentido perturbado pelo contorno de uma sebe ou a visão das árvores invernais junto às montanhas. De repente, era familiar. Conhecia aquele lugar. Era um segredo que carregara dentro de si; um mapa das coisas que conhecera e perdera, aquelas casas meio vislumbradas e muros de pedras, os campos de um verde denso.

A estrada era mais larga do que a estrada de sua infância e a chuva lhe parecia cada vez menos real à medida que rodavam sob ela. Tanta água. Eram impedidos por ela, os pneus patinando sobre uma película de chuva. Aquaplanando. Voando no carro chique da irmã em meio ao ar úmido. Sem tocar em nada. Intocado.

Se conseguisse pelo menos manter os olhos abertos, Dan ponderou, tudo daria certo.

Constance também baixava as pálpebras enquanto conversavam — todos eles eram assim, os Madigan, eles piscavam devagar. Olhavam dentro deles mesmos à procura de uma palavra esquecida, um sentimento difícil de captar ou explicar. Sorriam com os olhos fechados e fechavam a cara.

"Você está feliz?", ele perguntou de repente.

"Hmp", ela murmurou.

"Você devia ter um caso."

"É mesmo?"

Ela continuou dirigindo.

"Quem falou que eu não tive?"

"Constance Madigan", ele disse.

"Só estou falando." Ela costumava lhe contar tudo.

"Com quem?"

"Foi anos atrás", ela disse. Ele esperou que ela prosseguisse.

"Eu pensava, sabe, que ia ser como pular de um penhasco", ela explicou. "Um grande salto."

"E?"

"Foi que nem aterrissar numa merda de uma poça. Um esguichozinho, só isso. Foi que nem ficar parada debaixo da porcaria da chuva."

A cinco quilômetros de casa viram o pequeno Citroën azul que ela tinha.

"Ih, olha quem é", disse Constance, reduzindo a velocidade para entrar atrás de Rosaleen, depois pisando no freio enquanto a mãe corria e diminuía a velocidade à frente deles.

Constance piscou os faróis mas não houve sinal da mulher do carro à frente. Sessenta e cinco quilômetros por hora. Trinta. Viam a parte de trás de sua cabeça de senhora, abaixada ao nível do volante, intrépida. As luzes traseiras ligaram e as luzes traseiras desligaram e não havia ritmo ou razão que Constance pudesse discernir na estrada adiante.

"Ela anda muito", disse Constance. "Ela sai para dar caminhadas."

E, apesar de Dan não ter perguntado, "Qualquer lugar", ela disse. "É do mar que ela gosta. No calçadão, ou no píer de Doolin, pela estrada verde, até nos despenhadeiros."

"Que horas são?", perguntou Dan, numa súbita irritação.

"Horas?"

Ambos percebiam: a mãe poderia morrer num fosso, ser lançada do alto de um despenhadeiro e carregada pelo mar.

Constance apertou a buzina.

"Caramba, Constance."

"Que foi?"

"Você quer que ela bata! Você está querendo matar a mulher?"

"Ah, deixa disso." Ela buzinou outra vez.

"Para!", Dan esticou o braço como que para lhe arrebatar o volante.

"O que é que foi?" Constance estava perplexa com o irmão mais novo. "O que é que foi?"

"Meu Deus, Constance!" Dan voltou a ter oito anos, gritando com a irmã mandona. E era tudo cômico à sua própria maneira, mas não queria dizer nada. A mãe, que morreria a qualquer instante, não os ouviria do outro carro.

Constance se recostou para observar. Rosaleen dirigia com o pé no freio. Não estava claro se parava ou acelerava. Era um problema da vista. Ou dos pés, talvez. Como se tivesse de usar os dois ao mesmo tempo.

Condado de Dublin

Na véspera de Natal, Emmet ligou para a mãe de sua casa em Verschoyle Gardens, no vigésimo quarto distrito de Dublin, onde ela jamais estivera. Não tinha motivo nenhum para ir lá, assim como não apareceria na porta de um prédio em Daca ou numa casa colonial caindo aos pedaços no meio de Ségou. Havia, na verdade, menos motivos ainda. Uma casa geminada de três quartos no complexo residencial perto da estrada N7 que Emmet alugava por mês por uma quantia absurda de dinheiro. O sofá debaixo da janela da frente era um troço balofo de couro, meio marshmallow, meio cogumelo — a mãe odiaria, mas Emmet era indiferente à casa, estava contente com o achado. Tinha isolamento térmico e era nova. Qualquer distância de Rosaleen, pequena ou grande, continuava a lhe dar prazer.

Lá em Ardeevin, o telefone tocava.

Emmet olhou da janela para a casa idêntica do outro lado da rua, alegre por conta das luzinhas decorativas. Desde que ficara rico, a Irlanda deprimia Emmet de uma forma totalmente nova. O preço das casas o deprimia. E a coisa da bolsa, a coisa do café com leite, a coisa do Não Somos Todos Uns Gênios, tudo isso também o deprimia. Mas Verschoyle Gardens, para ser justo, não o deprimia. Mateus, o menino da casa ao lado, sairia de bicicleta nova na manhã seguinte, o pai segurando a traseira do selim, tirando as mãos e largando.

Um clique. Silêncio do outro lado. O ar eletrônico de casa.

Ela tinha um jeitinho com o fone, pegava como se fosse um objeto pesado a ser ajustado com certa precisão contra a orelha humana.

"Ah-lou?"

A mãe ainda atendia o telefone como se fosse 1953.

"Mami", ele disse e estremeceu. Ela odiava ser chamada de "Mami".

"Emmet", ela respondeu.

Estaria sentada na mesa velha e desgastada com o jornal estendido à sua frente, aberto nas palavras-cruzadas fáceis. Talvez se virasse para olhar o jardim através da janela, ou deixasse os olhos pousarem no cavalete que ficava no canto, com a paisagem que estava pintando, há muito inacabada. Ou olhasse a antiga cadeira ao lado do fogão onde o pai dormia após o jantar e antes do noticiário. Era difícil dizer, quando olhava para qualquer um desses objetos, o que via.

"Estou indo para aí", anunciou Emmet.

"Está?"

"Estou esperando a Hanna e vou."

"Ah, ótimo."

Havia uma trava na respiração dela: uma dificuldade ou empolgação. Ele escutou quando ela se levantou da cadeira.

"Então vai ser, três horas, quem sabe."

Rosaleen estava à espreita.

"Entendi", ela disse.

"Ou mais tarde um pouco, quem sabe", ele declarou, meio indeciso.

"Está bom a hora que for", ela disse. "Contanto que seja no horário que você marcar."

Ela o pegou.

"Porque essa é a chateação, na verdade", ela continuou. "Ou as pessoas chegam cedo e você não está com nada pronto ou marcam a hora e te deixam esperando. É isso o que eu detesto. Não é chegar cedo ou chegar tarde, é falar a verdade."

"Eu sei." Emmet não conseguia acreditar no que ouvia. "Estou esperando a Hanna", ele justificou.

"A Hanna?"

"É."

"A Hanna?"

"É."

"A Hanna vem com você?"

"É."

"Ah, então tudo bem, o horário é uma incógnita."

Era verdade, Hanna nunca chegava na hora. Emmet imaginava que fosse genético.

"Que tal?"

"O Hugh vem no Dia de São Estevão", ele comunicou. "Aí você vê ele."

"Entendi."

"O Hugh e o bebê. Ele vai levar a Hanna de volta para Dublin."

"Ah, o bebê, que pena. Acho que na verdade a gente não tem cama. Então vai ser só você? Ótimo. E?"

"Saar."

A mãe sempre emudecia após um nome que considerasse incomum.

"Isso. Saar foi embora?"

"Para a Holanda."

"Ótimo. Vejo vocês às três."

"Talvez a gente chegue mais próximo das quatro", disse Emmet.

"Entendi. Bom, fala para a Constance qual é o horário, ela é quem está vendo isso tudo. Tchau! Ah, escuta, você vai trazer vinho? Só estou dizendo para não deixar do lado da Hanna, senão ele vai direto pelo ralo. Claro que você não é um fanático por vinho que..."

Ela se calou.

"Ai, Emmet, seria ótimo, agora que o Dan está em casa, não seria ótimo ter uma coisa boa, para variar? Eu adoraria — sei lá —, você vai trazer vinho?"

"Não." Ele olhou pela janela. Nenhum sinal de Hanna.

"É só que o Dan veio, pra variar. Sei lá. Eu só tenho. Sabe como é. Champanhe."

"Então ele desembarcou?" Emmet imaginou a cozinha reorganizada em torno de Dan: o rosto santificado, os olhos que piscavam devagar.

"Ele está dormindo", Rosaleen disse em voz baixa. "Preciso pedir para a Constance comprar champanhe."

"E a Hanna?"

"Ah, para com isso. A gente usa taças pequenas. Aquelas que a gente comprou em Roma."

Roma foi em 1962, uma audiência com o papa, um homem numa Vespa, lindo de morrer, com um bebê moreno e gordo no joelho. Ah, e Roma, Roma! As piazzas inesperadas, os ramos de botões laranja, um velho rabugento no bonde que exalava um fedor terrível de alho — Rosaleen deveria ter percebido que o enjoo matinal começava a aparecer. Dan foi concebido em Roma. E Dan adorava alho! Os mistérios de Dan eram infinitos.

"Escuta, mamãe, tenho que ir."

Outro instante de silêncio. *Mamãe.*

"Vai, sim."

"Até já."

"Agora tchau!"

Emmet desligou o telefone, exausto. Saar tinha assado biscoitos antes de ir embora e a cozinha ainda cheirava a canela. Saar era incrível. Holandesa, pragmática, companheira. Ele a levou ao aeroporto onde embarcou num avião rumo a Schiphol, ciente de que, no Natal seguinte, também iria para Schiphol.

"Eu te amo", ele dissera.

E ela respondera, "Eu te amo".

Então ele se voltou para os horrores da família Madigan — os corações pequenos (o dele mesmo não era muito grande) e as vidas insignificantes que se forçavam a aguentar. Emmet fechou os olhos e levantou a cabeça, e ali estava ela: a mãe, fechando os olhos e levantando a cabeça, exatamente do mesmo jeito, na cozinha de Ardeevin. Sua sombra se movendo através dele. Ele precisou expulsá-la se sacudindo feito cachorro molhado.

Mãe.

A idiota da irmã atrasada, como sempre. Entulhando a mala, ele imaginava, ocupada esquecendo coisas, achando o telefone, perdendo o telefone, gritando sobre o telefone, bagunçando, bagunçando, bagunçando.

Emmet subiu a escada e bateu, ao passar, na porta do colega de quarto.

"Tudo bem?"

Denholm saiu e o seguiu até o quarto enquanto Emmet pegava uma valise e a colocava em cima da cama.

"Na mais perfeita ordem", declarou Denholm.

"Só queria ver se você ainda estava por aqui."

"Ah, sim", disse Denholm, que não tinha grana para estar em nenhum outro lugar e estava, além disso, sempre à mesinha de seu quarto. "Como é que você está, Emmet?"

"Muito bem", ele disse, se virando para apertar a mão do sujeito — ao estilo africano — ali na adorável, suburbana Verschoyle Gardens, vigésimo quarto distrito de Dublin.

"Como vai?", ele perguntou.

Denholm ia todos os dias para Kimmage Manor para um curso sobre desenvolvimento internacional. A mãe havia falecido um mês depois de ele chegar do Quênia e a irmã, também moradora da zona rural do Quênia, era soropositiva, fato que só descobrira na maternidade da clínica local dirigida pelas mesmas freiras que levaram Denholm até o complexo residencial perto da rodovia N7 e ao quarto vago de Emmet.

"Vou muito bem", declarou Denholm.

"O wi-fi está funcionando?", perguntou Emmet.

"Está meio lento", comentou Denholm. "Mas está funcionando."

Andara conversando com o irmão pelo Skype, contou, antes de seu escritório ser fechado. Era um feriadão no Quênia. Estavam a caminho de Nairóbi, assim como Emmet estava a caminho de Dublin. Voltariam aos vilarejos a tempo da Missa do Galo, depois haveria um festão — a noite inteira —, mais festas no dia seguinte e então, no Dia de São Estevão, ao qual davam o nome de Boxing Day, haveria uma sopa feita do sangue do bode de Natal. Sopa gostosa, Denholm lhe disse. Sopa para curar ressaca.

Emmet circulou pelo ambiente, abrindo gavetas, jogando peças na valise, uma bolsa de poliéster trançado que ganhara numa conferência, com Programa Alimentar Mundial escrito na aba. Umas camisas polo, cuecas e meias, um livro do armário que servia de mesa de cabeceira, o telefone. Se enfiou no banheiro da suíte para pegar a escova de dente e o desodorante.

"Parece que vocês levam a sério", comentou Emmet. Enfiou a mão debaixo do colchão para tirar o passaporte, mas se deu conta de que só pegaria a estrada dentro da Irlanda.

"É", disse Denholm, que não conseguia esconder a solidão natalina em sua voz.

E, "Uau", exclamou Emmet, olhando ao redor à procura de nada, tentando disfarçar a súbita aflição ante o fato de que deixaria Denholm sozinho. Depois de toda a hospitalidade que lhe tinham oferecido, em tantas cidades. Por que não o convidava para a ceia em sua casa? Simplesmente não podia.

Não era questão de cor (apesar de ser também questão de cor), até Saar estava fora de cogitação — Saar com suas virtudes domésticas holandesas, capaz de tirar a mesa e lavar os pratos e cantar enquanto varria o ouropel caído no chão. Como a ceia de Natal, para a família de Emmet, era mais densa que sopa de sangue queniana, nenhuma das pessoas de quem Emmet mais gostava poderia comparecer, nem mesmo as pessoas com quem poderia se divertir. A única via para a mesa da ceia de Natal da família Madigan era um útero previamente credenciado. Casado. Abençoado.

Me desculpe. Não posso te convidar para a ceia de Natal na minha casa porque sou irlandês e a minha família é louca.

Hanna não levaria sequer o pai de seu filho.

O padrão na sala de jantar dos Madigan era alto. Melhor mantê--lo alto.

"O bonde funciona amanhã?"

"Não se preocupa comigo", disse Denholm, que no dia de Natal ficaria preso em um complexo residencial perto da rodovia N7, ele desceu a escada e ofereceu chá.

Emmet botava a culpa na mãe. Contava a Rosaleen sobre doenças, guerras e deslizamentos de terra e ela fazia uma cara levemente confusa, porque havia, sem dúvida, coisas muito mais interessantes acontecendo no Condado de Clare. Embora nada acontecesse — ela também fazia questão disso. Nada era discutido. As notícias eram chatas ou assustadoras, fatos eram sempre irrelevantes, a política era grosseira. Fofocas da cidade, era isso o que a mãe permitia, e apenas de certo gênero. Casamentos, mortes, acidentes: vivia pelas batidas de frente, uma curva malfeita na estrada. Os próprios males, é claro, as doenças dos outros. O tumor do primo da sra. Finnerty que no final das contas era só um cisto. Sua coluna, o quadril, as dores de cabeça, o clarão esporádico quando fechava os olhos — males cada vez mais vagos até que, um dia, não seriam nem um pouco vagos. Seriam, enfim, totalmente evidentes.

"Eu ia trazer o cara que divide a casa comigo", Emmet disse na cozinha, algumas horas depois. "Ele está passando por poucas e boas."

"Ah?", exclamou Rosaleen.

"A mãe dele acabou de morrer."

"Poxa vida!" Rosaleen adorava uma boa tragédia. Lágrimas — lágrimas genuínas — brotaram em seus olhos.

"E a irmã e o filho dela são soropositivos."

"Ah."

Mas talvez esse não fosse o tipo certo de tragédia, afinal.

"Entendi."

A mãe lhe parecia menor do que se lembrava. A pele estava tão fina que Emmet tinha medo de tocá-la e machucar. Não que alguém tocasse nela — à exceção de Constance, talvez. Rosaleen não gostava de ser tocada. Gostava da coisa que Dan fazia, que era conjurar o ar que a rodeava, de algum modo, tornando-o especial. Quando Hanna foi cumprimentá-la, houve uma imensa colisão mal cronometrada de bochechas.

"Ai."

"Ui."

Foi antes de cruzarem a soleira da porta; Rosaleen abriu a porta da frente com uma aparência horrorosa. Estava de blusa branca engomada com gola arrumada e seu colar de pérolas de tamanho médio. Um par ligeiramente arrojado de meias de losangos entre a calça preta e mocassins franjados, o cabelo era um platinado brilhante por causa do shampoo especial. E quando Hanna levantou para beijar tudo isso, o osso dos rostos bateram.

"Você está bem?"

"Eu acho que sim. Estou."

A precisão de Rosaleen se transformando, como sempre, numa espécie de dificuldade geral para todos eles.

"Estou bem, sim", e então, "Cadê o bebê?"

Apesar de Emmet ter avisado que o bebê não iria.

"Ele está com o Hugh", explicou Hanna após um instante de silêncio.

"Que pena", disse a mãe deles. "Poxa."

E olhou para a filha como se ela, sozinha, tivesse que bastar.

Hanna dormira no carro a viagem inteira. Passara a noite inteira em claro por causa do bebê, ela justificou — um pouco petulante —, e embora a irmã mais nova o irritasse, Emmet sentia pena dela, recém-desperta e desgrenhada como estava, na soleira da porta da mãe.

"Eu te falei", ele disse a Rosaleen.

"Falou? Talvez tenha falado, sim." E então, meio ríspida, "Não *importa*, não é?".

Era uma mulher insuportável. Emmet não sabia por que era sua função manter a mãe na linha — ele simplesmente não tinha como evitar. Não conseguia aguentar a quimera que fomentava ao seu redor. Emmet não entendia por que a verdade era um grande problema para Rosaleen, por que os fatos eram uma irrelevância, ou uma acusação. Ele não sabia do que ela se esquivava o tempo inteiro.

"Um bebê não pode ter aids", ela decretou com certa objetividade.

"Fizeram o exame na maternidade — uma freira irlandesa, na verdade."

"Uma freira?", ela perguntou.

"É, no Quênia", respondeu Emmet.

"Ah."

Rosaleen ponderou isso tudo por um instante.

"E ele é do Quênia?", ela perguntou.

"Quem?"

"O rapaz com quem você divide a casa."

"Ele é. É queniano, sim."

"Entendi", ela disse, e se remexeu na cadeira.

"Você vai fazer uma xícara de chá?", ela perguntou, de repente, olhando Hanna por cima do ombro. E Hanna, que de fato punha colheradas de folhas no bule, parou para uma microrraiva, com a lata na mão.

"Tem uma criança", Rosaleen contou, se voltando cuidadosamente para a mesa. "No espectro de autismo. É filho de uma das gerentes do Spar." E então, fazendo uma concessão. "Ela é estoniana, acredita? E o marido é bem bacana. De Kiev."

Mas Emmet já estava entediado com o jogo. Era um homem feito. Tentava expor a tolice de uma mulher de setenta e seis anos. Uma mulher que, além de tudo, era sua mãe.

"A viagem é longa", ele comentou. "De Kiev para o Condado de Clare."

Ele via os próximos dias se prolongarem à frente deles. Haveria muita conversa sobre preços de casas, o sucesso que Dessie McGrath andava tendo, quanto valia cada coisa hoje em dia — mais caro que em Toronto, Dan, isso mesmo, aquele estábulo no fim da rua. Emmet entabularia uma discussão com Constance sobre a Igreja católica — porque Constance, que não acreditava em nada, não assumiria a descrença diante dos filhos, que deviam crer em tudo ou ao menos fingir crer, assim como a mãe. Hanna faria uma arenga a respeito de algum crítico de jornal, a mãe opinaria que essas pessoas às vezes sabiam do que estavam falando, e assim todos prosseguiriam. Era, Emmet ponderou, como viver num buraco no chão.

Hanna pôs duas fatias de pão na torradeira e o cheiro que se espalhou pela casa despertou Dan e o levou a descer a escada. Ela escutou seus passos perto da cozinha e soube no mesmo instante — guardara o ritmo de seu caminhar dentro de si todos aqueles anos.

Ele entrou; um homem belo que se dissolveu no irmão dela assim que abriu a boca para dizer, "Imaginei que fosse você!". A voz tinha uma inflexão americana de que Hanna se recordava da última vez que se viram, um tempo antes do bebê, quando ela e Hugh passaram uma semana em Manhattan e Dan os levou ao Met e à exposição de Bill Viola e se divertiram à beça: Hugh falando de cenários teatrais com Dan — um campo de girassóis, era isso o que Dan queria, um lago, amplitude, e Hugh disse, "Põe na vertical, transforma na parede de trás".

"Oiê", ela cumprimentou.

Não se beijaram, não na cozinha, apesar de que se beijariam se estivessem em Dublin ou qualquer outra cidade. Dan optou por puxar uma cadeira e Hanna se levantou para encher o bule de novo. Ela sabia, enquanto a água batia no componente encrostado, que aquele era o único lugar no mundo em que Dan se sentaria e pediria chá. Em qualquer outra cozinha ele facilitaria e serviria e cuidaria.

"Chá?", ela ofereceu.

"Perfeito", ele respondeu.

"Tudo bem com você?", perguntou Emmet. E Dan assentiu para o irmão mais novo como se tivessem se visto pouco tempo atrás, mas a verdade era que nenhum deles se lembrava da data, tampouco tentavam.

Rosaleen, nesse ínterim, sorria. Seu rosto parecia quase translúcido. Estava feliz de ver todos eles. Estava feliz porque Dan estava em casa.

Ou estava feliz sem motivo, Emmet pensou. O rosto dela era uma espécie de caricatura. Sempre foi assim. Havia certo desarranjo na felicidade da mãe, como se um estranho de passagem tivesse acendido uma luz e deixado acesa para iluminar um ambiente vazio.

Perguntava-se sobre o cérebro dela. Rosaleen tinha dificuldade em ficar parada, com a velhice. Estava sempre no jardim, na estrada, estava sempre andando; era arrebatada por uma paisagem. Estava animada agora, e se levantava da cadeira.

"Posso te fazer um prato de salada e um pouco de frango", ela disse a Dan. "Tenho um saquinho de salada."

"Ah, não", disse Dan.

"É moleza."

"É moleza *mesmo*", ele retrucou. "Mas, sabe como é, você enche a geladeira de comida saudável e ela estraga assim que você pega o sorvete. Não que esta esteja estragada."

Estava ao lado dela junto à porta da geladeira, se inclinaram em direção à luz interna e ele pegou o saquinho de salada. Hanna sabia que era o primeiro saquinho de salada pré-lavada que Rosaleen havia comprado na vida.

"É bem leve", declarou Rosaleen.

E Dan disse, "Me parece perfeito, quem sabe eu não como".

O que ensejou uma comoção acerca do molho: que vinagre Rosaleen tinha ou deixava de ter, e será que ele não aceitaria só limão. Emmet, enquanto isso, lia o jornal de um jeito impassível, mas Hanna não se importou. Sentou-se à mesa com um cigarro apagado entre os dedos e não conseguia parar de olhar para Dan, a maneira como havia se tornado ele mesmo, e se tornado também uma versão de homem gay que ela reconhecia. As informações que tinha sobre ele vinham de duas direções e convergiam no ser humano sentado à mesa, dizendo, "Sabe do que eu sinto falta? Pão com geleia". Crescido, Dan era tão inevitável e, no entanto, tão imprevisível.

Estava sentado na cadeira do pai, o filho pródigo que retorna. Olhava ao redor como se enfeitiçado pelas mínimas coisas.

"Isso!", ele disse. Foi tocar no jarrinho de leite e parou, o dedo a um milímetro da louça. "Não vejo isto aqui tem."

"Ah, você vai nos achar muito", disse Rosaleen.

"Não!", ele exclamou.

"Rústicos", ela completou.

"Não", retrucou Dan. "É isso o que eu estava falando. É perfeito. É lindo."

"Eu gosto de usar as coisas", explicou Rosaleen. "Mesmo que nada combine com nada. Não combine mais."

"Está certíssima", disse Dan, pensando que Ludo adoraria a mesa da mãe — que Ludo adoraria sua mãe, talvez, se questionando se tudo ficaria bem, no final das contas.

Hanna viu o sorrisinho de Dan. Todos viram. A sombra de outra pessoa estava no ambiente. Rosaleen olhou para a janela, onde seu reflexo se formava na vidraça.

"Lembra daquele Natal", ela disse a Hanna, "que você quebrou a porcelana Belleek?"

"Não quebrei a Belleek", respondeu Hanna.

"O jarrinho de Belleek", relembrou Rosaleen, "parecia uma concha."

"Foi a Constance", corrigiu Hanna.

"Ah", soltou Rosaleen, cética. "Lembra daquele jarrinho?", ela perguntou a Dan. "Parecia uma concha, como é que se chama aquele tipo de esmalte, o que ele faz com a luz?"

"Lustro", ele disse. "Sim."

"Foi a Constance", repetiu Hanna.

"Achava que tinha sido você", disse Rosaleen em tom suave.

"Pois se enganou."

"Ah, não tem importância", disse Rosaleen, como se tivesse sido Hanna a trazer o assunto à tona.

"Eu. Não. Quebrei. A porra da Belleek!"

"Hoje em dia dá pra achar no eBay", disse Dan. "E, olha, não sai caro."

"Caramba, você não parava de falar nisso", comentou Emmet. "Cuidado com a Belleek!"

"A Belleek!! A Belleek!!", reforçou Hanna.

"Quanto é que custa, aliás?", Emmet perguntou a Dan.

"Pouco", disse Dan.

"A gente compra um novo para você, está bem, mamãe?"

E Rosaleen, apaziguada pela palavra *mamãe*, resolveu não dizer nada, salvo talvez por uma última coisinha.

"Era do meu pai", ela declarou.

Hanna saiu para fumar um cigarro, averiguando os cômodos a caminho da porta da frente. Mas não havia bebida para se tomar naquela casa, ela já sabia, além das garrafas de vinho enfileiradas no aparador da sala de jantar para a ceia de Natal, e essas não poderiam ser violadas.

De volta à cozinha, Dan continuava a cortejar a mãe, deleitando-a com anedotas sobre uma mulher maravilhosa demais para ser famosa.

"Hoje em dia ela vive só com a empregada e uma pessoa que cuida dos cachorros."

"E ele nunca mais voltou?"

"Nunca mais voltou."

Hanna pôs algumas xícaras na pia e sinalizou para Emmet, ainda grudado ao jornal.

"Você podia ir na rua comigo", ela pediu. "É véspera de Natal."

"Ah, claro."

"Todo mundo vai estar lá no Mackey's."

"Imagino que sim."

E em exatamente três minutos já estavam porta afora, na ponte cheia de protuberâncias, passando pelo átrio iluminado do posto de gasolina Statoil, onde havia, Hanna se deu conta, vinho barato em promoção na loja, caso precisasse comprar a caminho de casa.

"Jesus", exclamou Hanna.

O vento estava contra eles e permeado de chuva.

"Eu falei pra ela", ela declarou. "Eu falei que o Hugh ia ficar com o bebê hoje."

"*Eu* falei pra ela", disse Emmet.

"Você acha que ela está ficando caduca?"

"O quê?", perguntou Emmet.

"É quê."

"Ela é afiada que nem navalha", retrucou Emmet, pois não tinha como aceitar aquilo.

Os beirais das casas de Curtin Street cobertos de gelo faziam uma luz azul chover sobre eles à medida que andavam ali embaixo e os enfeites prosseguiam com bom gosto até a rua principal, onde a véspera de Natal estava a pleno vapor. Era como tomar as rédeas da própria vida, declarou Emmet, mas era mais como passar a vida na estrada; um esquisitão bêbado lhe dando um tapa no ombro apenas para descobrir — meu Deus — Seán O'Brien da escola nacional, com quem Emmet andava e a quem amava com o amor sincero e único que se tem por outro menino aos oito anos de idade.

"Seán O'Brien, como é que vai você?"

"Emmet, seu bobalhão."

Os olhos azuis e irônicos de sempre, num rosto queimado, vermelho.

Enquanto isso, Hanna se agachava e esticava os braços, e uma mulher trombou na direção dela — nela, aliás — com suas sandálias douradas nos pés descalços, cardigã dourado, o cabelo dourado e saltitante, cascateante, cabeça abaixo.

"Mairéad!"

"Como é que você está, sua fofa? Como é que você está, minha querida? Hanna Madigan."

"Meu Deus, olha só pra você. Meu Deus! Olha só você!"

"Você acha mesmo?" Passou a mão no cabelo louro reluzente.

"Achei que você estava na Austrália."

"A gente veio pra casa! Vivendo em Dublin. Para o resto da vida."

O Mackey's estava apinhado. Passaram por amigos e irmãos de amigos. Todo mundo vestido, aparado, arrumado; sem barba, sem restolho, sem unhas descobertas, algumas coxas nuas, decotes, gorduras saltando das calças. Um pub que, quando eram jovens, tinha aroma de lã molhada e homens velhos, era agora uma galeria de odores, como andar pelo departamento de perfumes do free shop.

Hanna ficou perto de Emmet à medida que forçavam a passagem em meio à multidão. Como é que ela poderia reconhecer alguém, ela falou, se todo mundo havia pintado o cabelo da mesma cor?

"Todo mundo mandou ver na tinta", ela comentou.

Emmet vislumbrou seu reflexo numa divisória do bar e viu outra década — não apenas os cabelos desgrenhados ou as camisetas baratas, mas algo no estilo corriqueiro, acanhado de seus olhos levava os outros a parecerem meio doidos, ele ponderou. Perguntou-se a quantidade de cocaína que haveria naquele ambiente. E então se surpreendeu com esse pensamento.

No Mackey's. Cocaína.

"Como vai você, Emmet Madigan. Imaginei que você estivesse numa das suas missões. Não quer pedir alguma coisa, é por minha conta. Um drinque de Natal, por minha conta."

Era um dos McGrath, um sobrinho de Dessie — e de Constance, portanto, por casamento —, filho do McGrath corretor imobiliário que andava ganhando uma bela grana. Michael ou Martin. Era, pelo que Emmet sabia, um jovem advogado que trabalhava em Limerick. Não era dos piores, no que dizia respeito à audácia dos McGrath. Faria de tudo por você.

"Não vou beber, obrigado."

"Vai sim."

"Não vou."

"Você tem que aceitar alguma coisa, pelo bom trabalho. Continue assim."

O sujeito já tinha pegado a carteira e mexia nas cédulas, meio dobradas, como se demonstrassem humildade. Mal conseguia enxergar aquelas porcarias. Roxas — tinha quinhentos ali. Tirou um maço de notas amarelas, de cinquenta, e as estendeu em direção a Emmet.

"Vai sim", ele afirmou.

"Não vou."

"Vai sim. Me dê esse prazer", e quando Emmet recuou, fez-se uma pausa terrível. Sua mão pulsava no ar como se marcasse o tempo com o dinheiro. Em seguida, levantou os olhos devagar e disse, "É com um objetivo especial, entendeu?".

Devia haver uns quatrocentos euros ali. Emmet olhou para o sujeito e se perguntou se ele teria matado alguém. Que vergonha ou mágoa o afligia a ponto de ter de tirá-la da cabeça daquela maneira? Nada, talvez. A vergonha de ser rico. Não poderia se agarrar àquele negócio.

"Vou pedir um recibo então."

"Foda-se o recibo", disse o sobrinho McGrath, e se aproximou do rosto de Emmet. "Entendeu? Foda-se a porra do recibo. Está bem?"

"Entendi", respondeu Emmet. "Entendi. Jogo limpo." Pensou que jamais conseguiria passar aquilo pelo sistema: eram uma instituição de caridade, não uma operação de lavagem de dinheiro.

"A gente tem que fazer as coisas direito."

O sujeito McGrath se inclinou para trás e o olhou embasbacado, como que para começar uma briga de verdade, mas Hanna, que tinha ido procurar um lugar para sentar, estava de volta a seu lado.

"É uma loucura", ela declarou. "Pedi logo dois."

Ela trazia dois drinques misturados para ele, que segurava entre o polegar e o indicador. Os outros dedos seguravam garrafinhas simétricas de vinho branco e, no mindinho direito, o cabo de uma taça.

"Hanna Madigan", disse o menino McGrath. "Que bonita você está."

"Ah, Michael", disse Hanna, com uma falsidade escancarada. "Não vi que você estava aí."

Ele virou de costas e, "Por que é que tudo parece uma loucura?", ela perguntou a Emmet. "É tipo. Eu não sei o que é. Todo mundo é tão."

"Eu sei", concordou Emmet.

"Se exibindo."

"É a grana", disse Emmet.

"Como se todo mundo tivesse acabado de voltar de anos nos Estados Unidos, mesmo vivendo aqui do lado. Oi, Frank! Veio passar um tempo?", ela levantou a taça, voltou-se para o irmão.

"Sujeito detestável. Gente de quem você fugiu anos atrás. Aí volta pra casa, para aguentar mais, eu imagino. Não me espanta que estejam putos da vida."

Já estava bêbada, na metade da taça. Aconteceu tudo de uma vez, a veneziana subiu e revelou uma outra mulher. Emmet percebeu a transformação. Os olhos de Hanna turvos por uma espécie de indiferença meio distanciada, um levantar convulsivo do queixo, um sorrisinho.

Aqui está Johnny.

"Porra de bebê aquilo, bebê aquilo outro. Quem é que ia imaginar que ela gostava tanto de bebês? Por que é que você não tem um filho? Tira esse peso das minhas costas."

"Pois é", se esquivou Emmet.

"Ela está muito preocupada com você."

"Não diga."

Foi o que Rosaleen disse: "Estou muito preocupada com o Emmet".

"Nossa, que frieza", disse Hanna. "Você sabe disso. Você é um canalha, sério. A holandesa sabe como você é frio? Ela sabe?"

Era uma boa pergunta. Emmet a ignorou.

"Ela sempre gostou de bebês", ele declarou. "São os adultos que ela não suporta."

"Adolescência", disse Hanna.

"Pelo menos você não raspou a cabeça", comentou Emmet. "Ela levou aquilo para o lado pessoal. Pelo que eu me lembro."

"Bom, ela está muito preocupada com você."

Ainda os atingia. Rosaleen nunca dizia na cara, fosse o que fosse. Preferia se mexer ao redor e atrás dos filhos, num estado agitado de distração branda e constante. "Estou muito preocupada com a Hanna." Era seu jeito de se agarrar a eles, talvez. Rosaleen tinha medo de que a abandonassem. Tinha medo de que fosse tudo culpa sua. "Estou muito preocupada mesmo com a Constance, tenho a impressão de que ela anda deprimida." Todas as coisas que eram indizíveis: fracasso, dinheiro, sexo, bebida. "Estou muito preocupada com a Hanna, o rosto dela anda muito inchado." E, por um tempo, para a enorme diversão de todos: "Estou muito preocupada com o Dan, você não acha que talvez ele seja gay?", ao que Emmet respondeu, "Você vem perguntar para mim? Sou só o irmão dele".

"Por que motivo?", perguntou Emmet, a contragosto.

O rosto de Hanna ficou inexpressivo e ela o ergueu.

"Foda-se ela", declarou. "Ela só disse que está preocupada com você. Só isso."

"Bom, ela pode relaxar."

Hanna resolveu deixar pra lá, mas não seria assim tão fácil. Quando tentou mudar de assunto, ele voltou numa ondinha de malícia.

"Só queria saber se tem algum probleminha aí, só isso."

Agora ela estava de verdade e incrivelmente embriagada, e isso distraiu Emmet, por dois segundos, do fato de que a irmã falava de sua atividade sexual, ou seja, de sua ereção, primeiro com a mãe e depois na cara dele.

"*O quê?*", exclamou Emmet, numa raiva repentina. Muita raiva.

"Foi o que ela falou."

"O que foi que ela falou? O quê, exatamente?"

Mas Michael McGrath tinha voltado para o lado de Hanna. "Espero que isto aqui seja Sauvignon Blanc", ele disse, entregando a ela outra garrafinha de vinho.

"Ah, deixa comigo", exclamou Emmet.

"De jeito nenhum", disse o garoto McGrath, que não tinha, de fato, levado um drinque para Emmet. Ele ficou ali parado e se concentrou na bebida, fez o líquido afundar um ou dois dedos, os pés plantados.

"Como é que ela está?", ele perguntou.

"Bem", disse Hanna.

"Está em plena forma. De vez em quando vejo ela andando na estrada."

"É", confirmou Emmet. O sujeito inclinou a cabeça.

"Imagino que você fique com pena de a velha casa ser vendida?"

"Perdão?"

O jovem McGrath claramente sabia de algo que eles desconheciam, e a intimidade contida nesse fato era difícil de aguentar. A alegria.

"Boa hora pra fazer isso. Boa hora. Eu tive uma casa, sabe, nós fizemos a transferência de posse de uma casa perto de Kilfenora, uma casa bem bonitinha, mas por dentro era podre até as vigas, e ela foi tirada do mercado na sexta, posta de volta na segunda por cinquenta mil a mais, e foi vendida mais caro ainda. Bem mais."

"Quanto?"

"Ah, poxa!", ele disse. Contorceu um lado do rosto e mordeu um enorme naco de caramelo imaginário. Uma piscada. "Você acha que eu ia contar?"

"Entendi", disse Emmet.

Hanna bebia com certa intensidade, olhando direto para Michael McGrath, enquanto Emmet pensava nos esfomeados e nos mortos e no homem parado agora à sua frente.

Devia voltar à terapia. A Irlanda fazia mal à sua cabeça. Conseguia sentir as costas de uma criança sob as mãos: os ossos incrivelmente pequenos, o cheiro de acetona de sua agonia. Onde foi? Em que dia foi?

E, como se soubesse no que ele pensava, Hanna perguntou, "Você se jogaria na minha cova com essa pressa toda?".

"Bebe logo", disse Emmet. "Vamos embora."

"Vai você", retrucou Hanna. "Vai você, porra."

Ela conteve as lágrimas, lançou um sorriso amarelo, úmido a Michael McGrath. Uma oferta qualquer. Não merecia ponderação. Como se servir ao Audacioso McGrath fosse melhorar as coisas. A própria irmã.

"Anda", pediu Emmet.

"Estou muito preocupada comigo mesma, *na verdade*."

"Ah, vai te catar", retrucou Emmet.

Mas também sentia pena dela, e não contestou quando ela parou na loja do posto de gasolina para comprar umas garrafas de Oxford Landing, o lugar cheio de gente comprando pilhas, chocolate, álcool.

O gramado da fome

Rosaleen falou para Constance que este ano não queria presentes. Fez essa declaração em voz baixa, querendo dizer que morreria logo, então qual era o sentido? O que era um objeto — quando não o teria por muito tempo? Era demais? Insuficiente? Era difícil saber.

Constance imaginava ser imune a esse tipo de conversa fiada, mas também precisava dizer à mãe que ela não estava para morrer, portanto foi a Galway e procurou entre cada coisinha das lojas até achar um xale de seda grosso que custava o mesmo que um micro-ondas novo e era tão lindo que não dava para saber de qual cor era, a não ser que havia lilás e também pérola, perfeitas para a pele da mãe e seu cabelo prateado.

"Ah, não lembro", ela diria quando a mãe perguntasse o preço ou reclamasse do preço. A vida andava boa. Constance comprou uma rodela de Camembert, várias caixas de chocolate, presunto de Parma e belas uvas pequeninas mais amarelas do que verdes. Arrumou o cabelo num lugar tão chique que nem parecia arrumado. Em seguida, voltou para casa através da escuridão invernal ao aroma de PVC e queijo maturado, feliz em seu carro. Constance adorava dirigir. Era a desculpa perfeita. Para o quê, ela não sabia. Mas havia nisso uma enorme simplicidade: galgar grandes distâncias e parar a três centímetros do meio-fio, abrir a porta.

Na manhã seguinte, estava de volta ao volante, buscando Dan no aeroporto, deixando-o na casa da mãe, retornando para ir ao açougue e fazer algumas coisas na cidade, uma poinsétia para a faxineira, um trio de jacintos para a mãe da faxineira que estava no hospital em Limerick e não entendia o que os médicos lhe diziam. A faxineira era da Mongólia, fato que deixava Constance um pouco zonza. Mas era pura verdade. A faxineira — de bom coração, meio confusa com o espanador — era de Ulan Bator. Constance pôs os presentes com o dinheiro dela em cima da mesa da cozinha, depois voltou a Ardeevin com o peru e fez uma breve arrumação quando estava lá: verificou suprimentos, passou o aspirador, mesmo que a mãe detestasse o barulho dele. Depois, foi para casa levar Shauna à casa de uma amiga, o autobronzeador deixando uma marca no estofado creme do Lexus.

"Affe", soltou Constance ao ver, e então se repreendeu pelo temperamento. Que todos os seus problemas fossem bobos assim.

Na manhã seguinte, foi cedo a Ennis. Eram dez horas da manhã da véspera de Natal e o supermercado estava um apocalipse, gente pegando sem olhar e produtos caídos nos corredores. Mas não havia hora boa para fazer aquilo, era preciso enfrentar. Constance empurrou o carrinho até a seção de hortaliças: aipo, cenoura, pastinaca para Dessie, que gostava disso. Linguiça e sálvia para o recheio, um saquinho com amostra de castanhas, embaladas a vácuo. Constance comprou uma caixa de Prosecco que estava em promoção para embrulhar e deixar na soleira de várias portas e pegou oito pizzas congeladas para o caso de as crianças chegarem com os amigos. Amoras congeladas. Sorvete diferente. Pegou vinho, xerez, uísque, nozes frescas, castanhas frescas, salgadinhos, sacos e mais sacos de maçã, duas mangas, um melão, cereja preta para a salada de frutas, gengibre, hortelã fresca, um engradado de madeira de tangerina japonesa, a fruta gelada e doce, cada uma com seu ramo de folhas verdes, escuras. Pegou papel de presente, guardanapos vermelhos, fita adesiva e — mais por hábito, agora as crianças já estavam crescidas — pacotes e mais pacotes de pilhas, AAA, AA e algumas C. Pegou quatro velas atarracadas de cera de abelha cor de creme para preencher o piso rachado do quarto bom de Ardeevin, onde nenhuma fogueira fora acesa nos últimos dez anos, e dois rolos compridos de bugigangas vermelhas para cobrir as lacunas na árvore da mãe. Voltou para pegar mais linguiça porque havia esquecido do café da manhã. Tomate. Bacon. Ovo. Voltou para a seção de laticínios para pegar mais queijo. Voltou à bancada de frutas por causa de uvas sem semente. Voltou ao corredor de biscoitos para pegar água e sal. Foi para cima e para baixo à procura de barbante para segurar o pano no pudim, parou no balcão da delicatéssen para pegar molho pesto, patê de fígado de frango, tubos de azeitonas. Pegou uns pés de galinha pré-cozidos para manter as pessoas de pé. Em cada canto, encontrou um vizinho, um velho amigo, reviraram os olhos e lançaram cumprimentos natalinos, e ninguém achou uma grosseria ela não parar para bater papo. Ela sorriu para o bebê na fila do caixa.

"Eu sei!", ela disse. "Sei, sim!" O bebê a observou por inteiro. O bebê lhe lançou um olhar que era pleno.

"Sei!", ela disse outra vez, e obteve a curva de um sorriso doce, atencioso.

Tudo isso manteve Constance ocupada até chegar o momento de descarregar o conteúdo do carrinho na esteira. O bebê se mantinha orgulhosamente ereto, a jovem mãe sob ele parecia um objeto de cena. Ela parecia uma espécie de suporte desgastado do bebê.

"Você está se saindo bem", Constance lhe disse. "Você está se saindo muito bem."

A conta foi de quatrocentos e dez euros, um novo recorde. Ponderou se deveria guardar o recibo para a posteridade. Dessie sentiria quase orgulho.

Constance empurrou o carrinho pelo corredor e as rodas engataram engenhosamente no metal abaixo delas, e ficou feliz feliz feliz ao descer rumo ao estacionamento. Agradeceu a Deus do fundo ardente, ascendente de si mesma por essa inesperada vida — um homem que a amava, dois filhos mais altos que o pai e uma filha que ainda lhe dava beijos quando ninguém estava perto para ver. Não conseguia acreditar que foi assim que as coisas se saíram.

Os pés já estavam inchados; sentia-os latejar, queimando dentro dos sapatos errados. Constance tirou o carrinho do corredor aos solavancos, pôs seus pés de porco imensos no concreto do estacionamento. Já passava das onze horas da véspera de Natal. No bolso do casaco, o telefone começou a tocar e, pela telepatia da sincronia, Constance soube que era a mãe.

"O que foi, querida", ela disse, lembrando, ao fazê-lo, que havia se esquecido da couve-de-bruxelas.

"Ele ainda está dormindo", declarou Rosaleen. Por um instante Constance imaginou que se referisse a seu pai, um homem que não estava dormindo e sim morto.

"Bem, não o acorde", ela sugeriu.

Dan. É claro, falava de Dan, que ainda estava sofrendo com jet lag.

"Eu não devia?"

"Ou vai ver que é melhor acordar. É. Dá uma endireitada nele."

Rosaleen fez uma pausa. *Dá uma endireitada nele.*

"Você acha mesmo?"

"Você já está com tudo?", perguntou Constance.

"Sei lá", disse a mãe.

"Não se preocupa."

"Dá uma trabalheira", disse Rosaleen, com desespero genuíno na voz; seria de imaginar que era ela quem havia acabado de passar uma hora na insanidade do supermercado, não Constance.

"Mas acho que vale a pena se for para ter vocês todos aqui."

"Imagino."

"Vou ficar com pena de me desfazer dela." Falava da casa novamente. Sempre que ficava carente, agora, ou perdida ou indecisa, falava da casa.

"Sei", disse Constance. "Escuta, mami."

"*Mami*", repetiu Rosaleen.

"Escuta…"

"Ah, não precisa falar nada. Pode ir." E ela desligou.

Era Rosaleen, óbvio, quem queria couve-de-bruxelas, ninguém mais comia. Constance ficou parada um instante, confusa junto ao porta-malas apinhado do Lexus. Não dava para comemorar o Natal sem couve-de-bruxelas.

Às vezes até Rosaleen as deixava no prato. Algo a ver com folhas crucíferas, ou ervas-mouras, porque até verduras eram um veneno para ela quando o vento vinha do nordeste.

"Ah, caramba", soltou Constance. Bateu o porta-malas e apontou os pés doloridos de volta ao corredor e os horrores da seção de hortaliças. Depois se dirigiu aos temperos para pegar noz-moscada, que era como Rosaleen gostava da couve-de-bruxelas, com manteiga sem sal. E foi uma boa ideia voltar lá em cima, porque também não tinha pego compota de oxicoco — inacreditável — nem conhaque para o molho de conhaque, nem mel para cobrir o presunto. Era como se tivesse jogado a loja inteira no carrinho e não tivesse comprado nada. Não tinha papel-alumínio grande para o peru. Constance pegou salada de batata, salada de repolho, salmão defumado, maionese, mais tomate, litros de refrigerante para as crianças, rolo de papel, papel-filme, papel higiênico extra, sacos de lixo extra. Nem sequer olhou a conta depois de mais quinze minutos na fila, atrás de uma mulher que se esqueceu das flores — conforme anunciou — e abandonou os produtos para buscá-las, depois do que Constance fez exatamente a mesma coisa, buscando dois buquês de lírios bem rosados porque não tinha mais dos brancos. Estava a caminho de casa quando se lembrou das batatas, pensou em parar no acostamento e desenterrar algumas de um campo, se imaginou com as mãos na terra, engatinhando à procura de algumas batatas.

Levantando a cabeça para uivar.

Chegando a Aughavanna, descarregou as sacolas e separou as coisas que iriam para a ceia de Natal de Ardeevin e as pôs de volta nos sacos. Em seguida, foi ao quarto de Rory, onde o filho curava a ressaca dormindo. Constance tirou os sapatos e se jogou na cama ao lado dele.

"Ai que merda", ele disse.

"A culpa é toda sua", disse a mãe, quando o abraçou de conchinha com o edredom entre os dois e a parede às suas costas.

"Ah, mãe", ele disse e bateu a mão por cima do ombro em busca de um pedacinho dela, que por acaso foi o cocuruto. Mas Rory sempre foi fácil de abraçar; fácil de carregar e fácil de beijar, e ali, sob o cheiro da cerveja da véspera e sua ótima saúde, a impaciente, desajeitada Constance McGrath adormeceu.

De noite levou Shauna a Ardeevin com os ingredientes do recheio e puseram tudo junto na mesa da cozinha espaçosa. Dan sabia muito bem o que fazer com o saquinho com a amostra de castanhas. Picaram e cortaram em cubos, os três, enquanto os outros estavam no pub, e puseram as verduras sob a água para o dia seguinte enquanto Rosaleen supervisionava alegremente da cadeira ao lado do fogão. Dan falou sobre Tim Burton com Shauna e debateram as veias dos braços da Madonna. Ele fez algumas perguntas atrozes sobre música pop, ela perguntou sobre uma artista chamada Cindy Sherman, e tal fato deixou Dan em choque. Ele beijou a criança antes de partirem, ele juntou o cabelo no alto de sua cabeça, dizendo, "Olha só você!", e Constance adoraria ter ficado mais, ser aquela coisa, uma filha adulta na casa dos pais, mas tinha que embrulhar presentes em Aughavanna e só terminou indo para a cama, no final das contas, depois das duas.

Como não havia lava-louça em Ardeevin, Constance passou o dia seguinte inteiro diante da pia, achando louças de barro, enfiando as mãos entre panelas molhadas e pratos engordurados para pegar uma tigela para a cenoura, outro pratinho, uma colher para servir. Hanna estava infeliz demais para ajudar e Emmet não via necessidade — era como se tivesse um par de olhos diferentes. Portanto, foi mais ela e Dan, mas Dan não lavou a louça, Dan preparou a comida. E a mãe não gostou do xale, claro que não. Como é que Constance imaginou que fosse gostar?

Não havia como agradá-la.

Rosaleen passou parte do dia bem quietinha. Foi caminhando até a cidade para ver a missa e parou para tomar uma xícara de chá com duas irmãs idosas que moravam em cima da farmácia, porque Bart e a esposa estavam passando o feriado na Flórida. Voltou com o preparo da comida a pleno vapor e gastou um tempo organizando a mesa e deixando-a bonita, com pinhas decoradas em prata e branco, as quais espalhou com destreza em torno de dois candelabros de estanho: velas brancas, toalha branca, um chuvisco de brilho, um jato de neve artificial. Ela foi ao jardim para pegar folhas e uma rosa murcha, singular que vicejou junto à parede mais ensolarada. E essa rosa amarela, ela pôs num canto da cornija da lareira, onde soltava pétalas à medida que o dia passava e a ceia ainda não estava servida porque — e não dava para criticá-lo — Dan só conseguiu pôr a ave para assar às nove. Assim, Constance ficou catando batatinhas da mão de Shauna, dizendo, "Espera aí", e depois das mãos de Emmet, enquanto Hanna se curvava diante do fogão, bebericando o xerez destinado ao molho, e nada saiu no horário planejado.

E no instante em que o molho reduzia na panela, Rosaleen os chamava à sala de estar. Era como uma criança, Constance ponderou, ela esperou até as coisas ficarem Totalmente Impossíveis e então foi Além.

Rosaleen estava com o xale embrulhado na mão. Segurava o pacote e o balançava de um lado para o outro.

"Espera, mamãe", disse Constance, enxugando as mãos no avental.

"Um xale!", exclamou Rosaleen.

Mas quando o papel foi tirado e o belo objeto veio à luz, Constance soube quem havia ganho dessa vez. O xale era ainda melhor ali na sala de estar do que na loja e Rosaleen ficou quase irritada, ficava tão lindo sob a luz do inverno. Ela o pôs sobre os ombros e passou os dedos no tecido.

"Ah, mas é bom demais para mim."

Rosaleen detestava ser ofuscada pelas próprias roupas. Era uma regra. Chamava isso de vulgaridade, mas o xale não era vulgar, era totalmente discreto.

"Ficou lindo em você", disse Constance.

Todos se aproximaram para olhar: Constance, Dan, Emmet, Hanna. Com Dessie no fundo da sala, observando todos os Madigan.

"Rosa", decretou Rosaleen, tirando e o colocando contra o verde-escuro e o brilho da árvore de Natal. "Bem diferente. Mas Deus sabe que já estou velha demais para usar rosa."

Como ninguém respondeu, ela falou de novo.

"Faz muito tempo que não uso rosa."

"Eu não chamaria de rosa", declarou Constance. "Talvez lavanda."

"Lilás", sugeriu Hanna.

"Xale lilás", disse Emmet. "Sabiam que vem do sânscrito?"

"É?", perguntou Dan, porque não havia forma de contornar Emmet quando ele tinha um dado histórico, só restava deixá-lo jogar na cara dos outros e admirá-lo.

"É. As duas palavras. 'Lilás' e 'xale'."

"Obrigada, Emmet", disse Hanna.

Rosaleen enrolou o "xale lilás", irritada com Emmet ou irritada com o objeto em si. Ela o atirou na poltrona ao lado da lareira e se zangou consigo mesma porque os filhos todos olhavam para ela.

"Ah, agora estou cansada de mim mesma", ela declarou.

E, porque era Natal, caiu no choro.

"Ah, mamãe", disse Constance.

"Meus próprios filhos", ela disse, como se tivessem se unido contra ela de uma forma terrível.

"Seus próprios filhos o quê?", inquiriu Emmet.

"Meus próprios filhos!", ela resmungou. Agora estava furiosa. "Meu próprio sangue!"

E Hanna, que não tinha feito nada naquele dia além de reclamar, disse, "Mãe, mãe. Poxa". Conduziu-a delicadamente até o sofá. "Quer tomar um xerez?"

"Não, eu não quero tomar xerez", retrucou Rosaleen. "Fala para eles, Desmond. Fala para eles o que eu quero."

Dessie estava bem distante de todos eles.

"Perdão?", ele disse.

"Shampoo laranja", disse Emmet. "É mais uma."

"Ai, cala a boca", disseram os irmãos, praticamente em uníssono: Hanna inseriu um "a porra dessa" no meio, de modo que o final atrasou e saiu do ritmo.

"Fala pra eles", pediu Rosaleen, olhando Dessie como se olhasse seu único defensor, e Dessie (o bobo, pensou Constance) disse, "Pois bem".

"Estou botando a casa à venda", anunciou Rosaleen. "Dessie já arrumou tudo."

Dessie não tinha nada o que fazer, a não ser concordar.

"A mãe de vocês acha que está na hora — e é uma hora boa, é uma hora ótima — de lucrar com esse… bem."

Ele balançou a mão num gesto vago, como se falasse do papel de parede, ou o tapete, um punhado de ar reunido.

"Como é que é?", perguntou Hanna.

"Ela quer que o dinheiro circule. Não é isso? Para dividir um pouco. Agora em vez de depois."

"Bom, nenhum de vocês tem dinheiro", disse Rosaleen, empertigada à beira do sofá. Alisou o pano que cobria os joelhos e tirou uma felpa.

"Não sei de quem é a culpa. Quer dizer, além de minha. Não sei o que eu fiz para merecer isso."

E lá vinha. Os filhos iriam contestar. Queriam dizer que tinham dinheiro ou que não precisavam de dinheiro, mas o seu fracasso os encarava boquiaberto e ficaram parados ali, olhando para ele. Era verdade. Não tinham dinheiro. E, no entanto, e no entanto. Todos eles lutaram para lembrar disso, tinham o suficiente. Fosse o que fosse que desejavam, não era isso.

"Por favor, não faz isso", pediu Emmet.

"É demais pra mim", disse Rosaleen, a voz começando a tremer. E isso também era verdade: a casa era muito grande para uma pessoa só.

"Então é isso, imagino", constatou Dessie. "É para esse lado que as coisas estão se encaminhando."

"Eu vou morar com a Constance", anunciou Rosaleen. "Pra mim, chega."

Dessie estancou nesse momento, como se essa última informação fosse novidade também para ele.

E Constance exclamou, "Meu Deus, o jantar!".

A couve-de-bruxelas queimava. O cheiro vinha piorando fazia um tempo.

"A couve", ela disse.

"Ah, faça-me o favor, não faz estardalhaço", disse Rosaleen quando Constance queixou-se e saiu correndo pela porta.

"Para, por favor." Ela levantou a voz. "Ninguém gosta mesmo disso."

Fez-se silêncio no corredor. Passado um instante, Constance voltou para a sala.

"Você gosta", ela disse a Rosaleen. O cheiro, a essa altura, já era muito intenso.

"Ah, eu meio que. Sei lá. Talvez eu goste."

Quando entraram, seguindo o comando de Dan, na sala de jantar, onde o salmão defumado e o aspargo estavam na mesa, ouviam Constance no jardim batendo a panela do molho no chão e o ruído que soltava parecia o de uma novilha presa a uma cerca de arame farpado. Ela chorava.

Dessie sugeriu, "Quem sabe um bangalô, Rosaleen. Quem sabe não é isso o que você está procurando".

Ele puxou a cadeira da sogra e ela se sentou.

"Ah, Desmond", ela disse, pegando o guardanapo. "E o preço dos bangalôs não para de subir. Como você mesmo me conta."

Donal estava na Austrália, de modo que restavam dois jovens McGrath, Rory e Shauna, a sentarem numa mesinha dobrável, e, embora tivessem altura de adultos, ficaram grudados feito crianças aos telefones celulares.

"*Guardem* isso", Dessie ordenou ao passar ali, mas eles o ignoraram e os Madigan ficaram em meio ao som baixo, demente dos jogos eletrônicos. Hanna pegou o garfo e o pôs de volta. Constance não entrou.

Ficaram sentados olhando a comida diante deles. Já passava das duas horas do dia de Natal, o clima lá fora estava límpido e agradável; nenhum movimento na rua, nenhum vento para agitar o beiral ou incomodar as janelas. A casa estava silenciosa e ampla ao redor deles. Não havia ninguém para fazer a prece — o pai falecera.

Agora era de Dan a função. Dan o padre corrompido. Ele olhou ao redor, depois para a mesa. Respirou fundo.

"Buon appetito", disse.

O que causou nos irmãos uma pontada de prazer. Concentraram-se no aspargo, enrolado em salmão defumado com molho de limão. Estava ótimo.

"Está ótimo", elogiou Emmet.

"É muito simples", disse Dan.

Lá fora, Constance havia parado de chorar.

"Como é que vai a escola?", perguntou Hanna.

"Bem", Shauna respondeu da mesinha.

"Alguma notícia do Donal?"

"Está surfando, provavelmente. Em Byron Bay. Tem toda uma gangue de Lahinch por lá."

Terminada a entrada, Dan tirou a mesa e foi à cozinha, onde Constance servia os pratos de Natal. Ele os levou de dois em dois: presunto, peru, três tipos de recheio, todas as guarnições. Em seguida, a própria Constance entrou — rosto vermelho, suada, a seda da blusa salpicada de gordura.

"Tcharam!", exclamou Dan.

Houve uma breve salva de palmas para Constance e ela se sentou no lugar de sempre, e lá estavam todos eles, as meninas de frente para a janela, os meninos de frente para a sala: Constance-e-Hanna, Emmet-e-Dan. A mãe ocupou a cabeceira da mesa, Dessie, a outra ponta, e por um instante fingiram que nada tinha acontecido, que aquela sala seria sempre a mesma e sempre deles.

Estava mais antiga agora, é claro. A umidade rastejara papel de parede de bambu acima, deixando sua marca d'água cor de chá, e a ponta do canto nordeste estava manchada de preto e encrespada a partir do rodapé. As crianças da família Madigan tinham um olhar mais sábio. O lustre — que fora tão lindo — era um objeto barato. O tapete marrom era o que havia de melhor em 1973.

As pessoas na sala também eram mais velhas. Todos continuavam infantis apesar dos cabelos grisalhos ridículos e as peles flácidas em que os olhos familiares se encaixavam.

Mexeram com o molho e as caldas, passaram os recheios, o sal, o jarro de água e o vinho. Olharam os pratos cheios de comida e expressaram admiração, todos gritando em silêncio que ela não podia tirá-la deles, fosse o que fosse — a infância, impregnada nas paredes daquela casa.

E claro que poderia ser vendida. Também era verdade. A casa pertencia a ela e poderia vendê-la, se quisesse.

"O peru está uma delícia", disse Rory da mesinha, e Constance se orgulhou dele; Rory, o pacificador, se empenhando.

"Obrigado", disse Dan.

"Molhadinho", elogiou Dessie.

Dan tentou não rir da palavra.

"Você achou?"

Ergueu os olhos para o audacioso Dessie McGrath, ali na cabeceira da mesa. Lembrou-se do breve encontro com o irmão alcoólatra,

Ferdy McGrath, quando ainda eram meninos, brincando à margem do rio Inagh. Mas nunca se aproximara de Dessie. Nem chegara perto. O cunhado não era exatamente honesto, estava mais para bem resolvido. Dessie McGrath era uma arma.

"Sério", disse Dan. "Tão molhadinho que chega a surpreender."

Dessie nem pestanejou.

"Difícil deixar no ponto, imagino", ele disse e voltou ao prato, enfiando garfadas na boca enquanto as crianças Madigan mastigavam sem parar e sem conseguir engolir.

A verdade era que a casa onde estavam valia uma quantia absurda e as pessoas dentro dela valiam muito pouco. Quatro filhos às vésperas da meia-idade: os Madigan não tinham progredido no mundo, não havia conteúdo. Não tinham grana. Dan, sobretudo, não tinha grana e não conseguia imaginar o porquê ou quem seria o culpado. Mas ele reconhecia, no silêncio, o poder de Rosaleen sobre os filhos, nenhum dos quais se tornara um adulto à sua altura.

"Não sei como eu vou fazer pra comer tudo isso." Ela mesma era meio criança. "Minha nossa."

Ela se esqueceu de nos ensinar sobre dinheiro, ele pensou, e nós esquecemos de ganhar, pois os Madigan estavam acima disso tudo. Os convencidos dos Madigan, os Madigan depois da ponte. Rosaleen achava que o dinheiro cairia sobre nós porque merecíamos. Achava que passaríamos a vida fazendo doações.

Era o que Emmet havia feito, basicamente. Desperdiçado sua vida como água nas areias africanas. Ele sentia nitidamente — todos sentiam — a falta de algo para mostrar. Vinte anos salvando um mundo que continuava sem salvação. Se parasse para pensar, vivia tão fora da realidade quanto a mãe louca.

A rosa amarela soltou um montinho de pétalas pálidas e eles suspiraram quando caíram na cornija da lareira.

Hanna disse, "Sabe, mamãe, a casa também é nossa".

Rosaleen olhou para ela. Disse, "Bela. Bela Hanna Madigan".

Todos regressaram da privacidade dos próprios pensamentos, prontos para a briga. O ar clareou.

"O que é que você está querendo dizer?", perguntou Hanna.

"Nada", disse Rosaleen. "É só que você é. Tão bela."

"Obrigada", respondeu Hanna.

"Você tem o rosto em forma de coração, sempre achei isso. Um rosto à moda antiga. Você nasceu para interpretar a Viola."

"É, pois é", retrucou Hanna.

"Não?"

"Pode ser", disse Hanna.

"Bom, você é atriz", Constance comentou, tentando que as aspas não aparecessem em seu tom de voz.

"É, sou atriz", disse Hanna. "É, é isso o que eu sou."

"Pois então", disse Rosaleen em tom apaziguador.

"É só que eu não", começou Hanna. A mão estava reta e ela a dobrou, deixando apenas os dedos sobre a mesa. "Eu não."

"Não trabalha?", disse Emmet.

"Querida, você tem o bebê pra cuidar", declarou Rosaleen.

"Espera aí", disse Dan.

"Jesus!", exclamou Hanna, perdendo a cabeça.

"Dá para vocês deixarem ela em paz?", Dan pediu, mas Hanna já estava a ponto de gritar.

"Eu não quero interpretar Viola!"

"Não entendo como é que você pode falar uma coisa dessas", retrucou a mãe, entristecida.

"Não sei se alguém a chamou", disse Emmet. "Verdade seja dita."

"Não tenho interesse nenhum em interpretar Viola", Hanna declarou em tom bastante calculado. "Não tenho interesse no processo. É isso o que eu faço. Coisa nova. Não estou na fase Viola, entende? Não é a minha. Além do quê, ninguém monta *Noite de Reis*."

"Que pena", queixou-se a mãe. "Eu adoraria te ver no papel. Antes que eu fique velha demais."

"Rosaleen, querida", disse Dan. "Para, por favor."

"Parar o quê?", retrucou Rosaleen, mas por algum milagre ela se distraiu com uma história antiga sobre a noite em que a guerra foi declarada, quando tinha dez anos e Anew McMaster interpretava Otelo, o dorso nu e a bela voz, dava para sentir na pele, era uma potência. Seu pai dizendo que agora estavam em maus lençóis — por causa da guerra, sabe — e ela não fazia ideia do que ele estava falando. Imaginou que tivesse algo a ver com o que acontecia no palco.

"E a sua mãe?", Constance perguntou baixinho e Rosaleen suspirou.

"Ah, mamãe."

"Ela também estava lá?"

"É uma boa pergunta", disse Rosaleen.

"Quer dizer, você sabe o que eu estou querendo dizer. Como ela era?"

"Perdão?"

"Ela era legal?"

"Bom, claro que ela era legal."

"Que tipo de legal?", Hanna resolveu participar. "Que estilo de mulher ela era?"

"Minha mãe?", disse Rosaleen. "Ah, era encantadora. Estava sempre lindamente arrumada. Ela tinha de ir a Limerick, ou a Dublin uma vez por ano, só para provar roupas. Sempre usava chapéu. Tinha três a postos: um chapéu de verão, um de feltro para o inverno e, sabe como é, um para o hipódromo, ou casamento se tivesse casamento. Um chapéu chique, é disso que estou falando."

"Entendi", disse Hanna. Estavam todos olhando para a mãe. Buscavam algo nela e Rosaleen não sabia o quê.

"Ela sempre fazia as coisas da maneira certa", ela comentou.

Dan disse, "E ela era... Sei lá. Ela era feliz?".

"Bom, eu acho que ela era feliz", declarou Rosaleen. "Que tipo de pergunta é essa?"

Para a qual não havia resposta, na verdade.

"É muito difícil", constatou Rosaleen, por fim. "Descrever a própria mãe."

"É, sim", concordou Hanna.

"Só que ela é sua mãe", Constance retrucou, a voz cheia de reprovação, o rosto voltado para baixo enquanto mexia no prato. Mas os outros não sabiam o que ela quis dizer. E ficaram ali um instante, em silêncio.

"É como se tivesse algum segredo", disse Hanna. "Mas não tem."

E ali estavam eles. Era um Natal como aqueles de que se lembravam dos velhos tempos — e como poderiam se esquecer de como a ceia sempre acabava? Era tradicional, pode-se dizer. Rosaleen ficava transtornada.

"Não entendo por que está todo mundo me atacando", ela reclamou. "Os filhos ingratos que eu criei."

As lágrimas revestiram os seus olhos; ela piscou para contê-las.

"Ah, querida", disse Dan numa voz quase entediada. "Dá a volta por cima."

"Eu dei tudo a vocês."

Constance esticou inutilmente a mão por cima da toalha de mesa.

"E não acaba nunca. Continuo entregando tudo. Não estou vendo um fim pra isso."

Ela não descia do pedestal, o rosto virado para o lado.

"O que quer que eu tenha feito, o que quer que tenha sido, não bastou. Está claro. É só isso. Eu simplesmente não entendo." As lágrimas agora se derramavam. Rosaleen era uma menininha. Rosaleen era uma velha lamentável. A mãe deles. Em um instante se levantaria e iria para a cama e Ah, todos eles a amavam agora, eram incorrigíveis nesse quesito. Desejavam fazê-la feliz.

"Para, mamãe", pediu Constance. "Assim você vai ficar doente."

"Não, não vou mais falar com você, com nenhum de vocês", ela anunciou. "Shauna, recita o seu poema."

"Que poema, vovó?"

"Da, pequena Corca Baiscinn."

Mas Shauna não tinha esse poema nem qualquer outro poema. Tinha uma canção, declarou Constance. Mas tampouco tinha uma canção, ao que parecia.

"Você trouxe sua flauta irlandesa?", perguntou Dessie.

"Não", respondeu Shauna. Em seguida, mudou de ideia. "Ou melhor, trouxe sim, está aqui."

"Muito bem."

Shauna permaneceu onde estava, esbelta num vestido de jérsei preto que cobria basicamente as bela curva de suas costas. Jogou para trás o cabelo ruivo e levantou a flauta irlandesa, jogou o cabelo para trás de novo e mexeu o quadril para o lado. Depois de um sorrisinho breve, tenso, dedicou os lábios e os dedos a uma melodia que todos reconheceram, nas quatro primeiras notas, como a bela "Róisín Dubh".

"Ah", soltou Rosaleen, pois era sua canção traduzida.

Ó minha Misteriosa Rosaleen!

Não suspire, não chore!

O som era de uma doçura inestimável e tristemente heroico.

"Incomparável", declarou Dessie, adorando a filha abertamente, ali no meio de todos os Madigan malucos. "É isso aí, menina!"

E como era função de Shauna flambar o pudim, por ser a caçula, eles apagaram as luzes e Dessie derramou uísque da tampa da garrafa; duas doses. O fogo líquido desceu pelas laterais escuras do pudim, depois as chamas lamberam-nas, e igualaram-se ao azul dos olhos de Shauna e ao laranja de seus cabelos. Ela deu gritinhos diante do que havia feito e, encantada, recuou.

Depois, Rosaleen se recompôs como somente Rosaleen era capaz. Pegou a colher e batucou a taça e, como se não tivesse havido discussão, nem lágrimas, ergueu o queixo e fez o discurso de Natal:

"Olho ao meu redor num dia como este e nem acredito em como vocês estão bem, ou que vocês são algo para mim, ou alguma coisa qualquer, que tenha a ver com as criaturas correndo em torno dos meus pés nesta mesma sala tantos anos atrás. Eu ainda as vejo. As crianças que vocês foram. E que tristeza que o pai de vocês não está mais aqui para curtir vocês que nem eu. E quem sabe o Dan não faz as honras. Dan?"

Dan se levantou.

"Como é mesmo?"

"Go mbeirimíd beo", disse Constance.

"Guh merrimeed bee-ó", repetiu Dan.

"Ag an am seo arís."

"Eg on ahm xee-iuh a-rish."

"Que todos nós estejamos vivos nesta ocasião outra vez. Ou nesta ocasião no ano que vem", Dessie traduziu em prol da filha, e Shauna exclamou, "Eca", levando todos à gargalhada. Puxou-a para o seu colo, dizendo, "É isso que você acha?". E Constance se levantou para tirar os pratos outra vez.

"Nesta ocasião no ano que vem. Realmente", disse Rosaleen, em tom abatido. "Onde quer que nós estejamos."

Constance, empilhando os pratos, lascou o prato de cima no de baixo.

"Cuidado com a Belleek!", brincou Emmet.

"Alguma chance de ter café?", perguntou Dan.

"Não tem café", respondeu Constance. "Desculpa. Esqueci."

"Você esqueceu", Hanna disse, pegando o maço de cigarros; o sarcasmo desleixado em tom certo para destruir a irmã, que seguia em direção à porta. Constance se virou.

"É, esqueci. Não tem café, talvez só do instantâneo. Esqueci."

"Foi só uma pergunta", disse Hanna.

"Você que traga a porra do seu café, entendeu?"

"Ah, meu santo pai", disse Rosaleen.

"Cuidado com a Belleek!", exclamou Emmet. "Cuidado com a Belleek!"

Constance segurava a pilha de pratos, mas, em vez de largá-los ou atirá-los contra a parede, agarrou-os com força e contorceu o rosto.

"Ai, meu Deus", disse Dan.

Ela ficou com uma aparência totalmente patética. Ela se virou para sair e então se voltou para eles outra vez.

"Você não pode vir", ela declarou.

Levaram um instante para entender o que ela dizia. Estava falando com Rosaleen.

"Perdão?"

"Não é justo. Você não pode vir. Não pode ir morar na minha casa."

"Eu posso fazer o que eu bem quiser", retrucou Rosaleen.

"Não pode, não. Simplesmente não pode. Estão construindo umas setenta casinhas aqui perto, você fica com uma delas. Você vai amar. Tudo novinho e limpinho. Você pode ficar com a sua casinha."

"Você não vai me deixar morando embaixo da ponte", retrucou Rosaleen, e Constance baixou a cabeça.

"Só quero dizer", ela tentou.

"Sua própria mãe!"

"Você pode ter sua própria casa."

Imaginavam saber o que aconteceria a seguir. Constance jogaria alguma coisa (Cuidado com a Belleek!) e Rosaleen venceria. E quando vencesse, quando todo mundo chegasse ao limite — Constance chorando ao varrer a louça quebrada, Constance implorando perdão — talvez resolvesse não vender a casa, no final das contas. Talvez não se desse ao trabalho. E a vida continuaria como antes.

Mas na realidade Constance não largou nada. Ela chamou "Dessie?", e se virou e saiu da sala. Passado um instante, Dessie se arrastou atrás dela.

"Chá está bom", sugeriu Dan. "Vou fazer o chá."

Hanna, embriagada, acendeu um cigarro.

"Foda-se", ela disse. Ela deu umas tragadas, empurrou a cadeira para trás e também saiu. Em seguida, os homens fingiram tirar a mesa, se espalharam silenciosamente pela casa e ninguém fez chá.

Dan subiu para o seu antigo quarto para olhar o telefone e mandar uma mensagem a Ludo: *MEU DEUS S.O.S.* Sentou-se na beirada da cama e até a frouxidão do colchão lhe era familiar: adquiria sua forma, como sempre. Não havia sinal. Verificou mensagens antigas que em seu descuido o fariam lembrar da vida real — aquela que acontecia bem longe dali.

Se você puder comprar um belo peixe branco, merluza ou até um linguado, vou te dar um beijão e uma lambida. Bem grandão. Para tipo, quatro pessoas?

Alguém precisa dizer pro Dale onde é que ele tem que descer.

Olá do aeroporto de Atlanta. Dois mil quatrocentos e trinta e cinco passos até o portão C24 no pedômetro. Vou andando até você amor.

A senha do alarme é o meu aniversário, trate de descobrir! Não esquece de pegar as framboesas. Aproveita!

O tanque de imersão do quarto ao lado fazia o zumbido habitual: o tom agudo da água vibrando pelos canos, o acorde gingante da ebulição insuficiente, depois o baque de um martelo pneumático. Silêncio. Dan olhou o quarto onde sua juventude estava armazenada, sua vida antes de Nova York, menos inocente do que idiota.

Inocente não, de jeito nenhum.

A fileira de livros: Man Ray, George Herbert, Gerard Manley Hopkins. Até Tennyson — como era possível que ele não soubesse?

Guia de Ópera para ouvintes. O abajur articulável que comprara com o próprio dinheiro na casa de ferragens da cidade. O pôster de Modigliani na parede foi uma tentativa fracassada de amar certa ideia de mulher em estado natural. Pintor errado. Retrato errado. Dan não se perdoava por toda a desorientação daqueles anos, conforme dissera a Scott, o terapeuta portátil que agora lhe voltava à cabeça. Não podia sentimentalizar. Toda aquela devastação e tempo desperdiçado. Não havia conseguido nomear os acontecimentos verdadeiros da juventude ou se apossar deles.

Até mesmo agora, se admirava com o filme caseiro de sua memória. O pai se esquivando dele na praia de Fanore — a sensação de câmera lenta. Quem havia apertado o botão para tirar o som de sua infância? As mãos do pai estavam molhadas e frias. A mãe era uma tola. A avó tinha três chapéus. E, no entanto, para todos os lados que olhava, a casa continha a lembrança e significado que seu coração não poderia conter. A casa era repleta de detalhes, interesse, amor.

Era uma questão de textura, Dan refletiu, um sopro de sua antiga personalidade numa torção de tecido, uma placa solta. Era a loucura reconfortante do papel de parede estampado sob as mudanças diárias da luz. O sol se levantava na frente e se punha nos fundos de Ardeevin, onde quer que estivesse no mundo, e quando retornava, a casa fazia sentido de uma forma que nada mais fazia.

Lá embaixo, o barulho de Constance intimidando os filhos para lavarem a louça. No quarto da frente, o irmão Emmet, imerso em seus pensamentos. Dan sabia que era Emmet basicamente pelo som de sua respiração. Seu irmãozinho. Gostava de Emmet quando menino, mas adulto ele o entediava e o amedrontava. Agora mais calvo, Emmet sempre conseguia parecer meio desnutrido, fora de forma. Pouco atraente. Dan não sabia qual tinha sido a última vez que seus caminhos haviam se cruzado, depois lembrou, com um baque, os ossos, sob sua mão, do ombro do irmão ao carregarem o caixão do pai pela nave da igrejinha de Boolavaun.

Isso aconteceu.

Carregaram o caixão. Seis homens. Filhos à frente. No meio, Dessie e o tio Bart (uma bicha-louca, Dan pensou, como foi que ele não percebeu?). Um vizinho atrás, fazendo par com um surpreendente primo americano que fazia um curso em Dublin e foi despachado para o oeste através de um telefonema transatlântico. Era uma forma estranha de se conhecerem. Mas o caixão — o caixão contendo o corpo do pai — não era tão pesado. E era uma coisa tão prática de fazer. Era mais uma tarefa que um fardo. Depois de carregar um morto fica-se bem feliz de colocá-lo no chão, deixar que depositem a caixa na porcaria da terra.

Emmet entrou no quarto dos pais para procurar alguma coisa, e esqueceu, assim que entrou, o que estava procurando.

Fazia um ano ou mais que ninguém ia lá. O guarda-roupa aberto e quase vazio, a pilha de livros da mãe na mesinha de cabeceira. Emmet olhou os objetos na penteadeira e era como se ela já tivesse morrido. Algumas lixas com o resquício de suas unhas. Um tubo de creme para a mão. O pequeno pó compacto com a imagem de uma rosa na tampa e — ele conhecia a surpresa que havia dentro tão bem — um espelho na parte de dentro. Havia algumas joias baratas num prato de cristal que talvez tivesse sido cinzeiro e contas de rosário penduradas na beirada do espelho. O rosário era do pai, visto pela última vez enrolado nos dedos do morto — ela devia tê-lo arrancado de volta — quando puseram-no deitado naquela mesma cama cujo reflexo estava às suas costas. Emmet quase esperava que o cadáver do pai aparecesse no vazio do espelho, ou vê-lo deitado na cama quando se virasse.

O pai era católico. Era genuíno. Pecador e suplicante, um dos irascivelmente irredimíveis.

> *Salve Rainha, Mãe de Misericórdia,*
> *Vida, doçura e esperança nossa, salve!*
> *A Vós bradamos, os degredados filhos de Eva.*
> *A Vós suspiramos, gemendo e chorando neste vale de lágrimas.*

As contas eram feitas de um material translúcido que por dentro acinzentara como pérolas de pobre. Emmet esticou a mão para tocá-las, mas não conseguiu, causou-lhe uma ligeira náusea.

Em vez disso, olhou os cartões-postais que Rosaleen enfiara na moldura, entre a madeira e o vidro: um minotauro de Picasso, *A anunciação* de um italiano renascentista, uma versão da *Natividade* de Gauguin. Todos, ele supôs, de Dan.

Aquele espelho tinha visto bastante ação ao longo dos anos.

Não precisava pensar nisso, as coisas que aconteceram naquela cama. Mas também pensava em Rosaleen, sentada na cadeirinha passando batom, tirando a sobrancelha, esfregando, examinando e melhorando. Tinha uma relação muito rigorosa para com o próprio reflexo. Rosaleen desafiava suas expressões e elas se superavam para lhe fazer jus.

Ele se perguntou onde ela teria se escondido, a mulher entusiasmada que ele havia evitado e adorado quando era menino. A mulher que recitava poemas para eles e a Bíblia. *Sei que você não é frio nem quente. Melhor seria que você fosse frio ou quente! Assim, porque você é morno, nem frio nem quente, estou a ponto de vomitá-lo da minha boca.* A mulher que se ajoelhou no chão diante dele e o segurou pelos ombros na manhã de sua Primeira Comunhão e disse, "Lembre-se de quem você é. Quando você tomar a hóstia, diga com o coração: olá, Jesus, meu nome é Emmet Madigan".

Foi isso que o empurrou de um país para o outro. Essa energia. Uma mulher que não fazia nada e esperava tudo. Ficava sentada nessa casa, ano após ano, e *esperava.*

Emmet se vislumbrou no espelho vazio e tirou sua cara decepcionada dali. Precisava escapar da mãe de alguma forma. Precisava dar um passo para o lado, deixar que a investida de sua carência passasse por ele.

Ele se casaria com Saar, essa era um jeito de conseguir. Poderia ir atrás dela em Achém dali a uns meses e depois a seguiria onde quer que ela tivesse vontade de ir. Mas quando tentou achar Saar em sua mente, só encontrou Alice. A tola Alice, com sua bondade impotente, a falta de malícia imbecil. Perguntou-se com quem estaria dormindo agora, se estaria na festança da Organização das Nações Unidas para Alimentação e Agricultura em Roma, o que aconteceria se caísse a seus pés e chorasse, faria alguma diferença? Imaginava-se como Gabriel, oferecendo um lírio para uma Madona de pele branca que tinha o olhar cabisbaixo e o sorriso fraco, triste de Alice.

Lá fora, no telhado, uma gralha surrava um caracol, as patas arranhando a calha de metal. E *Vende, vende, vende*, ele pensou. Dê o dinheiro aos pobres. Ateie fogo à porra da casa.

Porque Emmet continuava preso, sempre estaria preso, num ideal infinitamente inacessível, indócil.

Ó Clemente, Ó Piedosa,
Ó Doce Virgem Maria.

E riu um pouquinho das ironias de tudo isso.

Lá embaixo, Constance não sabia o que fazer. Estava trêmula após o confronto na sala de jantar. Estava preocupada com Rosaleen, estava desesperada de preocupação com a mãe, além de brava com ela e brava consigo mesma por comprar o xale idiota. E estava furiosa com Dessie por acreditar no que a mulher dizia. Rosaleen jamais venderia a casa. Era bem o tipo de coisa que gostava de dizer. Porque Rosaleen jamais *fazia* nada. Essa mulher insana, passara a vida inteira exigindo coisas dos outros e culpando os outros, vivia num estado de esperança ou remorso, e se recusava, não conseguia, lidar com o que estava à sua frente, o que quer que fosse. *Ih eu esqueci de ir ao banco, Constance, eu esqueci de ir ao correio.* Ela não conseguia lidar com as coisas. Dinheiro. Detalhes. Aqui. Agora.

Rory chegou por trás quando ela estava na pia e pôs os braços em torno dela como Dessie fazia de vez em quando, embora Rory fosse mais alto que Dessie e também lhe faltasse — nem precisava dizer — o intento sexual de Dessie. Ele se curvou para apoiar a bochecha no ombro dela e se balançou de um lado para o outro, murmurando um pouquinho.

"Feliz Natal", ele desejou.

"É um jeito de enxergar a situação", ela disse.

Ele ficou mais um instante ali.

"Me dá dinheiro?", ele pediu.

"Pra que você quer?"

"Preciso só de uns trinta."

"Pede pro seu pai."

Ele não foi embora. Disse, "Te amo mesmo assim", e plantou um beijo na nuca da mãe.

"Não tenho nenhuma dúvida", ela retrucou. "Agora vai pedir para o seu pai."

Ele se soltou, mas se virou para encostar sua beleza contra a bancada e olhá-la por um minutinho.

"Da próxima vez, você podia comprar umas cervejas."

"Quem sabe", disse Constance.

"Se você se lembrar."

"Ah."

"Caramba, mãe, ela é uma bebum."

"Não fala assim da sua tia."

"Mas eu estou falando sério."

"Toma juízo."

Era algo secreto para ela — não era nada demais — mas só o fato de o filho existir já deixava Constance completamente feliz. Poderia fazer o que quisesse, não se importava. Era um cara legal e amava a mãe, e nem mesmo suas roupas sujas a ofendiam. Ou não muito.

"Estou de saída. Tira as suas patas da frente."

Hanna entrou na cozinha e olhou os dois como se soubesse que andavam falando dela. Apagou o cigarro em cima do fogão e se serviu uma taça de vinho branco. Levou a taça à boca e sentiu o bebê nos lábios, quente e com cheiro de bebê, uma ânsia inesperada, à medida que bebia, de seu olhar franco, a palma umedecida da mão.

A casa desaparecia ao seu redor.

Hanna se afastou do fogão e se distanciou antes que houvesse uma briga com Constance, que estava claramente irritada. Voltou para o corredor e se perguntou onde poderia acomodá-la, aquela mágoa que chapinhava dentro dela. Deu uma olhadela na sala de jantar e viu que a mãe já tinha se levantado da mesa de Natal. Foi rumo à sala de estar, com a lareira rachada, e andou até a janela da frente, onde pôs as mãos nas laterais da moldura, voltada para o norte. A vidraça era tão velha quanto a casa. Era sua coisa predileta, uma sobrevivente frágil, enrugada e grossa para concentrar e distorcer a luz. Hanna encostou a testa no vidro por um breve instante, enquanto olhava o crepúsculo.

A casa desaparecia ao seu redor, parede a parede.

Veio à sua cabeça durante a ceia e não conseguia se livrar do pensamento. A ideia de que caso saísse agora e não parasse de caminhar, chegaria às famosas falésias de Moher e poderia, anonimamente, morrer. Olhou ao redor, os rostos se mexendo, a comida, as velas, as taças, o amarelo do vinho branco e o marrom do tinto. Pensou no frio lá fora, se perguntou de que distância seria a queda, quanto tempo para cair. Estava com o bebê nos braços e rodopiavam devagar no ar negro, levados em direção ao mar e depois o atingindo. A água era dura e o bebê caiu para fora de seus braços e submergiram e afundaram, ambos, e até o afundamento era apenas uma queda mais vagarosa, enquanto se viravam e se achavam e se perdiam de novo. Era uma morte suave e infindável — pelo menos na mente dela. O bebê pasmo com aquilo, assim como ficava pasmo com escadas rolantes, elevadores, a maravilha da gravidade, o bebê vigiando Hanna e Hanna vigiando o bebê, dizendo, "Estou com você. Sim!".

Ouviu Dan entrar, reconheceu-o pelo chiado do sapato. Era assim que se reconheciam, os Madigan. Reconheciam o timbre da voz, o ritmo dos dedos batucando a mesa, e não se conheciam de modo algum. Não de verdade. Mas se gostavam bastante. Aparentemente.

"Vou me casar", ele anunciou.

"Nossa, Dan, vai mesmo?"

Hanna se virou.

"Por quê?"

Dan não conseguiu achar resposta. Não no mesmo instante.

"Ah, poxa", ele reclamou.

"Desculpa. Desculpa, quer dizer, quem é o cara?"

"Bom, ele é o porquê", Dan declarou. Tentou falar o nome de Ludo, mas não conseguiu, a sala ainda não estava pronta para isso.

"É uma pessoa de Toronto", ele disse.

"Que maravilha", ela disse.

"Claramente."

"Não, é verdade. Estou feliz por você de verdade. Claro que estou. É que eu imaginava que você tivesse escapado dessa, sabe? Da grande instituição chamada casamento."

"Escapei, sim", ele explicou. "E agora posso fazer o que eu bem entender."

"Tem toda a razão."

Escutaram o carrinho de Rosaleen engasgar ao tomar vida lá fora e as rodas mascarem o cascalho. A entrada estava repleta de carros — o Lexus, a BMW de Dessie, a lata surrada que Emmet usava na época. Hanna olhou pela janela e viu o Citroën da mãe no gramado, faróis banhando o tronco da araucária chilena antes de avançar sobre o canteiro de flores e passar rente, na diagonal, aos pilares do portão.

"Boa", ela disse.

Rosaleen dava sinal à direita, longe da cidade e em direção ao mar. A luz interna estava acesa e tudo ali estava bem amarelado. Parecia, refletiu Dan, uma obra de arte, não lembrava de quem — o visual manchado, elétrico da caixa iluminada se afastando aos sacolejos do jardim escuro, Rosaleen lá dentro de gorro de lã roxo e casaco azul-petróleo.

O casaco tinha capuz? Sim, tinha capuz, era um daqueles impermeáveis para quem caminhava que todo mundo usava na época. O capuz tinha acabamento de pele? Não, não tinha.

Lembrava-se de todos os detalhes. Ela deixara a luz interna acesa. Usava um gorro roxo e um casaco três-quartos da North Face em tom azul-esverdeado. A luz se demorava no céu poente. Todos ouviram quando ela saiu e ninguém pensou nada demais. A não ser que era Natal e não tinha nenhum lugar aonde ir. Por um bom tempo depois que o ruído do motor esvaneceu, não tomaram nenhuma atitude.

"Para onde ela foi?", perguntou Emmet. "Saiu correndo."

Ele estava de passagem pela sala e os outros o seguiram até a cozinha, onde as crianças haviam ligado a TV. Ficaram contentes em deixar a parte da frente da casa aos assuntos festivos, superficiais. Mergulharam no vinho e ficaram à toa. Constance logo iria embora e não queriam que fosse.

"Tem freira?", perguntou Dan. Costumava ter uma freira — um gole de xerez com refrigerante MiWadi para as crianças, que voltavam todas do oratório do convento cheias de medalhas miraculosas e cartõezinhos de orações com seus nomes no verso.

"A irmã Jerome? Faz muito tempo que morreu", disse Constance, que arrumava suas coisas, ou tentava, porque precisava levar seu bando para o outro lado da cidade por conta da reunião natalina dos McGrath.

"Conta pra eles", disse Hanna.

"Não", retrucou Dan.

Ela pegou o controle remoto e diminuiu o volume da TV.

"O Dan tem uma novidade", ela anunciou.

"Conta o que pra eles?", perguntou Dessie.

Dan olhou para o rosto largo do cunhado, rosado de vinho natalino e bem-estar. Ergueu as mãos de repente para bater castanholas inexistentes.

"Estou noivo!"

Houve um breve silêncio. Dessie ficou ainda mais rosado.

"Parabéns, cara", disse Rory. "De papel passado! Eba."

Caminhou até o tio e lhe deu um abraço na mesma hora. Um abraço forte concluído com um tapinha nas costas. Ninguém precisou fazer a pergunta óbvia — aquela cuja resposta todos sabiam. Claro que era homem. Claro.

"Ah, fico tão feliz", declarou Constance.

"Parabéns", disse Emmet.

Hanna levantou a taça. "Enfim são e salvo."

E Rory quis saber, "Então, quem é o sortudo?".

O assunto tomou outra meia hora do dia deles, porque Dessie foi até o porta-malas da BMW e liberou uma garrafa de champanhe que levaria para a casa da mãe, a abriram e fizeram um brinde desajeitado. Depois Constance vociferou e grasnou na tentativa de fazer a prole sair porta afora e, quando Constance partiu, não havia ninguém para se preocupar com Rosaleen.

A casa ficou sossegada. Deixaram a TV ligada e passaram um tempo vendo pessoas cantando e dançando.

Receberam um telefonema do tio, da Flórida. Emmet atendeu e, trocados alguns gracejos, Bart pediu, "Você poderia chamar a sua mãe?".

"Ela saiu pra caminhar", explicou Emmet.

"Que horas são aí?"

Emmet olhou no telefone celular.

"Quase cinco", ele respondeu.

"Escuta, eu tento falar com ela mais tarde", disse Bart. "Ligo às sete."

Emmet desligou o telefone.

"A gente não devia ligar pra Constance?", ele perguntou.

E Dan disse, "Pra quê?".

A estrada verde

Rosaleen estava na estrada verde e sentia frio. Faria sua caminhada. Como fazia após o almoço na maioria dos dias. Tinha saído para tomar um pouco de ar. Havia saído meio tarde. O almoço demorou. Ainda assim, não imaginara que estaria escuro, ainda não, pela maneira como o céu do Atlântico detinha a luz por tanto tempo após o sol se pôr, algo a ver com a altura do firmamento ali na estrada verde. O oeste continuava aberto e claro mas o chão sob seus pés era bastante ardiloso. Todas as cores sumiam das coisas e nada era fácil de enxergar. Não dava para distinguir cinza de cinza.

O pequeno Citroën estava parado onde o asfalto terminava, lá em Ballynahown, e Rosaleen andava na estrada escura sob o céu denso. Não havia luar. Havia o ruído de água corrente, bem alto. Um dos pés estava molhado — a parte da frente — e a via era irregular. Rosaleen achou a faixa de grama no meio da estrada e se posicionou sobre ela, e, *Levante os olhos*. Lá estava. Parou para olhar. O muro de pedra que era resquício de um forte de onde se vigiavam as ilhas de Aran e as montanhas longínquas de Connemara. As montanhas eram roxas e azul-marinho, as três ilhas negras sobre o mar prateado. O sol já havia se posto sob o horizonte, mas sua luz ainda irrompia do céu. Portanto, o mar estava escuro à distância e claro de perto. Era tudo uma questão de ângulo. Porque o mundo era redondo, mas a luz era reta.

Não havia mais ninguém.

As casas ficaram bem lá atrás. As últimas duas à esquerda eram sombrias e desertas, as janelas descobertas davam para o vale. E depois uma fazenda à direita, com um collie artrítico para pastoreá-la caminho afora, às corridinhas e aos agachamentos, a barriga roçando o chão. Velhos lá dentro. Vai saber que tipo de Natal tinham naquela casa.

O mar estava à sua esquerda, enquanto o despenhadeiro, ela sabia, se erguia à direita, os seixos, cinzas e nodosos sob as trevas; as poucas ovelhas atrás deles em busca de abrigo, as cabeças baixas e os ombros curvados, firmes sobre as patas pacientes.

Não ventava, mas o ar estava frio. Seus olhos ardiam por isso, e *Onde foi que começou?* Essa era a pergunta que a atravessava, embora fosse mais uma cadência do que uma pergunta, era outro estilhaço numa vida cheia de fragmentos, alguns deles lindos.

Ó minha Misteriosa Rosaleen!

Não suspire, não chore!

Agora suspirava, agora chorava, alimentava o ar com pequenas lágrimas que o vento lhe atirava de volta, machucando seu rosto. Difícil saber se eram lágrimas de tristeza ou de frio. Estava muito frustrada. *Rosaleen, Rosaleen* alguém dizia seu nome, mas ao aguçar o ouvido não era ninguém, nem mesmo o vento.

Rosaleen estava cansada de esperar. Vinha esperando, a vida inteira, por algo que nunca acontecera e não conseguia mais aguentar o suspense. Rosaleen tinha pressa, agora. Pensou em achar a ponta de um despenhadeiro e se jogar por simples impaciência. Poderia se matar só para fazer alguma coisa.

Mas não iria se matar. Nunca teve interesse nesse tipo de conversa fiada. *Onde foi que começou?* E onde estava o fim. Quanto tempo precisaria continuar, estando daquele jeito. Sendo ela mesma.

Ó minha Misteriosa Rosaleen.

E por que não havia ninguém para amá-la?

Era uma miudeza sob o céu imenso, e ser minúscula não era a mesma coisa que estar morta. Era exatamente o contrário. Rosaleen abriu os braços e levantou a cabeça para o céu.

"Rá!", ela disse.

No meio do nada, no dia de Natal, quando não havia ninguém na rua, ninguém andando na estrada.

"Rá!"

Velhas senhoras não tinham a tendência de gritar. Rosaleen não sabia se ainda era capaz ou se a voz diminuía como o restante do corpo quando a pessoa envelhecia.

"Rá, não liga pra mim!", ela disse. Ela urrou. Firmou os punhos junto ao corpo. "Não liga pra mim!"

A voz não tinha problema nenhum, foi o que ela descobriu. Senhoras não gritam porque não têm permissão para gritar. Porque se gritarem e urrarem não tem jantar.

E que esse fosse o fim por agora.

"Não se preocupa comigo!"

A montanha aceitou o desafio. Knockauns estava à direita e lhe mandou sua voz de volta, e havia névoa, ela viu, também descia para pegá-la. Portanto acelerou o passo e tropeçou numa pedra, mas não caiu.

"Rá", ela disse.

Rosaleen estava sozinha. E era assim que queria estar. Era ótimo. Entrou no carrinho e fugiu de todos eles. Seus rostos grandes. Deixou que se resolvessem. Que filhos egoístas que havia criado. Deixou que eles seguissem em frente, fosse com o que fosse — suas vidas — e saiu para caminhar depois do almoço e se desfazer da severidade do ar dentro de si. Sentir a maresia.

Rosaleen abriu os pulmões e se abasteceu.

O peito doeu. Doía dentro dela. O ar estava frio e ela estava com frio, então Rosaleen pensou em coisas quentes — pegar o carro na entrada e sair. Sim! E portão afora. A irritação era tanta que o carro se dirigiu sozinho. Galgaram quilômetros por vias familiares até acharem seu bosque de pinheiros. Aos solavancos passaram pela casa onde Pat Madigan nascera, a portinha pintada com camadas lascadas de verde em cima de vermelho em cima de azul. Passaram por tudo isso, Rosaleen e o carrinho, entre outro bosque de árvores que eram suas árvores, horríveis e sombrias. Seguiram sem parar até chegarem à beirada das coisas. Então o carro parou e Rosaleen desceu.

O mar era uma potência. A luz delicada e notável. Os campos indiferentes à medida que subia o último morro. Mas sentiu um ligeiro sarcasmo dos fossos, não havia outra palavra — chuviscos de escárnio — como se a paisagem rural risse dela.

Presenças.

Cruzado o portão da última casa, onde a rodovia asfaltada virava uma estrada verde e o cão pastor se virou para entrar em casa, ela olhou para trás, para o vale de Oughtdarra. Agora solene e misterioso, com a costa Flaggy à beira do mar, túmulos e dólmens, e estradas antigas e passagens do nada para o nada. Algumas casas estavam iluminadas devido ao Natal, o piscar das luzes um bruxuleio àquela distância. Havia uma igrejinha em ruínas naquele lugar, a maldição em nome do homem que a construiu terrível demais para ser dita em voz alta. Soube disso por Pat Madigan, que a levou para andar por aqueles planaltos com a cachorrinha no final do verão de 1956. Falou mais naqueles dias e semanas do que falaria depois, sobre maldições e afins, *piseogs*, as fadas no montículo de Croghateehaun e as pessoas perdidas no terreno traiçoeiro, coberto de vegetação que havia abaixo dele. Falou das raposas atrás da montanha Knockauns, os dezessete fortes antigos dali até Slieve Elva e as cabras que viviam entre as aveleiras. Contou-lhe da profundeza e beleza da caverna chamada Polnagree, dos dois ingleses que desceram-na com cordas e lanternas. Apontou o lugar onde três paróquias se encontravam, Oughtdarra, Ballynahown e Crumlin, um vão no despenhadeiro que não era de nenhum deles chamado Leaba na hAon Bhó, A Cama da Vaca. Havia uma história, ele explicou, sobre a vaca e o fim do mundo.

Então ele riu e lhe contou de uma novilha que tivera, que entrou no cio presa numa tina — quase uma banheira, feita de metal azul — a alça em cima da cabeça, do jeito que desse, e o touro conduzindo-a, os dois andando pelo campo com a tina balançando e martelando até ela se levantar e ele montá-la. "E o barulho que ela fez", ele contou. "Foi uma surpresa ela não ficar surda com aquela tina."

Não havia como detê-lo.

Apontou uma casa onde um sujeito se enforcou e uma rocha com vista para o mar onde diziam que o fantasma de um homem esfomeado ficava sentado, se virando para fitar os transeuntes. Falou de um lugar — a quilômetros dali — onde uma mulher mantinha a filha acorrentada no galinheiro e uma mulher cuja casa era cheia de dinheiro enviado pelos filhos que viviam na América. Falou que havia bebês nascidos em certa casa que nunca haviam visto a luz do dia. Falou que as mulheres de uma família colocavam os bebês para dentro de novo como gatos faziam com os filhotes, e era importante sempre casar com alguém de fora, num lugar como aquele, se a oportunidade surgisse. E ela era a oportunidade dele. Não disse que a amava. Falou que se ela o aceitasse, uma mulher refinada como ela, desimpedida e livre, com dinheiro próprio e ninguém para impedi-la, se ela fizesse a escolha e o escolhesse, ele a veneraria com o próprio corpo e de alma inteira até o dia de sua morte.

Bobagem, mas verdade.

Foi isso o que ele disse.

E era assim que ele via a terra, sem diferença entre os muitos tipos de ontem. Sem diferença entre um homem e seu fantasma, entre uma novilha de verdade e uma vaca que esperava o fim do mundo. Era tudo apenas um jeito de falar. Era a ascensão e queda do relato, um toque final antes do encerramento. Guardara todos os detalhes só para ela, como se todas as rochas e árvores aguardassem sua vinda para serem explicadas.

E quando ela riu dele, ele apenas concordou.

"Se eu sou bobo", ele declarou. "Então que eu seja um grande bobo e não um pequeno."

Não havia como rejeitá-lo. E quando entrou nela — daquela primeira vez e em todas as vezes subsequentes — ele sentia um tipo de prazer sagrado. Ela tinha certeza.

Minha Rosaleen!

Pat Madigan a venerava. E não disse mentiras. Ele a queria pelo dinheiro que tinha, pela bela casa e os filhos que conseguiria com ela. Ria de suas falas e depois ignorava o que dizia. Mas havia momentos, até nos últimos dias, em que olhava para ela com orgulho tão intenso que era pecaminoso.

Minha flor virgem, minha flor entre as flores.

Em algum lugar por ali foi onde o primeiro beijo dos dois aconteceu, a cachorrinha dela sentada esperando que eles terminassem, olhando o mar. Ela se casara com um homem de classe inferior. Até a cachorra parecia sinalizar o fato através da pose indiferente da cabeça.

Minha vida entre as vidas, minha santa entre as santas,
Minha Misteriosa Rosaleen!

E "Rá!", ela disse, porque tivera o prazer de Pat Madigan por quarenta anos, e "Rá", porque estava morto e ela ainda estava viva, ali na estrada verde. Fazia anos que não era beijada na boca. Anos.

Rosaleen sentiu saudade da cachorrinha, um cruzamento de terrier que parecia um pompom cinza, com um laçarote xadrez vermelho entre as orelhas. Milly. Quase a sentia correndo a seu lado, sentia-a roçar suas canelas. Rosaleen levantou o pé para não pisar nela e viu a escuridão da estrada sob ela. Se era a estrada — poderia muito bem ser um rio. O que quer que fosse, estava sentada ali. E não havia cachorro, claro que não. Desabara como uma boba sobre as costas molhadas e já era hora de levantar e se recompor. Era hora de seguir em frente. A caminhada por aquele caminho que era a estrada de sua juventude.

Não chovia, mas estava tudo molhado. Encharcado. Um barulho intenso de água no fosso à sua esquerda, havia uma caverna por perto e Rosaleen tinha medo de cavernas. Também tinha medo de altura. Não sabia o que estava fazendo ali em cima — parou para pensar e se deu conta de que tinha medo do escuro e já escurecia, embora o resquício de luz perdurasse sobre o Atlântico ocidental; um céu grande demais para que o sol partisse.

Era a velhice, é claro — o medo. Carros passando, crianças em bicicletas, pinos e tomadas, escada rolante: tinha medo de coisas que bipavam ou zumbiam, tinha medo de parecer boba, de usar meias erradas, usar roupas erradas. Ela botava alguma coisa porque gostava e um tempo depois percebia que estava tudo horrível. Rosaleen tinha pavor de perder a cabeça, de falar coisas estranhas ou surtar em público — caso batesse num desconhecido, se dissesse alguma grosseria ou obscenidade, seria insuportável. Tomava a precaução de falar muito pouco, atualmente. Até ali na montanha se mantinha reticente. Mas tinha medo de que o muro de pedras caísse em cima dela e a perna ficasse presa, tinha medo de ser estuprada, e qual era a probabilidade de isso acontecer? Logo no dia de Natal. Quem sequer roubaria alguém ali na estrada verde?

"Rá!"

Era por isso que Rosaleen tinha subido lá, naquele lugar silvestre. Foi purgar o esquecimento e a fúria. Gritar e deixar para trás. Arremessar para longe.

"Está vendo!" Queria esbravejar, mas a garganta não gostou da boca se abrindo e da aspereza do frio.

Rosaleen não enxergava o cume do Knockauns ou os muros a seu lado. Estava bem escuro agora. Não havia luar. O mar cintilava sob o céu negro e Rosaleen não conseguia distinguir os tons de preto, salvo pela noção de movimento da água à distância e mesmo ela estava ficando escura e parada.

Poderia muito bem estar morta. Poderia muito bem estar no subterrâneo.

A não ser pelo movimento das pernas, uma na frente da outra, e a sensação debaixo dos pés frios, das rochas e da terra e de tufos de grama na estrada verde.

Era ali que passeava com a cachorrinha adorável, Milly, e com Pat Madigan quando namoravam. Ia encontrá-lo pedalando, a cachorra na cestinha da frente, e deixavam a bicicleta encostada no fosso. Foi ali que se beijaram, e mais.

Pat Madigan foi emudecendo com os anos. Depois daquele primeiro ímpeto discursivo falava cada vez menos. No final da vida, falava pouco ou nada.

E isso também era culpa dela.

O que significava, quando o homem que amava estava morto? Uma parte do corpo dele dentro de seu corpo e os braços dele ao seu redor. O que acontecia quando tudo isso estava na terra, no fundo do barro do cemitério?

Nada acontecia. Era isso o que acontecia.

Rosaleen levantou a mão para olhá-la no ar escuro. Tirou a luva para ver sua brancura viva, mas havia algo em torno das pernas — a cachorra, talvez — e engatinhava, estava de joelhos, com uma mão enluvada e uma mão despida. Agora o frio estava em sua mão.

Cada fôlego doía. Puxava o ar para partes minúsculas dos pulmões. A pele era perfurada em pontos microscópicos pelo ar do vasto mundo à medida que abria caminho até o sangue.

A cabeça de Rosaleen estava abaixada como um cavalo velho, estava de quatro e as pedras machucavam os joelhos. Queria voltar e achar a luva, mas não podia voltar, não confiava na estrada, imaginava que talvez sumisse atrás dela. Porque existiam vãos entre as coisas, e isso a assustava. Era ali que Rosaleen estava agora. Havia caído no vão.

Bart ligou da Flórida às sete horas.

Passaram mais meia hora sentados. Dan mudava de canal. Emmet lia um jornal velho. Mas deviam estar pensando nela, porque todos disseram, quando chegou a hora de sair para procurá-la, que nenhum deles estava sóbrio o bastante para dirigir.

Às sete e meia, Emmet foi andando até a cidade para verificar com as senhoras que moravam em cima da farmácia enquanto Dan ligava para todos os números que ela anotara na parte da frente da lista amarela, mas a maioria das pessoas listadas ou estava na cozinha ou estava morta. Ninguém queria avisar a Constance, mas precisavam avisá-la, portanto, quando Emmet voltou eles fizeram o telefonema e, sete minutos depois, ouviram o carro dela correr portão adentro.

Constance estava fora de si. E a culpa era toda deles. Chorava e acusava e se lamuriava, não sabia onde se sentar. Pegou o celular e examinou os números, se desesperando diante de cada um deles. Ligou para um vizinho, pediu a eles que ligassem para outro vizinho. Saiu da casa, ainda falando, para dar uma volta e procurar a mãe. Meia hora depois estava de volta com o marido a tiracolo, e ele perguntou, "Vocês entraram em contato com os guardas?".

Os Madigan o encararam.

Dessie andara bebendo. Claro que sim — era Natal.

"Não vamos entrar em pânico", pediu Emmet.

Os homens se sentaram em silêncio, em meio à quietude do relógio parado na cozinha de Rosaleen e o barulho de Constance fazendo café instantâneo entre lágrimas.

Foi o jornal das nove horas que os agitou, a ideia de que pela manhã Rosaleen poderia virar notícia. Ou alguma lembrança do pai, talvez, dizendo, "Quietos", a mãe dizendo, "Liguem a TV para o pai de vocês ver o jornal", a observância ritualística de um mundo externo que adentrava a cozinha e a preenchia, silenciosamente, naquela noite. Já estava ali.

"A gente tem que ligar pros guardas", afirmou Constance.

Dessie mostrou o celular.

"Vou tentar o Maguire", ele disse, e deu o telefonema. Escutou por um instante e disse, "Natal".

"Ah, pelo amor de Deus", exclamou Dan, que pegou o telefone fixo e ligou para a polícia.

Hanna ficou sentada com as mãos tampando o rosto, ao longo de tudo que acontecia, apertando as pálpebras, sentindo a vibração das pupilas sob as pontas dos dedos enquanto os olhos se mexiam de um lado para o outro. Pensou nos despenhadeiros. Viu, através da imaginação, o rosto da mãe banhado diversas vezes pela água escura, o corpo mole flexionado pela curva das ondas; seu peso frio, improvável, atirado à terra firme.

"O cara está em Ennis. Ele falou que é a terceira pessoa desaparecida nesta noite, o Natal é movimentado. Ele mandou ligar para todo mundo, olhar os jardins. Falou que nós precisamos de um bando de gente para sair dirigindo e procurar o carro. Mandou olhar no cemitério. Perguntou sobre o estado mental dela."

"Cemitério?", perguntou Constance.

"Eu falei que era bom?"

Tudo isso saiu da boca de Dan com uma inflexão ascendente no final das frases, como se estivesse em um filme americano com uma câmera à sua frente e uma futura plateia de milhões. Os irmãos o observavam. Aguardavam o momento em que o drama de sua vida viraria a vida real — aquele choque.

"Ela nunca vai no cemitério", disse Constance. "Ela não quer saber de túmulo."

Dessie declarou que poderia conseguir vinte homens de carro em meia hora por conta da equipe local de hurling, e Constance retrucou que num dia como aquele não era de jogadores que precisavam, mas de alcoólatras, querendo se referir aos que estavam sóbrios, porque eram a melhor opção, e também mulheres como ela, talvez, as que estavam ocupadas demais preparando a ceia para se preocupar com o vinho. Havia um mundo de acusações nessa sentença, caso alguém escolhesse ouvi-las, mas o que dizia também era verdade. Dessie já estava de saída e falava baixo ao telefone.

"Já resolvi isso pra você", ele disse, e vinte minutos depois metade dos membros da reunião do AA (ou era isso que deviam supor) estava congregada na sala de jantar, Ferdy McGrath o principal deles. Seis homens e uma mulher se apresentaram a Emmet e a Dan, e depois a todos, como se desinformados a respeito das tristezas e infâmias uns dos outros. Um bando variado, Hanna ponderou, examinando-os com um desdém cauteloso. Nenhum deles tinha cara de alcoólatra.

Constance foi à despensa com umas garrafas vazias na tentativa de tornar a casa respeitável, e sabia que era um pouco de maluquice, mas também era permitido. Constance tinha *permissão*. Sentia-se quase alegre.

O corredor que saía da cozinha estava um gelo. Havia uma caixa de papelão encostada à parede e Constance pôs as garrafas ali dentro. O cheiro do lugar era o mesmo de sempre: bolorento, com um toque de creosote, além da doçura de maçãs velhas. Quando se levantou, lembrou da mãe parada na porta dos fundos, observando a chuva de verão. Devia ter sido quando Constance era pequena.

Ainda via: a silhueta da mãe no vão da porta; depois dela, o vermelho das papoulas, o verde do jardim, o ar dourado da chuva reluzente. Rosaleen parada, olhando tudo isso, esperando para sair.

Eram quase dez horas da noite de Natal; uma noite bem serena, sem chuva. Emmet abriu um mapa sobre a mesa e marcou regiões e estradas com setas e círculos. Pegou números de telefones celulares, procurou lanternas; só faltava distribuir comprimidos contra malária.

Três carros rumo aos despenhadeiros, um ao estacionamento de Lahinch, outro percorreria as estradas costeiras de Doolin a Liscannor, um telefonema para um cara de Doolin para verificar o estacionamento do porto, outro carro pela costa de Doolin a Fanore, o último percorreria a rodovia de Ballinalackin a Ballynahown.

A casa se enchia de gente da cidade. Dan viu homens que não via desde a escola. Eles o fitavam com cautela e então o tocavam, a mão premeditada no braço ou no ombro, dizendo, "Tudo bem, Dan? Posso fazer alguma coisa?". Lá na cozinha, quatro mulheres limpavam a mesa, arrumavam tigelas e cobriam pratos de comida com papel-filme. A irmã de Dessie, Imelda, levara, dentre outros produtos, dois sacos de café, e Constance sentiu fraqueza, precisou de ajuda para se sentar na cadeira.

"Ai, ai, ai", disse quando as pernas cederam e ela se sentou de pés plantados e um saco de grãos colombianos no colo.

"Ai", ela repetiu, tomando para si a culpa daquilo tudo, o café esquecido, o ataque de raiva, a mãe agora vagando pela noite. "Ai."

"Ai, *o quê*", retrucou Hanna, encostada no fogão de braços cruzados, e não havia nada a fazer a não ser enfiá-la em um dos carros, ela não servia para nada em casa.

"Vai lá", disse Dan, portanto ela saiu aos tropeços com Ferdy McGrath, uma idiossincrasia no olhar que declarava que ele ficaria sóbrio por ela.

"Caramba, Ferdy, lembra que você foi meu treinador de camogie?"

"Lembro", ele disse. "Você corria que era uma maravilha."

"Sim", ela disse. "É verdade. Eu corria."

E ele a pôs no assento do passageiro de seu calhambeque de alcoólatra e fechou a porta.

Os carros deram a seta e foram embora, um atrás do outro, rumo ao oeste. Dan seguiu o ruído deles portão afora e depois foi andando pela rua deserta em busca de sinal de telefone. Assim que conseguiu, ligou para Toronto, e quando Ludo atendeu ele contou, "Minha mãe sumiu. Saiu dirigindo. Pode estar em qualquer lugar".

Estava uma escuridão só. Dan tinha se afastado de casa e, quando a luz do telefone se apagou, a noite piscou e o engoliu. As trevas se deslocaram não para um ponto a dois metros dele, mas para bem diante de seu rosto. Roubaram-lhe o fôlego. Virou-se de um lado para o outro e não tinha certeza de que direção tomar. A vinte metros de casa e não sabia onde estava ou como voltar. Achou a margem do gramado e se esquivou do fosso que havia depois, tateou o caminho de volta através da sensação da vegetação contra os sapatos e da promessa de um poste distante na curva da estrada. Levou um tempo excessivo. Sentiu, a cada passo, como se topasse com alguma coisa, e estremecia, provocado pelo ar escuro.

Rosaleen parou onde estava. Cabeça baixa, balançando de um lado para o outro. Não conseguia saber onde o chão começava e a pele terminava, era tudo uma dor só.

Tinha perdido a luva. E isso era um estorvo.

Rosaleen era um estorvo. Os filhos achavam-na um estorvo porque era verdade. Era mesmo. Um estorvo.

Rosaleen era um pesadelo. Era muito difícil. Era cada vez mais difícil. Fazia os filhos chorarem.

Ficariam pesarosos ao descobrir que havia sumido. Ficariam muito pesarosos. Aquelas pessoas, que passavam o tempo inteiro a abandonando. Sem telefonar, sem escrever. Não lhe contavam nada, passavam a vida escapando dali. Cai fora e segue em frente!, esse era o brado. Não volte atrás! Se você voltar atrás verá sua mãe transformada numa estátua de sal.

Bom, a estratégia vale para os dois lados.

Rosaleen tinha dois pés, tinha carro. Ela também podia sair porta afora e não voltar. E qual era a sensação? Qual era a sensação quando a mãe era quem abandonava?

Rá!

A mesma, a mesma. A sensação era a mesma.

Rosaleen baixou sua cabeça velha, um joelho na frente do outro. Estava de quatro e as pedras eram bem dolorosas sob ela. Havia uma dor penetrante na palma da mão, uma coisa nos nervos. Levantou-a e balançou-a, mas não conseguia sentir nenhuma parte da mão, só a dor penetrante e uma ardência na ponta dos dedos. Queria voltar e achar a luva, mas não podia voltar àquilo tudo — a escuridão contínua e a noite.

Tirou a luva da mão direita e apertou a mão gelada nela com o polegar torcido do jeito errado. Havia a ruína de um casebre lá em cima e ficaria a salvo lá dentro. Uma cabaninha abandonada na época da fome pela qual já tinha passado várias vezes, mas se estava longe ou perto ela não saberia dizer. Tudo levava tanto tempo. Rosaleen achava que não chegaria lá. Morreria na encosta da montanha Knockauns, seria achada fria e inerte à luz matinal e então se arrependeriam.

E ela também se arrependeria.

Os filhos adoráveis.

Por que não era capaz de ser legal com eles, não sabia como. Ela os amava tanto. Às vezes olhava para eles e era inundada de amor a tal ponto que precisava estragar tudo. Ficava zangada depois. Eram tão lindos. Haviam sido tão lindos. Eram tão crédulos e bondosos. Faziam com que ela não se sentisse bem. Menosprezada. Faziam com que se sentisse irrelevante. Era isso.

E eu?, ela dizia.

Mas Rosaleen não existia. Ah não. Rosaleen não tinha importância.

Rá!

Rosaleen queria dizer isso em voz alta, mas não conseguia. Estava empacada no som da própria respiração, arrastada e rouca, um imenso ranger dos dentes quando puxava o ar para dentro.

Fu, fu, fu, fu, fu.

O frio estava dentro dela. Estava nos ossos, abrindo caminho até a pele, envolvendo suas entranhas, infiltrando o estômago, seu corpo tentava se desvencilhar de novo. Um tremor intenso se impôs e seus braços e pernas ficaram engraçados e enrijecidos, precisou balançá--los para cima e para baixo. Após um período infinito nessa situação, percebeu que a pessoa a seu lado era Pat Madigan, e era dele a voz insistindo que ela fosse em frente. E uma grande sensação de paz se espalhou por seu corpo, seguida de uma pontada de irritação.

Onde você esteve esse tempo todo?

Um sujeito chamado John Fairleigh entrou na sala de jantar de capa impermeável e botas de caminhada. Jovem, de cabelo preto, a pele desgastada pelo clima; se apresentou e foi direto ao mapa sobre a mesa, empurrou os enfeites prateados e brancos — mas com cuidado — e afirmou que tinha mais gente a caminho, a equipe chegaria em breve.

"Alguma notícia?", ele perguntou. E Dan olhou para ele.

"Não."

"Era aqui que ela gostava de ir?"

Emmet olhou o mapa.

"Em algum lugar da costa. Algum lugar. Andando em círculos."

John Fairleigh disse que achava que não. A mãe deles não estava andando em círculos.

"Uma mulher dessa idade, ela anda em linha reta. Fica perto do carro, sem dúvida a menos de um quilômetro do carro, provavelmente a uns cem metros. Então a primeira tarefa é achar o carro. E quando a gente achar o carro, é coisa de cem metros, um quilômetro no máximo."

"Entendi."

"Não é tão fácil assim, não necessariamente", ele disse. "Está escuro. Sua mãe pode estar passando frio. Está procurando abrigo. Um prédio, um celeiro. É só nisso que ela está pensando agora, onde se esconder do frio, o que quer dizer que ela pode acabar se escondendo da gente também — atrás de um muro, debaixo de um arbusto, dentro de um saco de fertilizante velho. Ela pode ficar difícil de achar."

Constance chorava.

"Mas nós vamos achá-la", ele afirmou. "Não se preocupem."

"Não, não", ela disse, acenando que ele continuasse.

"Ela estava bem?"

"Perdão?", disse Emmet.

Constance lançou um olhar para o irmão.

"Difícil dizer", ele disse.

"Ela saiu para fazer a caminhada dela. Nossa mãe está ótima", declarou Constance. "Ela saiu para fazer a caminhada dela."

"Ela é uma pessoa maravilhosa", Dan interveio, de um jeito patético, animado.

"*Maravilhosa*", repetiu Emmet.

"É um jeito de falar", retrucou Dan.

"Bom", disse Emmet. "Maravilhosa na flor da idade fica meio doida quando se é mais velha, é bipolar na faixa dos cinquenta, talvez, e quando se chega aos — quantos anos ela tem? — setenta e seis, bom, aí é mais o cérebro, não é? É esclerose ou sei lá o quê. Difícil saber."

"Ela nunca foi bipolar", retrucou Constance, profundamente chocada.

"Não?", ele inquiriu.

"Nem de longe."

"Bom", disse John Fairleigh. "É complicado. A velhice é difícil, do ponto de vista emocional. É mesmo."

"Não entendo como é que você é capaz de dizer que ela era bipolar", reclamou Constance.

"Acho que o que eu estou tentando perguntar é", disse John Fairleigh. "Ela estava abatida de alguma forma?"

Constance soltou um gritinho.

"Por favor, não leva a sério o que meu irmão está falando", ela pediu. "Por favor."

Mas John Fairleigh os ignorou. Dan teve a breve sensação de que ele era algum tipo de impostor.

"Não se preocupem. A gente cuidou de uma senhora que ficou sumida por duas noites, dois anos atrás, em setembro. E ela não estava na melhor das formas, para falar a verdade, mas ficou ótima depois."

Os irmãos ficaram quietos.

"A noite está clara", ele comentou, e olhou o mapa outra vez. "Que Natal."

Rosaleen estava perto do casebre, enfiado na lateral da montanha. Uma cabana de pedra prestes a cair, com uma porta, uma janela, sem telhado. Via por conta da luz das estrelas. Estava surpresa com o quanto conseguia enxergar. Poderia entrar no casebre e olhar as estrelas, eram tantas, mas primeiro teria de cruzar o gramado da fome à frente da porta. Não havia muito, só algumas folhas, e depois que atravessasse o gramado da fome ficaria resguardada do clima. É claro, depois de cruzar o gramado da fome sentiria fome para sempre. Era essa a maldição.

Às vezes a grama estava num túmulo onde nenhum padre ia para fazer preces porque o padre estava muito ocupado ou havia fugido. Às vezes a grama estava na soleira da porta de uma casa onde todos haviam morrido, sem que sobrasse alguém para enterrá-los, e depois a casa se transformava em ruína.

Mas não tinha importância se cruzasse a grama da fome, pois ela também morreria. Ela sabia disso porque o finado marido, Pat Madigan, estava a seu lado na estrada. Ele ficara tão quieto quando era vivo. Parara de falar. Deixara de gostar dela. Mas sempre a amara. E quando era novo andava por aquela estrada como se fosse dele. Era o rei de tudo que era verde ao seu redor, rei das cercas vivas, rei do céu. Pegava uma pedra e a atirava no vasto firmamento. Atirava no mar, onde crescia e virava ilha. Crescia sem parar.

Fu, fu, fu, fu.

Se mostrava os dentes, eles batiam uns contra os outros como um par de dentaduras de brinquedo, então tentou apertar os lábios para impedi-los de rachar e quebrar dentro do crânio. O problema que daria.

Fu, fu, fu, fu.

O marido, Pat Madigan, estava um pouco irritado com Rosaleen porque Pat Madigan era um santo, mas de vez em quando ficava um bocado rabugento. Queria que Rosaleen engatinhasse pela grama da fome e saísse do frio.

"Quer parar de exagerar?", ele disse. "Anda!", exortou. "Upa!"

E Rosaleen levantou o braço e o balançou, pôs a mão para baixo, depois levantou o outro, e arrastou as pernas velhas até a porta destruída do casebre de pedras. Sem telhado, mas com um frontão para protegê-la do frio cortante. Dois ambientes pequenos, o primeiro com alguma coisa dentro — dava para ver o tom rosa nas trevas e era papel higiênico. Rosaleen recuou de medo e rastejou cuidadosamente para a esquerda, para o segundo cômodo pequeno, onde se virou devagar e tombou para o lado, encolhida no chão. Levantou o joelho de cima um pouquinho e enfiou as mãos entre as pernas.

O chão estava firme.

Não havia sinal de Pat Madigan. Tinha sumido.

Passado um tempo, se sentiu muito bem. O cérebro desanuviou de uma forma que era estupenda. Sentia dores nos joelhos molhados, mas não interessavam. O frio fazia mal ao quadril esquerdo e ela tremia de uma maneira que lhe era inédita. Mas as estrelas estavam encantadoras, ela via uma porção do céu pelo canto do olho, emoldurada pelas pedras da parede da cabana.

Caso dormisse agora, ponderou, não seria a pior coisa.

Havia um remédio que o pai lhe dava de colher quando era pequena. Muito rosa, fosse aquilo o que fosse. E assim que engolia — apagava na hora. Adormecia. Volta e meia se perguntava que remédio era aquele.

O pai lhe dava caulim e morfina para o estômago. A morfina era uma grande companheira, ele dizia, é difícil renunciar a ela. Usaram com o Pat, no fim — emplastros de Fentanil que ela grudava na coxa dele. Deixavam-no feliz. A morfina o levava a amá-la de novo, depois o deixava constipado e zangado. E então morreu.

Rosaleen tremia. Seu corpo se debatia, estava simplesmente se segurando. Tinha de se lembrar tanto quanto possível, agora, tinha de ser sensata. Não existia de fato grama da fome. E Pat Madigan estava morto havia muito tempo. Tinha de se lembrar de tudo. O nome dos comprimidos e o nome das doenças, o nome das partes do corpo que agora tentavam abandoná-la. Mas não tinha a intenção de ir, ou de abandoná-lo. Não tinha a menor intenção.

Rosaleen viu um satélite passando por um primor de estrelas lá em cima, e era como se sentisse o girar da Terra. Sentia-se bem. O pior do frio já havia passado. Tiraria um cochilo e voltaria para casa antes do amanhecer.

Foi acordada por um ruído violento e rascante, o fim do mundo. O baque de alguma coisa. Um barulho forte como o de um avião decolando em sua orelha. O avião deu ré e seguiu em frente. Deu ré. Havia uma vaca do outro lado da parede, respirando, arrancando uns bocados de grama orvalhada. O choque durou bastante tempo em seu sangue.

Estou acordada, ela disse. *Estou viva.*

Ferdy McGrath dirigia por uma estrada secundária a caminho do mar quando Hanna disse, "Para!".

Era a casa de Boolavaun.

"Você viu alguma coisa?", perguntou Ferdy. "Viu um carro?"

"Não, é só que", disse Hanna. "Só preciso dar uma olhada na casa antiga."

Ele olhou para ela.

"Sei lá. A casa do meu pai. Eu acho que a gente devia."

Ele desceu do carro e foi atrás dela até a massa preta que era a casa. Ela apontou a luz do telefone para a porta e ele acrescentou a luz da enorme lanterna amarela, um tubo inútil com um feixe amplo, fraco.

Hanna deu uma olhada pela janela, ainda tapada por meia cortina de rede branca. Não viu nada lá dentro. A porta exibia todas as suas cores em lascas e bolhas, vermelho fulguroso, um azul vivo e intenso — azul-celeste ou cobalto —, lhe trouxe uma lembrança tão forte da vovó Madigan que ela foi tocá-la; e sobre todas essas um verde comum.

"Ela pode ter entrado pela porta dos fundos", ela conjecturou.

"A gente devia estar procurando o carro."

A parte inferior da porta estava podre e coberta de tábuas de compensado fino. Hanna se inclinou e puxou uma delas e, "Vai com calma", ele pediu, mas ela já rastejava rumo à varandinha, pelo linóleo que era multicolorido como doces espalhados. Era o assoalho de que se lembrava da infância. Levantou-se no ambiente apertado e abriu a porta para a cozinha.

Ela berrou. "Ferdy!"

Pedia sua ajuda, embora não gostasse muito do sujeito.

"Ferdy!"

A lanterna grande lampejou na janela e o local foi debilmente iluminado. Uma mesa velha, portas de armários abertas, o casco enferrujado do fogão. Hanna viu tudo na forma de contornos e sombras, o chão crepitando de pedregulhos sob seus pés. Tantas coisas tinham acontecido naquele lugar, e nada de mais acontecera. As pessoas cresciam e se mudavam. A avó faleceu.

Paixões. Impossibilidades.

O estímulo daquilo.

"Você está bem?" A lanterna deixou a janela e ela escutou Ferdy andando junto à parede externa da casa. Um longo silêncio e depois o sacolejo alto do trinco da porta dos fundos.

"Ela não está aqui", ela afirmou, e recuou devagar, se agachando. "Ela não está aqui."

Quando voltaram ao carro e Ferdy olhou para Hanna no assento do passageiro.

"Você tem os olhos dela", ele declarou. "Você sabe disso. Ela era uma mulher forte, uma mulher incrível, a sua avó. Era prima da minha mãe — mas você também sabe disso, claro."

Hanna achou que ele a tocaria naquele instante, mas algo estragou o impulso e ele empurrou a alavanca ao lado do volante, dando seta, indicando para ninguém sua intenção de voltar à estrada.

Quase dois quilômetros depois, viram o carro de Rosaleen encalhado no fosso com a porta da frente aberta e a luz interna ainda acesa.

O telefonema chegou a Ardeevin pouco antes da meia-noite. O carro fora encontrado.

Hanna chamava a mãe. Emmet a escutava do outro lado da linha, um som fraco e patético.

Mamãe, mamãe.

Ferdy tampou o bocal do telefone com a mão para gritar, "Espera aí!".

"Não abandone ela", Emmet pediu, imaginando que Hanna seria a próxima a se perder.

Constance levou o resto deles até lá, o automóvel caro preciso nas curvas da estrada e, quando chegou ao local, parou atrás do pequeno Citroën de Rosaleen com uma exatidão triste. Emmet saltou para dar a volta, abriu a porta da frente e examinou, sem motivo, debaixo dos bancos da frente. Depois acendeu os faróis e as luzes de emergência, eles ficaram na urgência bruxuleante daquela situação toda, esperando a mãe aparecer.

Os filhos de Rosaleen perscrutavam e gritavam contra o ar negro. Ela estava por ali, e era insuportável. A preocupação deles também era uma preocupação com eles mesmos, é claro. Um ego infantil, que superava as lágrimas. Dan sentia como um clarão dentro do peito. Uma carência cáustica.

"Rosaleen!"

Até Emmet se surpreendeu com a força, aquela enorme carência por uma mulher de quem imaginava não gostar mais.

"Mãe! Mãe!"

Constance correu até a parede mais próxima e olhou por cima dela como se a mãe fosse uma carteira caída no chão ou um molho de chaves.

"Mãezinha?", ela chamou.

A comicidade da situação não lhes passou despercebida, o fato de que cada um dos filhos chamava uma mulher diferente. Não sabiam quem era ela — a mãe, Rosaleen Madigan — e não precisavam saber. Era uma mulher idosa que necessitava desesperadamente da assistência deles e, embora sua ausência ocupasse a encosta fria da montanha, ela se reduzia a um ser humano — qualquer ser humano — frágil, mortal, velho.

Ficaram parados, olhando para o norte, noroeste, oeste, as sombras mudando na estrada diante deles enquanto a voz de Hanna atravessava, num filete de som, do outro lado do terreno.

"Mamãe!"

Faróis subiam o vale a partir do desvio em Ballinalackin. Os carros demoravam bastante. Aproximavam-se, estacionavam, ou não conseguiam achar lugar, bloqueando uns aos outros e invertendo a marcha para fazer o retorno na via estreita. Emmet conhecia bem, a sensação passageira dos eventos numerosos, mesmo quando — sobretudo quando — havia vidas em jogo. Dessa vez, no entanto, a vida era semelhante à sua: esse era o desastre que vinha evitando, em meio a todos os desastres que ele tinha procurado. Esse era real.

John Fairleigh se aproximou, grudado ao telefone, gesticulando com o braço para que todos se reunissem.

"Não tem necessidade de bote salva-vidas agora", ele declarou, e a vertigem os dominou outra vez; a mãe caindo do gigantesco precipício.

"Bote salva-vidas?", perguntou Constance.

"Escuta, pessoal", disse John Fairleigh, se dirigindo a todos. "Vou pedir pra vocês ficarem parados aqui um instante, um minutinho, está bem? Não quero que ninguém caia no pântano, ou sei lá o quê. Está bem? Vocês vão olhar a estrada e as margens da estrada. Não saiam da estrada. É isso que nós vamos fazer por enquanto. Vamos todos ficar na estrada."

Eles se afastaram das luzes frenéticas do carro, uma ninhada de alcoólatras que se recuperavam heroicamente e os filhos de Rosaleen Madigan, enquanto mais faróis de carros subiam o vale lentamente. O portão se fechava depois que passavam — todos zelando por seus modos interioranos, embora mal desse para ver a zona rural das redondezas, tanto que seria bem possível que estivessem na lua por conta de toda a beleza lendária da estrada verde.

Caminhavam juntos, feixes de luz das lanternas se cruzando. As pessoas tropeçavam e praguejavam em voz baixa, ou cegavam uns aos outros com o clarão das luzes.

"Mantenham as luzes baixas, pessoal. Deem uma chance para os olhos."

Constance estancou e desligou a lanterna para deixar a vista se adaptar e em pouco tempo enxergava tudo. Uma bruma de luz se juntou no céu sobre Galway, ao longe, mas Knockauns estava escura e a noite sobre ela aberta a uma profundidade infinita de estrelas.

Foi deixada para trás. Estava sozinha — Constance, que nunca ficava sozinha, cuja mente estava sempre cheia de gente — e depois da primeira aflição, deixou-se dominar pelas trevas. Levantou um pouco as mãos para testar o ar.

Ferdy McGrath deu um telefonema para o aparelho de Emmet e quando a linha caiu todos o ouviram gritar ao longe e viram a sinalização feita com a luz de sua lanterna. Aceleraram o passo, depois de um tempo viram o casebre em ruínas onde ela devia estar.

Hanna já estava lá.

Ela entrou pela porta e tropeçou nas pedras e no lixo da sala de estar pequenina antes de olhar o segundo cômodo, menor ainda, e ver o montinho escuro que era a mãe deitada no chão.

Mais tarde, nenhum deles conseguiria se lembrar o que tinham falado, a não ser que Rosaleen não parava de se desculpar e Hanna não parava de tranquilizá-la.

"Ai, me desculpa."

"Você está legal?"

"Ai, me desculpa."

"Está tudo bem com você. Está tudo bem."

E assim as duas continuaram, numa espécie de êxtase, enquanto Hanna abria o casaco e o colocava sobre a mãe antes de se deitar ao seu lado, puxando as mãos de Rosaleen para debaixo de sua roupa para que se aquecesse no calor de sua pele, esfregando os braços e as costas dela, e ficaram assim, desatentas a tudo o que acontecia ao redor.

Do lado de fora da casa, Ferdy McGrath soltou um brado, enquanto lá dentro Rosaleen choramingava devido à dor que sentia nas mãos, que queimavam no calor da pele de Hanna.

"Ai, não!", ela disse.

Hanna deveria ter sido mais cuidadosa, pensaria depois, ela poderia ter agido de forma totalmente errada, mas como a única coisa que passava por sua cabeça era interromper o tremor do corpo da mãe, ela usou os joelhos para fazer Rosaleen esticar as pernas e ficou deitada a seu lado, levantando os ombros para completar o abraço e segurando-a contra o próprio corpo, apertando-a com uma força cada vez maior na tentativa de estancar o tremor.

"Está tudo bem com você. Está tudo bem."

Ficaram assim por um bom tempo. Hanna usou tudo o que tinha. Usou a respiração, soprando no pescoço de Rosaleen, suspirando em seus olhos fechados. Não viu Ferdy botar o casaco dele sob as pernas de sua mãe e enrolá-las nele, não viu os outros, tropeçando nos refugos e na sujeira acumulada no assoalho da casa, ou a coberta de papel-laminado posta sobre ambas por John Fairleigh. Não percebeu nada até ele ir para o outro lado e segurar a cabeça de sua mãe, botar um capacho debaixo de seus ombros e levar um cantil de chá a seus lábios.

"Muito bem", ele disse. "Muito bem."

Era o tipo de expressão que a mãe deles odiava.

Hanna teve a sensação hilária de que Rosaleen se irritaria, mas não se irritou nem um pouco. Olhou para John Fairleigh sem piscar. O chá entornou da boca e ela continuou olhando como se não existisse nada além de John Fairleigh no mundo.

Lá fora, as pessoas ficaram um tempo à toa, esperando a ambulância, se perguntando se não era melhor carregá-la montanha abaixo e levá-la embora dali de carro. Sentiam o frio. Tudo levava muito tempo. Alguns voltaram para abrir o portão e dar as coordenadas. Outro homem munido de lanterna chegou. "Alguém que deixou o carro lá embaixo poderia tirar do lugar?" E durante um tempo foi como um festival irlandês ou uma gincana, com um cara de jaqueta chamativa mandando os carros para um campo. Ninguém foi para casa, embora soubessem que ela havia sido encontrada. As pessoas entraram nos carros e esperaram, ligando o rádio e ouvindo canções natalinas, difundidas por estúdios desertos, até — muito depois, ao que parecia — verem a luz azul bem distante surgir na estrada de Ballinalackin.

"Ela saiu só para dar uma caminhada", Constance exclamou para Dessie, como se fizesse objeção a toda a balbúrdia.

Dan, que permanecera ao lado do casebre, ficou parado na porta do cômodo e fez o que Rosaleen mais gostava que fizesse. Falou com ela.

Ele disse, "Você sabia que deixou a luz do carro acesa?".

Ele disse, "Acho que já está na hora de você pendurar suas botas de caminhar, querida, não acha não?".

Ele disse, "Francamente, Rosaleen, você não tem noção. Metade da família O'Brien está lá na cozinha com baldes de salada de repolho e restos de salada de batata, e a Imelda McGrath apareceu com café de verdade, porque agora o negócio deles é café de verdade. Quer saber o que o Dessie tinha no porta-malas? Ele tinha uma champanhe Bollinger guardada. Não estou brincando. *Onde é que isso vai parar*, é isso o que eu queria saber".

Ele disse, "Nossa. A lua".

Porque a lua surgia a noroeste, por cima da montanha Knockauns. Uma lasquinha, a luz pálida erguia a paisagem a seus olhos, e lá estava, a estrada mais linda do mundo, ímpar. Onde mais ela iria?

"Quer saber?", ele disse. "Você poderia estar em qualquer lugar."

Observou o progresso vagaroso dos paramédicos lutando para carregar a maca entre pedras e grama: o cromo cintilando e suas peças retinindo à medida que descia e subia.

Ela nunca tinha ido muito longe, ele ponderou. Uma semana em Roma. Duas semanas em Algarve. Outra vez, Sorrento, e A estrada! ela disse. Era tomar as rédeas da própria vida. Mas ah! a costa desembocando em Amalfi era uma lindeza, ela jamais se esqueceria, e o bistrô bem na beirada do mar, onde tomou uma taça de limoncello, grátis ao final da refeição.

Despertando

Ela vendeu a casa mesmo assim. Foi uma surpresa, mas não foi a maior delas. Rosaleen despertou no hospital de Limerick no Dia de São Estêvão e olhou ao redor, as paredes amareladas e os enfeites feitos à mão, e sorriu.

Não teve problema para conseguir uma cama, ela disse. E ficou maravilhada com isso; as coisas que se ouve no noticiário sobre gente que passa dias nas macas.

"Estão todos passando o Natal em casa", explicou a enfermeira, que ela supunha ser tâmil, de nome tão comprido que teve de acrescentar alguns centímetros no crachá. Rosaleen examinou bem o rosto e os olhos dela.

"Tão bonita", elogiou.

A enfermeira não se importou.

"Eu me sinto, não sei como descrever, me sinto muito melhor."

"Que bom."

"Não estava me sentindo nada bem", ela comentou. "Mas agora me sinto muito melhor."

"Sim."

Emmet, que estava sentado à sua maneira aplicada na cabeceira da cama, viu tudo isso e não acreditou.

"Você subiu uma montanha", ele disse.

Rosaleen virou a cabeça e descansou o olhar sobre ele. Parecia meio confusa e em seguida sorriu.

"Foi."

"Você se lembra?"

"Ah, eu me lembro da montanha, sim", como se não fosse disso que estivesse falando. "Ah, sim, a montanha."

Ela o fitava com atenção.

"Agora descansa, Rosaleen", pediu a enfermeira.

"Estou falando de antes da montanha."

Aninhou a bochecha no travesseiro do hospital e olhou para o filho.

"Ah, querido", ela disse.

Emmet não sabia como responder, mas ela não parecia querer resposta.

"Ah, querido. Me desculpa."

"Não precisa", ele disse.

"Eu pus você naquela situação."

"Não tem problema."

"Eu fiz você passar por esse apuro."

Ela fechou os olhos, devagar, olhando para ele o tempo todo, e quando adormeceu, Emmet foi até a prancheta de metal afixada ao pé da cama.

"O que ela está tomando?", ele perguntou.

"Soro", respondeu a enfermeira. E depois de pensar um instante, "Ela está feliz".

E de fato Rosaleen estava feliz. Continuou feliz por um tempo. Não só feliz com o auê que faziam em torno dela — as visitas, o jornalista dispensado na porta, o padre anunciando sua gratidão por seu discurso na missa matinal, *Ainda que eu andasse pelo vale da sombra da morte* — ela estava feliz com outras coisas pequenas, a luz se adensando no assoalho do hospital, o engenhoso controle que levantava a cama, as flores que Pat Doran, o mecânico da oficina, lhe trouxe, embora fossem — para cunhar uma expressão, ela disse — *flores de posto de gasolina.*

"Que cores lindas, Pat. Não precisava."

Rosaleen se regozijava de estar viva. É uma coisa tão óbvia, Hanna se perguntava por que nem todo mundo se regozijava o tempo inteiro. Levou o bebê para vê-la, e ficaram, a mãe, Hugh e *o pudim*, como Rosaleen o chamava, "Ah, o pudim!", insistindo que levassem o bebê até a cama para ela segurá-lo. Rosaleen adorava bebês, ela declarou. E por um tempo foi fácil acreditar. Queria *mordê-lo*, ela disse. Hugh tirou fotos com o telefone e as admiravam conforme aconteciam: Rosaleen magra e o bebê gordo na frente dela, o bebê enfiando a mão na boca de Rosaleen e empurrando seu maxilar para baixo.

"Lá, lá, lá, lá", disse Rosaleen, e o bebê riu.

Ela ficou encantada. E o bebê era encantador. Hanna tentou captar tudo isso, assim poderia se lembrar da próxima vez que o bebê berrasse, a imagem da mãe lhe devolvendo o bebê, dizendo, "Ah, que inveja eu sinto de você".

Como se sempre valesse a pena ter vida, valesse a pena se reproduzir, e tudo sempre terminasse bem no final.

Emmet viu algo que não via fazia muitos anos: a mãe sendo incrível. Ela deleitou a todos com descrições da ambulância, as mãos frias do médico, a vaca do outro lado da parede quando adormeceu na montanha.

"Era como um avião decolando no seu ouvido", ela declarou.

Quando Dan entrou, os dois riram de tudo e Emmet não sentiu ciúmes. Observou Rosaleen à procura de algum tipo de deterioração, mas o cérebro dela estava bem — ou o que o mundo dizia ser seu cérebro: curto prazo, longo prazo, o papa atual, os dias da semana. Foi seu humor que se transformou. Era só sua vida que havia mudado.

Olhava os filhos como se fossem uma maravilha para ela, e de fato éramos meio que uma maravilha para nós mesmos. Fomos, durante aquelas horas na encosta escura, uma potência. Uma família.

Seguiu-se uma época de muita bondade e generosidade, não apenas dos vizinhos e de estranhos, mas entre os Madigan. Não havia conversa de levar Rosaleen para a casa em Ardeevin, "Aquela casa fria", disse Constance. Já havia arrumado o quarto, ela afirmou, e os pertences de Rosaleen já tinham sido levados para lá, assim poderia ficar quanto tempo precisasse em Aughavanna.

Um rosto na multidão

Dan voltou para Toronto e descobriu que Ludo publicara um alerta sobre Rosaleen em sua página numa mídia social, dizendo, "Se alguém conhece alguém na Irlanda, principalmente na costa oeste, por favor divulgue sobre essa mulher desaparecida".

"Foi meio precoce", ele disse, olhando as respostas e desejos de boa sorte, dentre eles o de um vidente de Leitrim que oferecia seus talentos hidroscópicos. Parou numa resposta de um cara chamado Gregory Savalas e clicou para ir à página dele, que exibia montanhas e bosques de limoeiros. Dan imaginou que fosse na Califórnia, mas a localização estava listada como Deià, Maiorca, e havia fotografias de um cachorro, um outro cara, uma piscina pequena, e o próprio "Greg" de boné de brim desbotado e jeans rasgados, um lenço azul no pescoço, botas, o rosto aderindo de forma meio estranha aos ossos. Ele também tinha uma pança e brilho nos olhos, para anunciar que não estava limpo — como poderia estar limpo — mas estava vivíssimo, ele inspirava, expirava, nadava, bebia Rioja e olhava o bosque de limoeiros, curtia o bosque de limoeiros. Ele habitava uma vida e vivia à beça porque a vida era dele para aproveitar.

Greg.

Dan examinou a foto outra vez. Ali estava ele: aquele cara sarcástico, de movimentos vagarosos, meio estranho, que havia morrido, Dan tinha certeza, em meados dos anos 1990. Greg que outrora estava morto e agora estava vivo.

A página era uma baita declaração de estilo de vida. Havia muito pouco que poderia ser chamado de "real" — uma leve intensidade na expressão, talvez, num mundo de obras de cantaria envelhecidas, tigelas de limão, céus azuis aturdidos. Mas ali, sob a fotografia de uma palmeira na penumbra, com um cometa riscando a Via Láctea, havia os versos: "Fossem meus os tecidos bordados do céu/ Trabalhados em luz dourada e prateada", o poema que Dan recitava em festas, muitos anos atrás, quando brincava de ser "irlandês" para eles todos.

Dan verificou a lista de amigos: alguns eram ligados a Ludo mas não havia ninguém que reconhecesse dos velhos tempos, nem mesmo Arthur, que parecia destinado a não morrer. Procurou sem parar, lembrando-se de Billy, lembrando-se de Massimo e Alex, o loft em Broome Street. Seu coração foi movimentado pela tropa dos mortos: homens que deveria ter amado e não amara. Homens que detestara por serem sexy, lindos, assumidos, agonizantes, livres. Não era culpa dele. Tinha se perdoado, conforme disse ao Scott-imaginário, ou tentado se perdoar, anos antes. Mas agora — olha só — Gregory Savalas.

O alívio que sentiu se aproximava do amor. O fato de que aquele ser humano, dentre tantos seres humanos, tivesse sobrevivido.

Oi, Greg,

Você não vai se lembrar de mim, mas me lembro de você de muito tempo atrás, quando você tinha aquela galeria minúscula no Lower East Side com, tipo, uma única obra perfeita na parede. Eu era amigo de Billy Walker antes de ele partir — sabia que ainda viro a esquina e vejo ele e tenho um estremecimento, ele era um garoto tão lindo, uma pessoa incrível de verdade. Bom, quem fala é Dan, o irlandês. Continuo vivo. Dá para ver que você continua vivo. Curta os bosques de limoeiros. Curta. Curta. Só te mandando um oi.

Os olhos de Buda

Emmet estava exausto ao voltar a Verschoyle Gardens. De novo. Não estava esgotado, só precisava falar com alguém. Precisava ler. Meditava por uma hora todas as manhãs e, quando terminava, esticava os braços, agradecendo pelas pessoas que dormiam nos quartos vizinhos ao seu, Saar de um lado e Denholm do outro. Era assim que as relações dele aconteciam agora. Sexo com Saar era importante, claro que sim, sexo com Saar era uma coisa íntima. Mas também sabia que era algo além de sexo que o levava a seguir em frente no curso de sua vida. Era uma espécie de tensão e estava ali, naquela configuração.

Emmet jamais se apaixonaria. Ele "amaria", sim, quer dizer, "cuidaria". Curaria e guiaria, mas não tinha em si a impotência que o amor exigia.

Denholm deu um tapinha em seu ombro e disse que ele devia ter filhos. Todo homem devia ter filhos.

"Acha mesmo?", disse Emmet.

"Sem dúvida", respondeu Denholm. Um cara que fora educado na entrada de uma casa a falar inglês de convento, escrever em caligrafia vitoriano: Denholm era capaz, aos oito anos, de declamar os reis e rainhas da Inglaterra e o ciclo da vida da mosca tsé-tsé. No Quênia, volta e meia segurava a mão dos amigos do sexo masculino, e ali na Irlanda também o fizera uma vez, ao voltar para casa a pé com Emmet depois de tomar uns drinques em Saggart. Tinha se esquecido onde estava e com quem estava, e naquela noite Emmet foi dormir sorrindo como um bobo.

Num fim de tarde em fevereiro, recebeu um e-mail de Alice, que estava no Sri Lanka:

Sabia que quando fazem uma estátua nova do Buda a última coisa que eles fazem são os olhos. Usam um espelho para inspirar a pintura e depois vendam os olhos do artista e o levam para fora, onde ele lava o rosto com leite. Chamam isso de Abrir os Olhos do Buda — madeira transformada em pele, ou pelo menos presença. Todas as manhãs vou ao Templo do Dente e trabalho até o anoitecer, vivendo segundo a luz, não acordo na escuridão de verdade há meses. Daqui volto para o Reino Unido em março e depois quem sabe. Se você souber de alguma oportunidade, me avisa.

Emmet sentou e meditou, mas foi inútil. Remexeu-se sobre os ossos ísquios e não sabia o que fazer com aquela ereção sagrada que tinha por uma mulher que não conseguira amar alguns anos antes. Deixou toda a besteira mediúnica do sexo retinir em sua mente, entrar e sair no ritmo que escolhesse — que foi bem rápido, conforme viu: lampejos de seios e pau, o movimento da língua rosa atrás dos dentes brancos de (isso era uma surpresa) Denholm (mas tudo bem, não tinha problema). Deixou tudo irromper nele e quando desapareceu, ali estava ele, de volta a Alice.

Querida Alice
Ótimo ter notícias tuas. Estava pensando em você faz pouco tempo, no fórum sobre malária que estamos organizando aqui, e na verdade não é realmente um para se considerar se um dia chegarmos ao ponto de procurar candidaturas. Espero que nos próximos três meses. A chuvosa Irlanda, hein? Mas você passaria bastante tempo em campo. Malaui, de modo geral. Eu te aviso, se você quiser. Não quero ficar tagarelando. Espero que você e Sven (??) estejam bem. Com muito amor, Emmet.

Enviou e se arrependeu. Escreveu outro que também era, à sua maneira, meio mentiroso.

Penso em você o tempo todo.

Mandou esse também e escutou sua vida se abrindo.

Propriedade

Hugh estava entre um trabalho e outro e retornou com Hanna no Ano-Novo para ajudar a separar e empacotar e pôr Ardeevin à venda. Levou uma velha câmera Polaroid e uns últimos rolos de filme e Hanna o ouviu circular pela casa no primeiro dia em que estavam lá, observando em silêncio, depois clique-uirr-clique quando a fotografia era expelida, outro silêncio quando balançava o papel para secá-lo e um pedacinho da infância dela surgia diante de seus olhos. Ela as examinou mais tarde: o espiral na ponta do corrimão, as torneiras atarracadas do banheiro do segundo andar, o fantasma nítido no papel de parede, onde um guarda-roupa havia protegido o próprio formato do sol.

"Pesquisa", ele justificou.

Quando o bebê tirava um cochilo, subiam e faziam amor na cama em que ela dormia quando criança, libertando todas as personalidades dispersas no quarto: Hanna aos doze, aos vinte, Hanna ali agora.

O bebê já andava e topava com tudo. Hanna o seguira pela casa naquela tarde e era tudo mortífero: a estufa quebrada, o riacho ao lado do jardim, onde poderia se afogar. Mas também era simples: o prazer da aldraba, à qual levantou para que a puxasse e soltasse, os degraus com textura de granito e a porta que cedeu ao empurrão de suas mãos para exibir a vastidão da entrada.

Pediram uma caçamba, compraram tinta. De noite, ela se lavou e foi a Aughavanna com o bebê, deixando Hugh com seu macacão de pintor, erradicando o bambuzal na parede da sala de jantar.

Hanna imaginou que depois de passarem a casa adiante sua sede também passaria, mas a casa ainda não tinha sido passada adiante. E tampouco a mãe, que fazia grande estardalhaço em torno do bebê — *Olá, você. Sim. Olá!* — a certa distância, é claro, por conta das mãos pegajosas do bebê, mas o amando ainda assim, e conquistando todos os sorrisos dele.

Foi um longo dia. De volta a Ardeevin, Hanna sucumbiu a uma ou duas garrafas de vinho branco da loja do posto de gasolina, e foi uma briga tão feia que Hugh a expulsou de casa. Com a força física. Ele a empurrou para o jardim e fechou a porta. Hanna bateu com força a aldrava e berrou. Deu a volta aos tropeços e se aproximou da janela da cozinha, de onde viu Hugh jogando o resto do vinho na pia. Ele foi de cômodo em cômodo apagando as luzes e deixou-a lá fora por bastante tempo, olhando para a casa inexpressiva, chorando no frio.

Na manhã seguinte, depois que se beijaram, fizeram as pazes e todo o resto, Hanna se deitou e olhou para o teto e se lembrou de olhar para o mesmo teto quando criança. Perguntou-se o que queria antes de querer uma bebida.

Uma vida. Ela queria uma vida. Ela deitava naquela cama quando criança e ansiava pela grande incógnita.

O bebê dormia e acordava e rolava para fora do colchão que tinham colocado no chão. Então disparava de novo, puxando livros do alto da estante, que caíam sobre ele, e gargalhava.

"Ben, para com isso, Ben, não!" Mas ela não se importava de fato. Se dependesse dela, podia quebrar a Belleek, dali a poucas semanas tudo teria ido embora.

Em Aughavanna ela disse a Constance que talvez o problema fosse Dublin, a saúde do bebê estava bem melhor.

"Meninos!", disse Constance.

Os dela berravam no primeiro ano, não havia como acalmá-los. Depois, quando começaram a andar, acabou, nunca mais choraram.

"Faz eles correrem e dê de comer", ela explicou. "É só isso que você precisa fazer com os meninos."

"E o que é que se faz com meninas?", perguntou Hanna. "Afogar depois que nascem?"

"Bom", disse Constance. "Tem uma cisterna lá nos fundos."

Ambas lançaram um olhar para Rosaleen, mas ela não tinha escutado ou fingia não ter escutado.

Com todas as idas aos supermercados e encostas gélidas e corredores hospitalares superaquecidos, Constance perdeu peso na época do Natal. Quando se olhou no espelho, o fantasma de seu eu antigo devolveu o olhar e Constance achou que tentava lhe dizer alguma coisa, mesmo ao virar de lado e alisar a barriga com um sorriso. Algo terrível iria acontecer, tinha certeza, porque a mãe flertara com o caos e o encontrara na estrada verde. Fizera um pacto qualquer com a morte e Constance ainda não sabia quando o prazo venceria.

Foi uma boa ideia Hugh pintar a casa porque metade do Condado de Clare se acotovelou por lá no primeiro sábado, ficou mais movimentado que um velório. A casa foi vendida em três semanas, negócio fechado em oito. No primeiro de março a família Madigan já havia fechado a porta pela última vez. Quem comprou não se mudou para lá — um empreiteiro, segundo o relato geral —, portanto a casa continuou vazia enquanto a conta bancária de Rosaleen se enchia de dinheiro. Aos borbotões. Ninguém levou sua promessa de Natal totalmente a sério: como sempre foi muito reservada quanto a essas questões e nunca exatamente mão-aberta, foi uma enorme surpresa para todos os filhos se descobrirem tão mais ricos. Tinham dinheiro, uma quantia significativa de dinheiro, e a sensação era ótima.

Rosaleen não se deu ao trabalho de ir a Ardeevin. "Ah, acho que não vou, não", ela declarou, e Constance não pressionou. Foi uma época emotiva. Procuraram casas menores no jornal e Rosaleen disse, "Fascinante", mas era um certa forçação depois de tudo que ela havia passado. Quando foram olhar, ela vagou da sala de estar para a cozinha e dali para o banheiro.

"Ai, mamãe, olha o isolamento nesse tanque de água quente."

As casas novas em seus terrenos bem cuidados pareciam apenas confundi-la, e de fato era difícil imaginá-la nelas. Constance se apegou a um chalé, uma casinha fofa de pé-direito alto e janelas grandes ao estilo georgiano, mas o jardim era pequeno demais e ficava justamente numa rodovia movimentada.

"E essa aqui, mamãe? Só precisa montar uma cozinha."

"Uma cozinha?"

Além disso, o mercado estava dando uma virada. Segundo Dessie, o mercado vivia em estado de negação colossal. Melhor esperar do que comprar.

Mas o preço de uma casa na cidade estava em queda livre: uma velha casa de pedra coberta de videira virgem enfiada atrás da igreja, renovada por dentro, tudo ao alcance da mão.

"Isso é calcário ou granito?", perguntou Rosaleen. "É um cinza bem escuro."

Depois viu algo farfalhando entre a folhagem. Um rato, diria mais tarde. Ou imaginou ser um rato. Atrapalhou-se ao pegar as chaves do carro e as deixou cair num canteiro de hidrângeas, mexeu na gola da blusa e tomou outro rumo. Constance tirou-a do hospital, pôs de volta no hospital, foram três semanas fazendo exames e esperando exames, e quando ela foi avisada de que estava tudo bem a casinha já tinha sido vendida.

Constance levou-a do hospital regional de Limerick para casa pela última vez e o caminho fez com que cruzassem a ponte cheia de protuberâncias, passando por Ardeevin. As janelas da frente estavam com tapumes e o portão escancarado, mas Rosaleen não pareceu notar a casa, era como se o lugar jamais tivesse existido. Naquela noite, Constance foi colher umas rosas no horror que era seu jardim e voltou extremamente cansada e solitária.

Não haveria casa perfeita, como poderia haver? Porque era impossível agradar Rosaleen. O mundo formava fila para satisfazê-la e o mundo sempre fracassava.

Foi um macete que aprendeu cedo, talvez na sala de estar de Ardeevin, quando um pretendente ou outro era mandado embora com uma pulga atrás da orelha por ter se achado bom o suficiente para a filha de John Considine. Ou ainda mais cedo — era difícil saber. Era complicado analisar Rosaleen psicologicamente, uma mulher que só foi falar da infância depois dos sessenta anos, e que falava de um jeito que levava os outros a ponderarem se ela realmente já tinha sido criança.

O mais incrível era a forma como os filhos de Rosaleen gastavam quantidades enormes de energia para também serem, de uma forma ou de outra, desprezados por ela. Até o dinheiro que ela lhes deu pareceu frio depois de a casa ser vendida.

Emmet, que vira tanta injustiça no mundo, precisava lembrar a si mesmo quando verificava a conta bancária — e em seguida se distanciava da tela para verificar de novo — que a mãe nunca havia matado ninguém. E, no entanto, os filhos a achavam "terrível". A filha primogênita, em especial, se sentia, ao cuidar dela, suplicante, rejeitada.

"Mamãe, não quer um biscoito para acompanhar?"

"Biscoito? Ai, não."

Rosaleen, tão carente, vivia mandando que os outros a deixassem em paz. Portanto, quando foi, naqueles poucos meses maravilhosos após a estrada verde, fácil de amar, os filhos ficaram encantadíssimos.

Prestando atenção

Emmet entrou na casa de Verschoyle Gardens numa tarde de sábado em novembro e se deparou com a mãe sentada na cozinha com Denholm.

"Como é que você está, Emmet?", perguntou Denholm. "Sua mãe chegou. Fiz um chá."

"Mãe", ele disse.

"Você não ia acreditar no trânsito que está na N7", ela declarou. "Eu achava que a minha gasolina ia acabar."

"Mas não acabou."

"Evidente que não", ela disse. "Você poderia dar uma olhada no freio de mão? Vivo com medo de que aquele troço saia rolando em cima de mim."

"Você dirigiu", ele afirmou. O carro dela estava na entrada de casa. Emmet o vira, ele se deu conta. Constatou de passagem: *esse é o carro da Rosaleen.*

"Dirigi! Minha nossa. E os campos alagados em tudo que é canto. Eu vi dois cisnes chapinhando rumo a um celeiro perto de Saggart. Mas as estradas estão todas diferentes hoje em dia. Você sabe, eu não faço esse caminho há muitos anos, nem lembro quando foi a última vez."

Ela riu para Denholm, um leve arrebatamento de hilaridade.

Emmet pôs as sacolas de compras em cima da bancada e tirou o telefone do bolso. Óbvio, o aparelho estava repleto de ligações perdidas e mensagens de texto: Hanna, Dessie, Dessie, Dessie, Hanna.

Nada de Constance.

"Eu devia ter chegado mais cedo, sabe, ando muito desleixada."

"Rosaleen", ele disse.

A mãe se virou para Denholm.

"Nunca gostei de Dublin."

"Sério?"

"Está sempre uma imundice. Querida Dublin imunda, era o que a gente falava. Mas a Hanna também, sabe", ela contou a Emmet. "Eu devia ter vindo aqui por conta do bebê. Eu amo aquele bebê de verdade."

"A senhora é avó", disse Denholm.

"É, sou sim", ela confirmou. E a risadinha voltou, seu corpo leve e pequenino na poltrona enquanto se balançava para a frente para tocar o antebraço de Denholm.

Houve uma pausa então, momento em que ela ponderou o que tinha acabado de fazer.

"O bebê da sua irmã. Como é que está o bebê da sua irmã?", ela perguntou.

"O bebê está muito bem, obrigado."

Ela está aqui, Emmet avisou a todos por mensagem, e não conseguia pensar no que mais poderia dizer. A mãe exercia a íntegra de seu charme sobre o queniano, na cozinha dele.

"Você está aqui", ele declarou.

"Estou!", ela corroborou, e exibiu um brilho ligeiramente maníaco nos olhos. "Vim te ver."

Ela encarou o filho, olhou bem nos olhos dele, e por um instante Emmet sentiu-se conhecido. Só um vislumbre e depois sumiu.

"E a casa é tão bacana. Uma rua tão legal. Não sabia que tinha casas como essa, pertinho da estrada. Nunca se sabe o que tem atrás das árvores."

"Desculpa por só ter chá", disse Denholm.

"Ah. Desculpa. Sim", disse Emmet, se virando para as sacolas de compras. "Biscoito! A gente não é muito de biscoito nesta casa, a não ser o Denholm, ele é viciado nesses trecos belgas com chocolate."

"Pra mim, não! Nunca fui muito de doce." Ela pôs a mão no antebraço de Denholm de novo e dessa vez, como se surpresa, deixou-a ali. As veias da mão envelhecida eram roxas sob a pele fina e branca, e a superfície do braço de Denholm bastante opaca em comparação. Rosaleen pegou a mão de Denholm bem devagar. Segurou-a longe da mesa e passou um dedo curioso por sua lateral, onde o marrom escuro da pele abria caminho, numa linha, ao tom mais claro da palma da mão.

Emmet quase morreu, ele contou mais tarde. *Quase morri.*

"Ah", exclamou Rosaleen.

Denholm afastou a mão com delicadeza e fechou-a num punho folgado sobre a mesa.

"Por que é que nunca vi isso antes?"

"Rosaleen", chamou Emmet.

"Por que é que nunca vi isso antes?", ela repetiu. Estava bem aflita. "Por que é que você acha que é assim?"

"Não faço ideia", respondeu Emmet.

E Denholm, num ímpeto de compaixão, estendeu as duas mãos para ela e virou as palmas para cima e para baixo.

"Por favor, não dê ouvidos à minha mãe", pediu Emmet.

Rosaleen se recompôs e olhou para o próprio colo.

As chaves do carro estavam à sua frente na mesa e ela as pegou de um jeito resoluto. Emmet imaginou que iria embora outra vez e avançou de seu posto junto à bancada, mas ela só apertou o botão do controle remoto. Um grasnido eletrônico veio do carro parado lá fora.

"Minha bagagem está no porta-malas", ela informou.

Emmet ficou imóvel.

"Entendi", ele disse.

E a mãe pegou a xícara de chá.

"Está todo mundo te procurando, Rosaleen. A Constance está transtornada."

"Ah, a Constance", ela repetiu em tom bastante exasperado.

E passou pela cabeça de Emmet que Constance não tinha, de fato, telefonado.

"Como assim, a *Constance*?"

A mãe de repente adquiriu uma aparência tenebrosa. Havia sombras que pareciam hematomas sob os olhos e os olhos em si eram só pupilas: pretas como grama escura. Lágrimas brotaram. Ela se aproximou de Denholm.

"A Constance me botou pra fora", relatou.

E Denholm se espantou, "Sua filha? Ah não. Ah não. Que horror".

Por um instante longo e incrível, Emmet pensou que podia ser verdade.

Mais tarde, ligou para a irmã em Aughavanna e Dessie atendeu. Não poderia perturbá-la, ele afirmou. Estava deitada.

"O.k.", disse Emmet, passando à sala de estar, andando de um lado para o outro.

Constance não estava bem.

"Entendi."

A voz de Dessie tremia um pouco. Ela *recebeu um diagnóstico*, ele explicou. Operariam imediatamente e tirariam tudo de uma vez, mas era uma grande — Dessie parou depois da palavra —, *grande* cirurgia, e quando ela contou a Rosaleen naquela manhã, Rosaleen interpretou tudo errado. Pegou a estrada e Constance se desesperou, estava mais preocupada com a mãe do que com ela mesma. Agora estava sob cuidados médicos, entupida de Lorazepam. E era típico de Rosaleen, Emmet percebeu que a voz dele se arrastava, talvez de uísque — *tchípico* —, para causar o máximo de incômodo exatamente na hora errada.

"É tudo sempre sobre ela", ele justificou, como se tivesse o direito de falar uma coisa dessa. "É tudo sempre sobre ela."

Emmet sentiu um ímpeto ferino de defender a mãe.

Dessie McGrath de merda.

"Ai, meu Deus", ele disse. "Ai, Constance. Ai, não."

"Você pode ficar com ela?", pediu Dessie. Como se Emmet tivesse alternativa.

"Claro. Claro", enquanto revirava os olhos e perambulava pela sala de estar, se perguntando o que teria de cancelar no trabalho — as centenas de milhares de pessoas à margem da estrada em Achém, talvez — e se havia algum jogo de roupa de cama limpo. A mãe dormindo na cama dele. Era uma ideia estranha.

Mas por favor vem para cá, Dessie continuou. Vem, por favor. Quando a Constance estiver se recuperando. Havia um monte de camas na casa, só Deus sabe, eles estavam de saco cheio de tanto quarto. Fica um tempo, quando você trouxer ela de volta.

Mas isso ainda estava por vir. Por enquanto, Emmet olhava a mãe sentada na sua cozinha ridícula, planejada e estava estranhamente satisfeito em vê-la ali.

"Não sei onde é que vou dormir esta noite", ela disse a Denholm. "Apesar de não dormir muito, sabe? Não como antigamente."

"Não."

Ela ficou ali, bem pequenina.

"Desculpa por ter tocado na sua mão."

"Ah. Faça-me o favor", disse Denholm.

"Não, é sério", ela declarou.

E, para ser justo, Emmet ponderou, ela pareceu se sentir péssima.

"Eu prestei pouquíssima atenção", ela constatou. "Acho que esse é o problema. Eu devia ter prestado mais atenção nas coisas."

Ballynahown — Bray — Sandycove

Agradecimentos

Devo as informações usadas e de bom grado mal-usadas neste livro a: Seamas Collins, Mary Healy, Barbara O'Shea e Catherine Ginty de Trócaire; Rohan Spong e Gary Hynes da Druid Theatre Company; Sinead Dunwoody, Paul Gallagher, Louise Canavan e Tom McGuinn da Pharmaceutical Society Ireland, e Alan Carr, líder da Galway Mountain Rescue Team. Agradeço também a Declan Meade, Fawad Qurashi, John Stack — e a Siddharth Shanghvi, pelo depois.

UMA OBSERVAÇÃO SOBRE TOPÔNIMOS

A estrada verde do título é uma rodovia que existe de verdade e atravessa a região de Burren no Condado de Clare. Usei alguns dos topônimos verdadeiros desse belo litoral e neles segui a ortografia de diversos mapas, antigos e novos. Também inventei alguns nomes ou os roubei de outras cidades — principalmente no que diz respeito às regiões concernentes aos Madigan, aos Considine e aos McGrath. A cidade onde vivem não é nomeada. A intenção foi sublinhar o fato de que esta é uma obra de ficção, povoada de personagens fictícios. Qualquer semelhança com a boa gente de West Clare, ou com qualquer pessoa, aliás, é mera coincidência.

ESTA OBRA FOI COMPOSTA PELA ABREU'S SYSTEM EM ADOBE GARAMOND
E IMPRESSA EM OFSETE PELA LIS GRÁFICA SOBRE PAPEL PÓLEN SOFT DA SUZANO
PAPEL E CELULOSE PARA A EDITORA SCHWARCZ EM MAIO DE 2017

A marca FSC® é a garantia de que a madeira utilizada na fabricação do papel deste livro provém de florestas que foram gerenciadas de maneira ambientalmente correta, socialmente justa e economicamente viável, além de outras fontes de origem controlada.